血战大武汉

张军 著

新华出版社

图书在版编目（CIP）数据

血战大武汉 / 张军著. ——北京：新华出版社，2016.1

ISBN 978—7—5166—2310—7

Ⅰ. ①血…　Ⅱ. ①张…　Ⅲ. ①纪实文学－中国－当代　Ⅳ. ① I25

中国版本图书馆CIP数据核字（2016）第007557号

血战大武汉

作　　者：张　军

出 版 人：张百新　　**责任编辑：**江文军　张永杰
责任校对：刘保利　　**责任印制：**廖成华
封面设计：后声文化

出版发行：新华出版社
地　　址：北京石景山区京原路8号　　**邮　　编：**100040
网　　址：http://www.xinhuapub.com　　http://press.xinhuanet.com
经　　销：新华书店
购书热线：010－63077122　　**中国新闻书店购书热线：**010－63072012

照　　排：图鸦文化
印　　刷：北京明恒达印务有限公司

成品尺寸：170mm×240mm　1/16
印　　张：21　　**字　　数：**260千字
版　　次：2016年2月第一版　　**印　　次：**2016年2月第一次印刷

书　　号：ISBN　978-7-5166-2310-7
定　　价：39.80元

图书如有印装问题请与出版社联系调换：010-63077101

前 言

1937年12月南京失守之后，国民政府宣布迁都重庆，但其政治、军事、文化中心则放在了武汉。武汉，成了战时中国的实际首都，也自然成了中日双方攻守的中心目标。

1938年4月，台儿庄一战日军凶焰受挫，可随后不久，其铁骑南北夹击，陷徐州，断陇海（路），继而骎骎西犯，攻开封，占中牟，大有一举拿下郑州，取道平汉（路），直逼武汉之势。

当此之时，从徐州战场撤退的60万中国军队虽已冲出日军包围，却还未进入新的防地。为遏制敌人的凶猛攻势，国民政府军事委员会只得下令炸开黄河大堤，以水代兵，以中国人民的巨大牺牲换得了战略上的暂时胜利——日军在豫东的机械化部队无法展开活动，被迫改变进犯武汉的路线，掉头南下安徽，沿大别山南北两麓和长江沿线仰攻武汉——蒋介石实现了牵住日本人鼻子的战略意图。

同时，日本大本营调整了华中派遣军的战略序列，由华中派遣军司令官畑俊六大将指挥的第11军、第2军、直属兵团和航空兵团共计40余万兵力，从天上、陆地、水面上气势汹汹地向武汉杀奔而来。

面对日军咄咄逼人的侵略态势，国民政府军事委员会亦制订了保卫大武汉的作战计划，决定“利用鄱阳湖及大别山之天然地障与长江两岸之丘陵、湖沼作持久之战”，“与敌人的主力作战四至六个月，予敌以最大消耗，粉碎其继续进攻之能力”。

依此计划，蒋介石亲任作战总指挥，中方组织第五战区、第九战区和海空军主力，共约120个师，100万人，节节防御抗敌。

这样，一场捍卫中华民族生存与尊严的大战，就在地面上、天空中和长江里全面展开！一场抗日战争史上规模最大、战线最长、历时最久、参战兵员最多、牺牲最重，同时歼敌也最多的大会战，就在大别山的崇山峻岭和长江沿岸的千沟万壑之间轰然打响了！

目录
CONTENTS

第一章
牺牲已到最后关头

一、蒋介石牵住了日本人的鼻子

南京失陷之后，日本人下一个目标就是武汉。

大武汉危急！

汪精卫说：武汉在经济上比不上上海，在军事上比不上徐州，在政治上比不上南京，守之无益。

蒋介石说：屁话！兆铭（汪精卫）此话不是投降卖国是什么？我就是要利用武汉的山形水势与日本人拼时间，拼消耗，牵住东洋人的鼻子！

1938年5月20日，武昌珞珈山，武汉大学的听松庐。

这是一片幽僻而静雅的教授住宅区，十八栋欧式两层小别墅悄无声息地掩映在苍松之下、花草丛中，如云翳中的星星，错落有致地点缀在珞珈山的南向山坡上。这一带松茂林密，风吹涛起，呼呼有声，故有“听松”之名。

当年武大建新校舍于珞珈山时，校长王世杰在经费紧张的情况下，仍力排众议，挤出钱来，建了这十几座小洋楼，“没有好的住处，哪来好的教授呢？”他说。于是，黄侃、闻一多、周鲠生、叶雅各、汤操真、查谦、苏雪林、陈滢等一大批卓尔大家翩然而至，有名师遂有名校，武大终于奠定了在海内外的学术声望。

可如今，随着寇祸日深，上海、南京相继陷落，武大的师生早已西迁乐山了，偌大的武大校区早已成了国民政府军事委员会军官训

“七七事变”爆发后，蒋介石在庐山发表谈话，表示地无分南北，人无分老幼，将率全国民众，坚决抗战到底。

练团的培训讲武之地，听松庐也早已住上了军事委员会的头头脑脑。

蒋介石的官邸坐落在东头一栋相对独立的庭院，花掩木映，一般人根本看不出有这么一个处所。

夜已很深了，宋美龄早就回房休息，可蒋介石还在办公室里阅看华北、华东各线发回的战报和各党派、团体要求保卫武汉、抵御日寇的建言献策。孙中山写给他的那副赠言——“安危他日终须仗，甘苦来时要共尝”正挂在办公桌的前方，他不时抬头望望，久久凝思。

自抗战以来，不利的战局常让他焦躁不安，入夜难眠。目前，华北方面，攻下太原后的日军不断向南推进，欲将第二战区阎锡山、卫立煌的部队赶过黄河，占领山西全省，进而实现“华北自治”；华东方面，第五战区李宗仁的60万大军继取胜于台儿庄之后很快又丢失了徐州，且有被日寇遮断退路一举合歼的危险，虽然他们昨天的电报还在报告撤退顺利的消息，可战局瞬息万变。前方至今不见音讯，莫非遇上了什么不测？他们是中国军队的精锐呀！广西兵、四川兵倒也罢了，可第 20 军团的汤恩伯部呢？那可是中央军的血本啊！倘使被日本人一口吃掉了，拿什么来收拾残局呢？抗战还怎么能支撑得下去呢？想想不堪设想的后果，蒋介石越发毛躁起来，握紧的拳头不时在桌上轻轻擂打着——他怕惊醒夫人的睡梦。

不一会儿，他站起来，在墙上的军用地图上比画着，又不安地在办公室里背着手来回踱着。

“报告！”从这轻柔而不失底气的声音，他知道是林蔚来了。

“进来。”

林蔚是他的侍从室主任，机巧，善解人意，文而不迂，藏而不露，处事果断，与各方关系处理得好，因而最近被他选定替代钱大

负责指挥台儿庄战役的李宗仁在被夺回的台儿庄火车站留影。

钧的位子，就任现职。

侍从室毕竟是运筹帷幄、调兵遣将的中枢机构，需要这么个文能提笔、武能统军的全才人物。前任钱大钧虽是日本士官学校毕业，却是一口的吴侬软语，给人以雅有余而武不济的感觉，加之其弟倒卖汽油被军法处置，他本人在家庭生活上搂草打兔子，娶了妻子还把小姨子捎带收作了偏房，社会影响不好，因而为平息外界的不满，撤下钱大钧也算是他蒋某人向各方做出的一个积极姿态。

林蔚带着笑容走了进来。

“委员长，李长官来电，他们已跳出敌人的包围圈了！”

看着整天愁眉不展的蒋介石，林蔚知道他最需要的是什么。

果然，蒋介石眼睛一亮，转身接过林蔚双手递过来的电报：

武昌　委员长钧鉴：

赖我全体将士坚忍不拔之毅力与克难制胜之决心，所部均已跨越津浦路，转至皖南、豫东。具体为：汤（恩伯）部、刘（汝明）部正向亳县、柘城、太康、鹿邑、淮阳、涡阳转移；廖（磊）部已达太和、颍上、阜阳、寿阳、正阳关一带；李（品仙）部撤至官亭、舒城、怀宁一线；韩（德勤）部仍守海州、东坎等地。职率长官部一行，甫抵豫东固始、潢川，所受损失至微，敌连我一上尉也未捉到。勿念为盼。

崇安。

职李宗仁电

五月廿日

“好！好！”蒋介石喜上眉梢，拿着电报稿，右手不停地拍击着。

“快请陈部长来！”他吩咐林蔚道。

陈部长就是军委会政治部部长陈诚，他也住在听松庐。

可能是林蔚在路上已将李宗仁胜利突围、委员长心绪大振的消息告诉了他，一身戎装的陈诚踏进蒋介石办公室的时候，虽然双腿一并，鞋跟一靠，举手敬礼，但脸上却挂着明显的笑容。

自黄埔军校起追随蒋介石以来，陈诚一直受到器重，这不仅因为他是青田人，与蒋介石同乡，更在于他作战冷静，思路清晰，刚毅坚决，且有宏观战略思想。

1925 年 3 月第一次东征途中，陈炯明部固守泥墙筑成的连片房子，拼死顽抗，东征军进攻受阻，伤亡累累。陈诚当时任炮兵连长，见形势危急，遂亲自操炮，仅三发炮弹，泥墙便崩塌倒下，数百敌人全部被压死，“陈连长三炮定江山，就此闻名”。

第二次东征时，东征军打到陈炯明的老巢惠州城下，陈部将机枪架在墙垛上，四下狂扫，东征军被压得抬不起头来。此时陈诚已升任炮兵营长，他指挥部下校准方位，测量弹道落点，一阵弹雨过后，不仅敌人被轰上了天，惠州城厚实的城墙也被炸开了一处大缺口。此次东征之后，“陈诚”二字已在蒋介石的心目中留下了十足的分量。

从此陈诚便青云直上，几乎甩开了准黄埔系甚至黄埔系里所有的人，而他任过的职务，多得连他自己也记不清楚，以至蒋介石有什么要职而一时又找不到合适人选的时候，他都会让陈诚先顶着。1932 年，宋美龄将自己的干女儿谭祥（谭延闿之三女）许配给陈诚，蒋、陈之间遂有“翁婿”之亲，关系更非常人能比。

辅佐朱元璋建立明朝的刘基（伯温）也是青田人。年少时陈诚常去家乡附近的“刘文成公祠”游玩，且油然生出敬慕之情，立志要做刘伯温式的人物，不意现在梦想成真，十数年间他真的成了蒋某人的干城和智囊谋士。

这不，武汉会战尚在组织之中，蒋介石改组军委会下设机构，将原来的十几个部、处精简为政治、军政、军令、军训四部，而政治部部长就是他陈诚，精明干练的中共领导人周恩来那时还只能当他的副手，同时蒋还委他以武汉卫戍总司令一职，足见倚重之深。

而陈诚对蒋介石的忠诚恭顺，国民党内也是尽人皆知的。他每次接蒋介石电话时，必敬之以军礼而后听之；做报告或演讲时，一

北伐战争时期的蒋介石

提到“委员长”或“校长”，身高1.6米的他也必以并腿、挺胸、立正显示其忠心，那并腿时鞋跟相碰发出的“啪”的一响，几乎成了陈诚的肢体语言的代表。

像这种面见蒋介石的时候更是如此。

蒋介石见陈诚来到，微笑着指了指桌上的电报，示意陈诚去看。

陈诚看罢，喜色中声音不免有些发颤：“委座，我60万大军于敌人包围的缝隙中胜利转移，保存了国力，这既是全体将士奋勇杀敌的结果，更是您正确指挥的结果，此乃我党国之幸，民族之幸！”陈诚的话总是能搔到蒋介石的痒处。蒋与李宗仁、白崇禧之间那种明争暗斗的关系，他总能从细微之中把握其中的蛛丝马迹。这次胜利突围，李宗仁只字不提蒋的“功劳”，有意无意间便被陈诚捡了个“漏子”。

蒋介石习惯了下属这样合乎情理不着痕迹的奉承，只是似乎还

深为蒋介石器重的陈诚

沉浸在喜悦之中，他对李宗仁的“大意”并未十分地在意。

停顿了一下，陈诚又略显深沉地说道：“徐州撤退之后，保卫武汉就是头等大事了。”

“是呀，辞修，我这次半夜请你来，主要就是想听听你对保卫武汉的战略构想。这样吧辞修，我们到外面去走走，如何？”

“好哇，外面月色正好呢！”

说罢，俩人便迈出院门，沿着石条铺就的山路，踏着松枝疏离的碎影向山后走去，林蔚挽着蒋介石的氅袍披风跟在后面。据说，这件披风是意大利独裁者墨索里尼送给蒋介石的，它不仅有御寒的功能，还可防弹护身，蒋介石在许多重大场合都穿着它。五月的珞珈山上，夜里寒气还重，所以林蔚带上了它。

一轮圆月如银盘似的浮荡在空中，冷冷的月辉静静地洒在松间林地上，几声唧唧低唱的虫鸣像是轻轻哼出的摇篮曲，牵引着人们的睡意之舟向梦乡的深处划去，划去……

山风吹过，松林间顿时响起了涛浪般的呼啸声，林蔚赶紧将披风递上。

“听松庐名不虚传呀！”蒋介石边穿氅袍边说道。

“是呀，听说当初李四光带干粮骑毛驴踏遍武昌城，最后选定这么个山环水抱的地方做武汉大学的校址，还真有眼光呢！”

陈诚这时还兼任湖北省主席，对武大的建校历史当然知道一些，但在蒋介石面前，他只能点到为止。

“嗯，建校需要擘画，作战更需要运筹。现沪、宁已失，徐州又陷，日本人的下一个目标就是武汉呀！”蒋介石满怀忧虑地说。

“委座所言极是。现在武汉是民心所聚、政商汇流之地，政府的一举一动都为海内外瞩目，不能不慎啊！”

“是这样的，（汪）兆铭前几天对我说，武汉在经济上比不上上海，在军事上比不上徐州，在政治上比不上南京，在文化上比不上北平，守之无益，我说这是屁话，是投降卖国的。我倒想利用武汉外围的山形水势与日本人拼时间，拼消耗，使其陷入我华中腹地，不知你有什么看法？”蒋介石愤愤然地说完，看着陈诚。

路边正巧有一副石桌石凳，几丛幽篁屏风似的围在周遭，很自然地形成一处僻静之地，陈诚请蒋介石坐下叙聊，跟在后面的林蔚赶紧上前察看了四周。他不是担心这里会有汉奸特务什么的，因为整个珞珈山上已被他封查得严严实实，他只怕有虫蚁什么的出来捣乱。检查过后，蒋、陈方才坐了下来。

陈诚顺便从地上捡起几颗石子权当地形，与蒋介石一道分析起来：“从武汉周围的地理来看，庐山、幕阜山、九宫山屏障其东，桐柏、大别诸山遮护其北，加之江淮之间，水网纵横，湖荡星布，攻可以驰骋阡陌，守可以依山凭险，正是我歼灭敌有生力量的大好战场。”

蒋介石赞同地点了点头。

林蔚本是站在旁边听他们说话的，现在见他们谈得兴起，也坐在一张石凳上，插了一句：“倘使敌人借徐州会战之余威，占领陇海线，夺取平汉线，然后冲破武胜关而进逼武汉呢？”

陈诚抬眼看了一下蒋介石，似乎不谋而合地说道：“这正是我们要着意考虑的呀！”

原来，抗战爆发之初，蒋介石身边的德籍军事顾问团向蒋提出了一个在黄河流域与日军决战的战略方案，此方案一出，立即遭到了陈诚、白崇禧、何应钦等人的反对。陈诚上书说："就全国地形而言，在黄河流域与敌作战，殊不若在长江流域作战，如此我则可凭借湖沼山地之利，而敌则难以发挥武器优良之长。"

蒋介石最终采纳了陈诚等人的意见，而开始有意牵住日本人的鼻子，把日本人的兵力吸引到长江流域上来：淞沪之战，张治中首先开枪，发动攻势，第一次实现了诱使日军改变自平津南攻武汉的最有利的作战路线；南京失守，日本人有可能乘胜西进，直捣武汉，蒋介石又组织了徐州会战，从而第二次改变了日本人的进攻主线，为保卫武汉赢得了几个月的宝贵时间。现在日本人的主力集结于淮河一线，如果他们真的如林蔚所言由北向南，长驱直入呢？

蒋介石一时陷入了沉思，半晌，他抬头看着陈、林二人道："我们所重视的就在这里呀！昔时清军入关之战略，忽必烈灭亡南宋的方式，我们不能不记住哩，日本人是熟悉中国历史的。现在的关键是怎样迫使日本人改变战略方向，让我们再一次牵住他们的鼻子，朝有利于我们的作战路线发展。"

"能不能考虑第一战区长官司令部参谋长晏勋甫上个月发来的建议呢？"林蔚望着蒋介石，小心翼翼地问道。

"你是指他提出的掘黄河堤防，以水代兵之法？兹事体大，不到万不得已，不能轻用。"蒋介石语气坚定地说。"但不管怎样，我们一定要牵住东洋人的鼻子。把他们的注意力吸引到长江大别山上来！"末了，他又补充了一句。

林蔚很知趣地不再说什么。

蒋介石转向陈诚说："辞修，武汉周围的工事修得怎样？"

陈诚如数家珍似的报告道："目前，自鸡公山向东，大别山、庐山、幕阜山一带已筑起了1500余个钢筋水泥工事，现在十个工兵连，每连每日以一个工事，一月以300个工事的速度作业，到本月底保证能完成防御工程计划。"

蒋介石听得认真，待陈诚汇报完毕，他又吩咐道："辞修，武汉会战在即，有劳你赶紧主持起草一个武汉作战计划，用以指导整个武汉会战。"

领袖如此信任，陈诚感到一种莫名的激动。

"是！"他的屁股像是安了弹簧似的从石凳上蹦起来，又是两

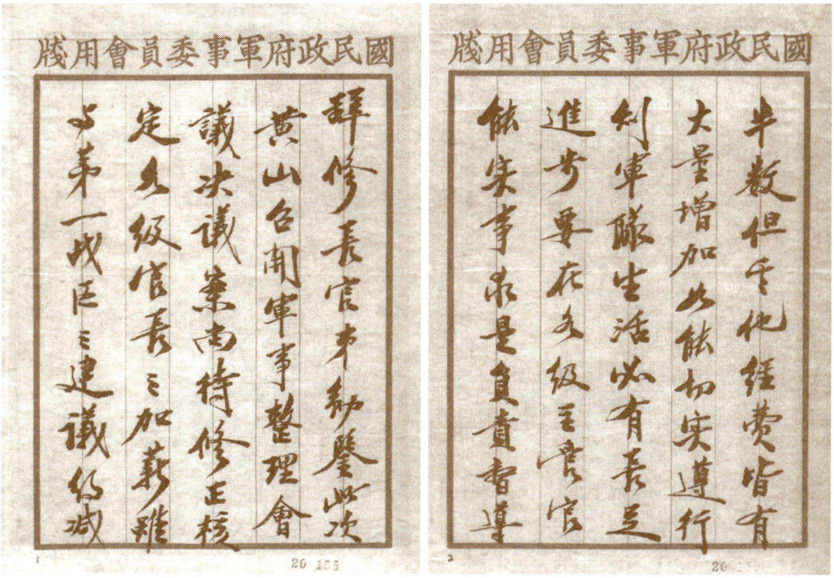
國民政府軍事委員會用牋

辭修長官大鑒此次黃山召開軍事整理會議決議案尚待修正核定並級官長之加薪雖以弟一時之建議縮減

國民政府軍事委員會用牋

半數但其他經費皆有大量增加如能切實遵行則軍隊生活必有長足進步要在各級主管官能實事求是負責督導

蒋介石写给陈诚的信

腿一并，鞋跟一靠，敬了一个军礼。

月儿已经西斜，林子一片寂静，连鸣叫的虫子也似乎疲累了，入睡了，只有石缝间的泉水还在不停地如钟表一样嘀嘀嗒嗒地响着，提醒着这几位谈兴正浓的人。

林蔚看了看表，对蒋介石说："委座，已经凌晨三点了，回去休息吧！"

蒋介石嗯了一声，三人顺着来时的路向听松庐走去，那三个笔挺的身姿，很快消失在蒙蒙月色之中，只留下一串整齐而刚健的脚步声伴作叮咚作响的山泉，清脆地在静夜里弥散开来。

6 月 8 日，国民政府军委会向各战区下达了陈诚主持制订的以

武汉会战期间，蒋介石检阅珞珈山军官训练团学员

统帅部名义颁发的《武汉会战作战方针及指导要领》，该“作战方针”划分了江南、江北各战区的防守范围及部队统属情况，指出“第五战区应以现在态势确保大别山主阵地，积极击破沿江及豫南进犯之敌”；而“第九战区应确保德安、箬溪、辛铺、通山、汀泗桥要地，以维持全军后方，使尔后作战容易，尤须先击破经瑞武路及木石港西进之敌”。

6月14日，军委会授任陈诚为第九战区司令长官，全权指挥鄂、皖两省江南地区及赣、湘两省军事行动，下辖以薛岳为总司令的第1兵团和张发奎为总司令的第2兵团。

这样，中国方面以第五、第九战区为主战场的武汉保卫战就此全面展开。爱好和平的中华民族在野兽般的强敌面前只有血肉作城、奋起抗争的一条路可走了！

日本裕仁天皇面前的巨幅作战地图上，一道血腥的箭头直指武汉。被战火烧红了双眼的战争发动者叫嚣着：攻取武汉，给中国以“最后一击”！

1938年6月15日，日本东京。

裕仁天皇正在召开御前会议，议题有两个：一、还要不要夺取武汉？二、什么时候夺取武汉？

裕仁天皇站在巨幅作战地图前，地图上，一道猩红的箭头直指中国武汉。围坐在会议桌旁的一帮大臣、武官个个将脊背挺得笔直，他们的目光越过天皇的肩头，齐齐盯在那道巨大的箭头上。

1937 年，日本飞机在对中国目标实施轰炸

裕仁天皇在地图前足足沉思了五六分钟才转过身来，在会议桌前落座。

白白净净的裕仁一副儒雅文秀的模样，他的名字是从《汉书》摘选的，“裕乃以民宁”，是说富裕能使人民安宁，裕仁祖父明治天皇在“裕”之后加了一个仁爱的“仁”，寓意不能说不好。但他在出生两个月时，就被送到旧萨摩藩武士——三次出任海军大臣的川村纯义伯爵家里寄养，小时候玩的就是日俄战争中日本取胜的游戏，入学后负责养裕仁的，则是在日俄战争中因攻下旅顺而声名显赫的陆军大将乃木希典。武士道精神从小就在裕仁的心里埋下了劣根，所以他在位几十年，不仅没有给日本带来富裕安宁，反而给中国和亚洲其他国家以及日本人民带来无尽的灾难和痛苦。

此时，裕仁开口了，他环视着左右的文臣武将，用中指一下一下叩击着桌子，语气尖锐地说：“今年初，帝国大本营考虑到兵力不足，消耗过大，又出于顾忌苏联参战的不利因素，决定占领支那（近代日本对中国的蔑称，后同——编者注）华北、华东大部分地区之后，暂不扩大作战地区，以蓄善国力。但华北方面军司令官寺内寿一大将、华中方面军司令官松井石根大将、上海派遣军朝香宫鸠中将等纷纷致信陆军部，反对大本营的计划，他们都认为应该乘胜追击，攻取汉口，给支那政府以‘最后一击’，迅速占领全支那。”

“陆军省部综合属下的来信和本部的计划向朕递交了一份情况

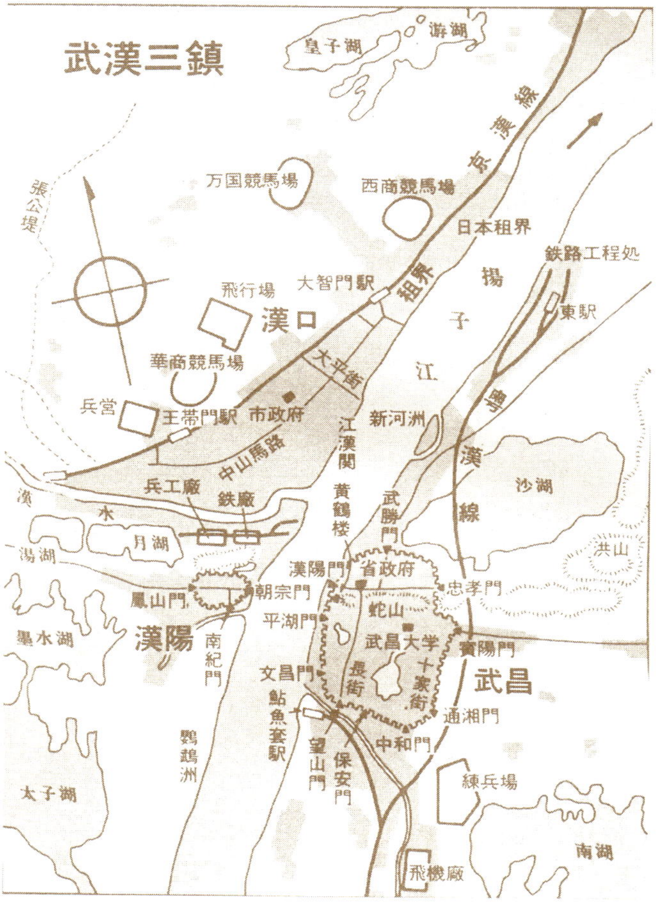

武汉三镇图

说明：一、早日解决中日事变是陆军省部的一致希望；二、从历史上看，只要攻占汉口、广东就能支配中国；三、攻占汉口、广东用现有的兵力就可以作战；四、估计苏联此时不能参战。朕要陆军部搞了个详细的《支那事变汉口作战方针》，按照这个方针，中国军队将采取两翼包围、南北牵制的战略，以平津、宁沪杭为两翼，调集晋豫之兵，沿平汉线南下，汇合江南之兵，会攻武汉。可是，仗打到今天怎么样呢？先是支那人部署在徐州地区的大军将我帝国军队 8 个师团牵制在津浦一线达五个半月之久，并在台儿庄地区重创我矶谷廉介 11 军的第 10 师团和板垣征四郎将军的第 5 师团，既面中国军队掘开黄河，水淹豫东、皖西和江苏，致使中国军队取平汉而南下的战略意图化为泡影！”

裕仁越说越激动，他挥舞着右手：“朕读过一本书，这本书评价汉口（日本人不知道武汉，只知汉口）是‘东方芝加哥’，可为什么5个多月了，我们不仅不能乘胜前进反而还泡在黄河水里寸步难行呢？我们还要不要夺取汉口？我帝国勇士何时才能踏上汉口这片土地？”

话音刚落，首相近卫文麿霍地站起身，慷慨激昂地说：“自政府发表不以国民政府为对手的声明之后，支那友好人士群起响应，北平之‘中华民国临时政府’与南京之‘中华民国维新政府’，正得到越来越多的民众的支持，蒋氏政权已龟缩于以汉口为中心的一隅之地，帝国所期望建立的‘大东亚共荣圈’的目标正逐步实现。现我皇军正沿着预定方案向汉口进军，我们要给蒋氏政权以最后一击，2 个月内攻下敌人的最后一个大本营，完全达到对支那统治的目的。”

文相荒木贞夫大将显然也是一个易于激动的人，听罢近卫的发言，他“咚”的一声从座椅上弹起来，“两个月内，太好了！我们马上赶印皇军攻占汉口的宣传单和画册，以配合前线勇士的行动！”

参谋总长闲院宫讲话似乎总在显示他的贵族身份：“我认为迅速攻下汉口是必要的。汉口现已成蒋氏政权的统治中枢，其抗日的主要力量——国共合作势力，已汇集于此，所以攻破了汉口，也就意味着拔掉了国共合作的楔子，并由此造成国共分裂和国民党的进一步瓦解。”

停顿了一下，他进一步说道：“攻下汉口之后，即便我们不能一下子消灭蒋氏政权，退踞西南的他们从名义上和实质上也都沦落为一个地方政权，不足以对帝国目标构成大的威胁。”

像他的地位和威望一样，闲院宫的分析比近卫的讲话厚重、实在，更有分量，他赢得了包括天皇在内的所有人的赞许。

对此，在攻取汉口，给中国“最后一击”的总目标上，大家没有异议，第一个议案获得通过。

接下来讨论第二个议案：什么时候夺取武汉，仲夏还是初秋？在讨论具体的进攻时间时，陆相和海相发生了激烈的争执，外相宇垣一成扶了扶他的近视眼镜，站了起来。在这些胸前挂满军章的将帅面前，一身西装的他显得特别的不和谐，这位毕业于帝国大学的高才生诚恳地对着上座的天皇说道：

“陛下，臣以为攻取武汉应推迟在秋后进行。原因在于，其一，支那有三大火炉，而汉口位居其首，此种酷热天气极不利于我方作战；其二，苏联方面蠢蠢欲动，我担心一旦我方发起汉口作战，苏联乘虚攻入满洲（指中国东北，后同——编者注），到那时，我将陷于两个战场之中，首尾难以相顾，所以，臣以为静观一段时间再占汉口不迟。”

宇垣的看法自然引起了陆相板垣征四郎的不满，这位在台儿庄吃过败仗，任陆相刚刚20天的壮实军人一脸的不悦，他略带讥讽地说道：“宇垣君没到过战场，所以不了解前线军士的高昂士气，我皇军于奋发中养成坚毅不拔之斗志，酷暑算得了什么？！再说，敌我同在酷暑下征战，两军相遇勇者胜，所以，你的第一条担心是多余的。至于苏联进攻满洲一事，我关东20万精兵岂是东京隅田川的稻草人？况且我西方盟国——德意志帝国正虎视苏联，借用支那的话来说，这叫作螳螂捕蝉黄雀在后，苏联哪敢轻举妄动呢？”

海相米内光政对板垣的逼人气势轻蔑地哼了一声，他站起来为宇垣辩护道：

“宇垣相的意见值得重视。但我认为在八九月份作战更为适宜，因为这时扬子江水涨江宽，利于军舰上溯作战，以配合陆军行动。”

米内光政抓住了陆军要海军配合这一软肋，板垣征四郎也就不再争辩什么。

倒是本庄繁坐不住了，这个老牌军人一想起战场就热血沸腾，他自然不希望推迟攻击武汉的时间。矮胖如一头肥猪的他双手撑着会议桌子，声振屋瓦：

“陛下，臣从40年的军旅经历中得出一条重要经验，那就是，士气可鼓不可泄。现在正值士气高涨之时，我们要一鼓作气，乘胜追击，切不可给敌人喘息之机啊！汉口作战，越快越好！”

裕仁天皇满意地朝本庄繁点了点头，额首示意他坐下。然后天皇起身快步走到巨幅作战地图前，举起右手，朝着武汉狠狠往下一劈，一字一顿地下达了命令：举全国之力，速战汉口！

6 月 18 日，日本大本营陆军部下达了准备汉口作战的命令。这个命令指出：“汉口作战的目的，在于摧毁蒋政权的最后的统治中枢——武汉三镇，完成徐州作战以来的继续事业——黄河和长江中间的压制圈。”

7 月初，大本营变更华中派遣军的战斗序列。通过系列调整，华中派遣军由 14 个师团、2 个旅团、2 个支队组成，以畑俊六大将为司令官，大河正三少将为参谋长，共编为第 2 军、第 11 军、直辖兵团、航空兵团等 4 个作战单位，总计拥有兵力 40 万，各型飞机 300 余架，舰艇 20 余艘。

第 2 军司令官东久迩宫稔彦亲王中将，是裕仁天皇的叔叔，真正的皇亲国戚。派他出征，主要是一种象征意义，表明天皇对“汉口作战”的重视；第 11 军司令官冈村宁次，刚从关东军第 2 师团长的位置上提拔上来，他毕业于陆军大学，是陆相板垣征四郎在日本士官学校时的同学和挚友。

长江两岸，大别山麓，侵略者的铁蹄已由远及近隐隐可闻了。

二、棉裤烧破了，毛泽东捂着被子写成了《论持久战》

写《论持久战》时毛泽东不慎烧破了棉裤，他只好穿着裤衩捂着被子靠在床上继续笔走龙蛇。闭门九天，这部光辉著作终于问世。白崇禧将之归纳为“积小胜为大胜，以空间换时间”两句话，并向蒋介石推荐，蒋介石十分赞同，下令军委会通告全国，以之作为指导全军抗战的指导思想，共产党人的思想由此统率着国民党的军队。但王明却拒绝在《新华日报》上刊登这篇文章，并写诗予以讥讽。

距日本御前会议前一个月，在中国陕北的一眼窑洞里，一个伟人已经预见到了这一场中日战争的态势与进程。这个具有远见卓识的人物名叫毛泽东。

5 月的陕北，小河还未解冻，树杈上还挂着冰凌，大人小孩还裹着棉裤棉袄佝偻着身子靠在墙根晒太阳，有的干脆就窝在窑洞里偎在火炕上，一家人有一句没一句地嗑着闲话。

延安，杨家岭的一处窑洞里，毛泽东可没有这样的闲情，他正伏在桌上赶写一篇重要文稿。

自从去年 (1937 年) 年底，贺子珍负气离开延安到苏联后，毛、贺二人近十年的夫妻关系就此遗憾地恩断情绝，但一个人的生活就此也使毛泽东有了一个比较清静的环境来思考中国革命的理论问题，特别是当前抗战中的战略指导思想问题，因为这不仅关系到一个政党对全国抗战的影响力问题，更涉及如何统一全民抗战思想，引导全民走向抗战胜利的全局性问题。

早在台儿庄大捷传到后方的时候，当时的国民党军政上层人物如顾祝同等喜不自胜，认为集中兵力再打几个类似的胜仗，就能把日本人赶出中国；武汉的一些报刊也纷纷发表社评，认为“中国抗战已越过危险阶段”；吴鼎昌、胡政之、张季鸾主持的《大公报》

更在其社论《这一战》中说：这一战是“准决战”，“这一战，就是敌人的最后挣扎”，“我们胜了，日阀就在精神上失了立场，只有静候末日审判”！“速胜论”一度很有市场。

对此，毛泽东电示武汉的中共代表团，指出“准决战论调不妥”。

而徐州会战失利之后，不少人认为60万中国大军敌不过10万日军，“皇军不可战胜”的“恐日病”又复发了，“速胜论”销声匿迹，“亡国论”却甚嚣尘上。

如何澄清这些错误认识，统一国人的思想呢？毛泽东对刘少奇说：我们召开一个抗日战争研究会，你主持，我来做报告。于是，这几天毛泽东便待在窑洞里足不出户写文章。

毛泽东的窑洞里有三间石灰粉刷的小房间，一间做卧室，一间做书房，外间做会客室。窑洞坐北朝南，在延安属于背风且采光性好的住处，可在这天寒地冻之时，这样的窑洞也如同冰窖一般让人难受，采光虽然不错，但丝丝阳光有气无力地透过拱形门廊上纸糊的花窗格，因而并不见得有多少光亮、多么温暖。好在勤务员小李是个细心的小伙子，他将烧好的火盆端进窑洞里，一间房一个，这样既无烟熏又能取暖，毛泽东对此很满意。

长时间伏在桌上笔走龙蛇，身体没有活动，双脚容易冻坏。小李又专门烧了一只烤炉放在毛泽东的两胯之间。

和他睡觉不喜欢人打扰一样，他写文章更不喜欢闯进不速之客，打断他的思路，所以他对小李说：“这几天辛苦你一下，你在窑洞外一边晒太阳，一边为我站岗把门，任何人无特殊情况都给我挡在门外，不要随便进来，包括你自己。”

“那吃饭怎么办呢？”18 岁的小李长着一副娃娃脸，微笑着又是很认真地问他敬重的主席。

毛泽东被小李的天真逗得哈哈大笑起来，他摸着小李的头说：“傻小子，该到吃饭时间就开饭呗！”

到了第 5 天，毛泽东的桌子上已堆了半尺厚的稿纸。

这一天比前几日更冷了一些，小李给毛泽东窑洞里的火盆多添了一些木炭。他自己则像往常一样，边守门，边烤火晒太阳。

约摸十点来钟，一只小鸟飞到一棵枣树上，小李正准备起来驱赶时，猛地听到窑洞里传来“哎哟”一声大叫。小李头皮一炸，一个转身就冲进了窑洞。

一股浓烈的焦煳味弥漫在窑洞里，毛泽东正双手不停地拍打着裤裆、裤管，急急地脱裤子。

他的棉裤烤着了！来不及多想，小李蹲下来，三下五除二地帮毛泽东将棉裤褪了下来！

一条好端端的棉裤被烤去了半截裤管，裤裆也开了个大天窗！好在毛泽东除了脚踝受了点灼伤之外，并无大碍。

看着下身只穿着裤衩的毛主席，小李愧疚得哭了起来。

毛泽东反过来安慰他道：“这与你无干，只怪我火气太旺，所以惹火上身来，没事，没事。”

一席话，说得小李破涕为笑。

把毛泽东扶上床（毛泽东不习惯北方的土炕，所以他仍然睡的是南方的四脚床，架的是蚊帐）捂上被子后，小李要去请医生。

毛泽东阻止了他：“孙悟空大战火焰山时烧了身上的汗毛也无

大碍，我现在连汗毛也未烧着，请什么医生？这时候药品稀贵得很呀！”

小李要到后勤处为毛泽东去领一条棉裤，毛泽东再次阻止了他：“边区政府规定了，一人一条棉裤一件棉袄，我不能破了这个规矩。我在被子里捂几天，你帮我把棉裤补好，不就得了？！”

一旁的小李早已是泪水涟涟。

就这样，捂着被子，毛泽东又写了四天，终于在第九天完成了57000余字的《论持久战》。

手稿墨迹未干，毛泽东就叫小李分别送给刘少奇、朱德、张闻天、任弼时看，根据他们的意见，毛泽东又做了局部改动。

5月26日，延安抗日战争研究会在刘少奇的主持下开幕。毛泽东把厚厚的一摞稿子放在桌上，又几乎不看稿子就给与会的延安各机关干部做了《论持久战》的演讲。

毛泽东指出，当前的这场战争“乃是半殖民地半封建的中国和帝国主义的日本之间在20世纪30年代进行的一个决死的战争”。

“在这场战争中，中日双方有四个特点。”毛泽东以他的湖南腔底气十足地说。

“哪四个特点呢？”他自我设问道。

“那就是第一，敌强我弱，有了这一点，因此，中国不能速胜；第二呢，敌人的战争是退步的，野蛮的，我们的则是进步的，正义的；第三呢，日本是小国，地小、物小、人少、兵少，而我们呢，恰恰相反；最后呢，从国际上来说，敌人失道寡助，我们得道多助。这后面三点，是我们的长处，它决定了中国不会亡。”

“所以，总起来一句话，中国不会亡国，也不会速胜，抗日战争是持久的，最后的胜利是中国的，这就是我们的看法。”

毛泽东的话音刚落，台下几百人便爆发出了炸鞭似的掌声。

谈到抗战的进程问题，毛泽东自信地说：“可以肯定地说，这场战争将出现三个阶段，那就是战略防御、战略相持与战略反攻三个阶段。”他还给每个阶段的战争态势描绘出了一个基本轮廓。

演讲在延安引起了极大的反响，延安很快掀起了学习《论持久战》的热潮。

只是当这篇著作被送到武汉的中共代表团手里的时候，代表团主要负责人王明（对内为中共中央长江局书记）却以文章太长为由，拒绝在《新华日报》（中共在国统区唯一公开出版发行的大型报纸）上刊登，甚至中共中央致电长江局，要他们分期刊登，王明仍然不同意，《论持久战》最终未能在《新华日报》上发表，只是分四次

《论持久战》

印制成单行本，随该报送阅。

王明是安徽金寨人，个矮而敦实，在莫斯科中山大学喝过洋墨水，自诩为“百分之百布尔什维克”，他很瞧不起毛泽东等人，嘲笑毛是“山沟里的马克思主义”。《论持久战》传到武汉后，他不仅不允许《新华日报》刊载，还写诗讥讽说：

四亿弗凭斗志衰，空谈持久力何来？

一心坐待日苏战，阶段三分只遁牌。

好在精明细致的周恩来深知毛泽东这篇著作的重要意义，他不失时机地向军委会副参谋总长白崇禧宣传介绍毛泽东的战略理论。白崇禧深为赞赏《论持久战》，他把《论持久战》印成小册子，发给广西部队排长以上的军官，人手一册，随时学习，还把这部著作的精神归纳成两句话："积小胜为大胜，以空间换时间"，并推荐给蒋介石，蒋介石十分赞同，下令军委会通告全国，作为指导全国抗战的战略思想。

共产党的思想统率着国民党的军队，这是国共关系史上从未出现过的有趣现象。

毛泽东在演讲

三、李克农和陶铸打了一架，周恩来为白崇禧修改文稿

主管情报工作的李克农与负责宣传工作的陶铸因误会打了一架，演了一场“三岔口”闹剧；白崇禧的机要秘书是中共特别党员，他为白崇禧拟定的讲稿竟是周恩来修改的结果。周恩来与白崇禧同车撤离武汉，白崇禧向周恩来细谈儿时趣事。

1938年7月上旬的一天傍晚，汉口府南一路（现民意路）的石板路上，一位魁梧壮实的中年人，手摇蒲扇，踱着方步，正向安仁里走去，他戴着眼镜，身穿绸衣缎裤，一副富商模样。

绕过摆在街上的数不清的乘凉的竹床，转过两道弯后，他朝四周望了望，发现无人盯梢之后，快速地踅进了一栋不起眼的二层楼房。

他是谁？他为何来到这个五方杂居的地方？

他叫李克农，中共杰出的情报工作者。早在20世纪的30年代初，他就和钱壮飞、胡底打入国民党内部，在上海、南京从事秘密战线工作，获取了诸如向忠发（中共临时中央书记）叛变、顾顺章（中共特科负责人）投敌、国民党围剿红军等许多重要情报，因而他们有中共情报“三杰”之誉。

现在他的内部职务是中共中央长江局秘书处秘书长，还是干老本行——负责收集情报，还是受他在上海时的老领导周恩来直接领导。因为虽然实现了国共合作，建立了抗日民族统一战线，但团结之中有斗争，情报工作不能松手。

李克农交游广泛，大凡国民党上层人士、失意政客、中外记者、

民主人士、掌柜、店员及至街头修钟表、补锅、磨剪子铲刀的，他都能谈得来，做朋友，所以他的信息来源广泛，情报有分量。

尽管长得高高大大，李克农却和周恩来一样，心细如发，机敏严谨。情报科有一部密码电台，专门负责接收各方来电，然后经整理送长江局领导及党中央阅看，保密要求之严自不待言。

中共中央长江局的办公地点设在武汉八路军办事处内，是原日本大石洋行的商务大楼（原日租界128街89号，现长春街57号），四层，外加一个屋顶花园。情报科就在四楼，外人不能进去。李克农给情报科的工作人员规定：除特殊情报外，一般情报看完即毁，不存档；遇日机轰炸需躲避空袭时，值班译电员只能拿上密码箱去底层楼梯下藏身，不准出大门。朱轩是从延安新来的译电员，一次他值班时，警报响了，他慌慌张张地提着密码箱跟着大家跑到法租界。为此，李克农气得大骂了他一顿。

中共湖北省委也有一部秘密电台。李克农的警惕性很高，为防止这部电台泄密，他经常去府南一路安仁里一号湖北省委的所在地检查工作。今天晚上，他特意装扮了一番，又去那里查看情况。

湖北省委的电台安在二楼，几个工作人员李克农都熟悉，他们正在各自忙碌着，与以前一样，李克农同他们点头致意就算是打了招呼。临走的时候，他向这里的负责人小张问了些情况，又叮嘱了几句，便独自下楼去了。

走到一楼的门口，一个身材比他略矮、剃小平头的陌生人敞着衣服，大摇大摆地向门里走来，李克农一激灵，心想，莫非是国民党的特务？便横在门口，问道：“你找什么人？”

来人打量了眼前这个戴眼镜的大个子，不屑地反问道：“你是什么人？你来这里做什么事？”

“你问得莫名其妙，这儿是我的家，你说我来这里做什么事！”李克农想糊弄对方一下。

谁知对方也像是对这栋房子十分知悉似的，不仅不受糊弄，反而从鼻孔里鄙夷地哼了一声，说道：“你的家？你是不是吃错了药，走错了门？！”

一句话说得李克农火起，他瞅准对方的胯裆口，飞起一脚，谁知对方反应也快，一个闪身，让开了这致命的一踢。

李克农认准这人不是密探即是流氓，便使出早年学过的功夫，一记黑虎掏心，直奔那人胸口而来。那人没防着对面这个大个子如此迅疾，想躲都来不及，结果胸膛上结结实实地挨了一记重拳，踉踉跄跄地倒退了好几步。

李克农在抗战初期

待站稳脚跟，那人如发怒的公狮，冲上前来揪着李克农便打。李克农视力不好，眼镜被打飞了，黑暗中挥出去的尽是空拳，而那人似乎擅长游击战法，前后左右，声东击西，打得李克农找不着北，只是嗷嗷地吼叫着。

楼上的工作人员听到楼下的叫声一齐跑了出来，扯开一看，大事不好了，同李克农打架的是陶铸同志，他当时在湖北省委宣传部工作，但他不认识李克农，因此，才有了这场大水自冲龙王庙的闹剧。

自此以后，李克农与陶铸“导演”的“三岔口”常被“八办”的人引为笑谈。而两人不打不相识，后来尽释前嫌，还成了好友，只是还不时拿“三岔口”一事互相斗嘴，李克农说：要不是我的眼镜掉了，你哪里吃得消我的老拳？陶铸则说，你死打硬拼，我用的是毛主席的游击战法，所以打得你鬼哭狼嚎。旁边的人听得笑岔了气。

说笑归说笑，李克农对秘密工作的警惕性却是从未马虎的，他为此受到周恩来的多次表扬。

对隐蔽在各处的秘密党员他还尽力予以帮助，以便他们能更好地开展工作。

白崇禧是军事委员会的副参谋总长兼军训部长（参谋总长兼军政部长是何应钦），其机要秘书谢和赓是白崇禧夫人马佩璋的表亲，也是中共特别党员（仅毛泽东、周恩来、李克农等三五人知道），因此，谢和赓做白崇禧的工作就有了许多便利条件。

作为在国民政府军事委员会工作的同事，白崇禧有“小诸葛”之称，周恩来是共产党的干城，两人见面机会多，也很谈得来，上述周恩来向白崇禧介绍毛泽东的《论持久战》就是一例。白后来在广西军队中大力宣传《论持久战》，凡排长以上军官，人手一册，深入学习，扩大了毛泽东的这部名著的影响。但自从有了谢和赓这层关系，周恩来、李克农就更容易了解、掌握甚至影响白崇禧的思想了。

当时，电影演员王莹因演出街头话剧《放下你的鞭子》而红遍武汉三镇。王莹长得丰腴有度，肤嫩如脂，为不少官宦公子、富家子弟所追求，但她独看中了谢和赓的人品和才气，因而两人正恋得火热。

电影宣传工作属政治部第三厅厅长郭沫若管，这样，因王莹的关系，谢和赓又与郭沫若熟谙起来。不过，根据组织原则的规定，郭沫若并不知道谢和赓的党员身份。

因身兼军训部长一职，白崇禧要经常向各地驻军发表军事讲话，讲稿自然由谢和赓等人拟定。

当时刊登在杂志封面的王莹的照片

1938年6月，国民政府军事委员会珞珈山军官训练团第一期学员毕业，即将开赴抗日前线。无疑地，白崇禧是要给他们做一番训话的。这一期学员全系国民党军队师长以上军官，训话的重要性不言而喻，为能拿到高质量的讲稿，白崇禧除叫谢和赓草拟题为“军队政工与群众政工之关系”一文外，还叫另外两人起草同一文章，以从中择优，交稿时间限定一周。

这对谢和赓的能力、学识是一次大的考验。

谢和赓和白崇禧一家住在一起，地点在武昌蛇山脚下的熊廷弼路（今武珞路），办公地点距此不远，在武昌新图书馆（今湖北省图书馆）。这样，谢和赓白天上班处理公文，晚上加班，赶写讲稿。经过三个晚上的挑灯夜战，草稿终于拟就，有14000字。

大作初具规模，该先送给谁看呢？他第一个想到的是自己的恋人王莹。这时王莹患感冒，正在汉口同济医院打点滴，她接过厚厚的一叠手稿，翻看了起来。

看罢，她半开玩笑半认真地说：

“你是白总长的大秘书，我文化水平不高，提不出更多的意见，不过我觉得太长了一些，这么多的字白总长要是逐一讲下来的话，得花多长时间！下面听的人烦不烦？”

“嗯，有道理。”谢和赓若有所悟，连声称赞王莹说得在理。

那怎么斟酌删节呢？请谁代劳呢？刀子削不了刀把，删减自己的文章好比切割自己身上的肉——难下手哇！这时候聚集在武汉的文人多如过江之鲫，可这种文稿又不是随便能给外人看的。

谢和赓有点犯难了。

还是王莹脑袋转得快，“你不是和李克农关系好吗，他交际广，肯定能找到可靠的人帮这个忙。”她对谢和赓说。

谢和赓一拍大腿，转身出门，找李克农去了。

李克农一看是白崇禧的重要讲话稿，当即答应，“行，我给你找个高人修正修正，明天你过江来取吧！”

第二天，谢和赓过江取回了原稿。不看不知道，一看吓一跳，那上面增删改动的笔迹，不是周恩来那遒劲圆润的字体吗？谢和赓越往下看，越是敬佩：周恩来本着白崇禧军训部部长而不是副总参谋长的角色，谈到了政治工作的目的、意义、方式与方法，且尽量改正原稿中与共产党、八路军政治工作相类似的提法，删掉了那些过火的揭露国民党中央军以往一向脱离群众的做法及政治工作中种种毛病的文字，全文的长度也压缩至1万多字。

当晚，谢和赓异常兴奋，连夜照着修改稿复写了两份，并将周恩来用红笔改过的原稿毁掉。

第六天，他将一份誊正的讲稿放到了白崇禧的办公桌上，而他的两位同事的拟稿也已经整整齐齐地摆在那里。

次日一早，白崇禧赶往珞珈山的训话现场，谢和赓及他的两位同事也乘车随行。

路上，谢和赓心里如十八只木桶打水——七上八下，忐忑不安，白崇禧到底会用谁的拟稿呢？会不会各取精华，“平分秋色”呢？就在他左思右想之时，小车戛然而止，目的地到了。

到底是行伍出身，训练有素，白崇禧咚咚几步即迈上早已布置好了的主席台，开始训话。

似乎是烂熟于胸，白崇禧撇开讲稿，洋洋洒洒地谈起军队政工的方式方法与群众政工的重要意义来，听的人都为白崇禧的出众口才、严密逻辑和语言的感召力所折服，不时地鼓掌欢呼，但白崇禧本人心里清楚，他所讲的全是谢和赓拟稿的观点！

事后，谢和赓将此事向李克农做了汇报。胖胖的李克农双眼笑得眯成一条缝，他一把搂过谢和赓，说道：“小子，你真幸运！有恩来同志做你的作文老师，你的工作哪能不成功呢？！不过，这事恐怕是国共合作中难得一见的奇事，也是一个难得一遇的‘绝密佳话’！”

是的，一个国民党军事领袖的演讲稿竟得到中共领袖的亲笔修改，这在国共两党关系史上确是一段空前绝后的“绝密佳话”！但周恩来与白崇禧之间的另一段故事恐怕也是可以称得上“佳话”的。

那是这一年10月25日武汉大撤退时候的事。

这一天的凌晨，当向西转移的周恩来一行乘车经过十里铺时，发现前面一辆轿车停在路边，司机正仰卧在车底下检修线路。周恩来下车一问，原来是白总长的座车坏了。

这时，敌人已部分进入武汉市区，枪炮声清晰可闻。周恩来遂对白崇禧说：“健生兄，情况紧急，你还是坐我的车走吧！”

白崇禧说了声“谢谢”，便很高兴地坐进了周恩来的小车。

这一路，两人言谈甚欢。

白崇禧谈到了自己的儿时趣事：“我那时人小力气小，可从来是不畏‘强敌’的啰。我读私塾时，同学中有个叫毛长林的，年长我8岁，个头高出我一大截。其座位正在书房通往厕所处，凡同学

1938 年 2 月 21 日，武汉各界举办“庆祝空捷追悼国殇”大会。周恩来、王明等共产党人前往致祭，纪念在三天前武汉空战中捐躯的飞行员。周恩来身着国军军服，留下了这幅照片。

路经该处，毛动辄收‘过路税’，我也被收过。可心有不甘咧，于是便想办法教训他。一日下午放学，毛正下台阶，我想机会来了，遂出其不意，在后用力一推，毛像石碾一样滚滚而下，我又乘机上前踢其两脚，然后迅速跑开。毛长林这次受伤不轻哟，面部、膝盖流血不少，他老爸找到我父亲，我父亲赔礼又赔医药费，但对我受辱而报复的行为却未予深究。从此以后，毛长林再也不敢收‘贡税’了，同学们都拍手称快。”

周恩来听完，哈哈大笑起来，赞叹道：“是啊，面对强敌就是应该敢于起来做斗争，比如我们现在进行的这场抗日战争，只要各党各派团结一致勇于战斗，中华民族就一定会赢得未来的胜利和希望。”

周恩来接着也谈了自己的身世、留学法国和参加革命的经历，以及红军长征的经过，白崇禧为周恩来的坦诚磊落而深受感动。

两人的这番交心行程，为白崇禧担任桂林行营主任后准许八路军在桂林设立办事处并放手展开工作，埋下了很好的契机。

四、郭沫若对陈诚说：“你不能往三厅里掺沙子！”

在四季美汤包店，周恩来力劝郭沫若就任政治部第三厅厅长；在副厅长人选问题上，郭沫若据理力争，负气出走；在三厅组织大游行活动时，陈诚指使人暗中拉响了空袭假警报；在三厅的国际宣传处，有一位“娇声卖国贼”让日军既恨又怕。

1938 年新年刚过，从日本回国的郭沫若应陈诚之邀来到江城武汉，拟担任政治部第三厅厅长。周恩来非常高兴，便以同志加朋友的身份为他接风。

北伐战争期间，郭沫若曾任政治部副主任，后蒋介石叛变革命，屠杀共产党人和革命群众，郭沫若以一篇《试看今日之蒋介石》把蒋骂得体无完肤。于是，蒋下令通缉，郭亡命日本，周恩来遂与他十年暌违，音讯断绝。这番见面，自然十分兴奋。

深冬的武汉，天气奇冷，阵阵北风刮得人弯腰缩手，缠巾裹衣的，而周恩来和郭沫若却春风满面地来到了汉口后花楼街的四季美汤包店。

在二楼的一间包房里落座后，周恩来对郭沫若说道："沫若，今天我们来的这家小店，在武汉的名气可大咧！它做的汤包皮薄，肉嫩，汁鲜，蟹黄汤包用的是阳澄湖的大鲜蟹，正宗的下江风味呢！花雕是我们老家的特产，温而不火，特别能御寒，这算是我做东的一点心意吧！"

"没想到周副主席（周恩来当时在党内是军委副主席）还是美食家哩！"郭沫若的一口四川话依旧那么圆润。

说笑间，酒、菜、汤包都端上来了。

郭沫若夹了一只汤包，咬了半口，连声赞道："嗯，鲜，鲜，味道真好，比我小时候在老家吃的蘑菇蒸包好吃多了！"

看着郭沫若吃得津津有味的样子，周恩来说："好哇，那你就多吃几个吧！"

边吃边聊间，周恩来又说道："沫若在日本潜心研究甲骨文和中国历史，成绩巨大，得到了学界的尊重。陈辞修这次邀你负责第三厅，就是冲着你的名声而来的，你意下如何？"

郭沫若抿了一口花雕，若有所思地说道："周副主席，我不大想干这个差事。”

“为什么？”周恩来紧盯着问道。

“很明显，第三厅主要任务是宣传，跟谁宣传？还不是跟反动派卖膏药！再说，我站在自由地位说话，比加入了不能自主的政府机构，应该更有效一些；此外，一旦我做了官，抗日青年们是不会谅解我的。”郭沫若一口气说出了一大堆的理由。

周恩来静静地听着，待郭沫若讲完，他缓缓地说道：“沫若，我倒不这么认为。现在是国共合作时期，你宣传的是全民抗战啊，不只是一个政党的主张，一个领袖的思想，况且你有了合法身份，不是可以更好地动员青年，组织青年，宣传我党的抗日民族统一战线政策吗？我想青年们是会理解你的！”

郭沫若似乎还有些担忧，“陈诚会那么放手让我来开展工作？”

“他肯定会设下不少障碍，不过不用过于担心，政治部不是还有我吗！倘使他胡乱干预，我们就同他斗呗！统一战线不是无原则的啊！”

郭沫若端起酒杯同周恩来碰了一下，一口饮尽满满的一杯花雕，说道：“好吧，我听你的！”

2 月下旬，陈诚主持政治部会议，商讨第三厅的副厅长人选问题。

陈诚似乎早有准备，但他隐而不发，先把郭沫若推上前台，说：“沫若同志，副厅长主要是协助你开展工作，十分重要，你有什么考虑？”

郭沫若也似乎早就成竹在胸，他侃侃而谈道：“正如陈部长所言，副厅长位子十分重要，用人不能不慎，那么选怎样的一个人呢？鄙意以为，这个人首先要有人望，品行好，为各方所接受；其次要有组织领导才能，特别是有领导文化界各路人才的才能，这样才能凝集人心，团结大众，开展工作，打开局面。”

政治部的三位部长，陈诚、周恩来、黄琪翔都不约而同地点了点头。

“那么你认为谁当副厅长比较合适呢？”一向持中立态度的黄琪翔问道。

郭沫若单刀直入：“我认为潘汉年合适。”

“潘汉年？”一直脸色轻松的陈诚顿时绷紧了神经。“他长期在幕后做事，恐怕不大合适吧！”陈诚含沙射影地来了这么一句，

武汉会战期间，周恩来（右）和郭沫若（中）等在一起的合影

他是指潘汉年多年来做我党的秘密战线工作。

郭沫若一听，有点忍不住了，他提高了声调说道："什么长期在幕后做事？我还不是在幕后做了十年！"

陈诚知道他的话拔出萝卜带了泥，赶紧解释说："沫若同志，你误会了，我不是这个意思。"

周恩来本来要陈诚尊重郭沫若的意见，现在一见两人已擦出火花，便想缓和一下气氛，说道："陈部长，那你认为谁比较中意呢？"

"我比较看中刘健群同志。"陈诚终于揭开了盖子。

周恩来的脸色也严肃了起来："刘健群难孚众望，他是复兴社（国民党的特务组织）的骨干，很多人都知道。"

郭沫若越来越坐不住了，"陈部长不要往第三厅里掺沙子了，你要是让刘健群来干这个副厅长，那我就只有让位于贤了。"他气嘟嘟地说。

话说到这个份儿上，会议已成僵局，几个人都一言不发，尴尬地坐着，只有陈诚的手指不停地敲击着会议桌面，"笃笃笃笃"地如心跳般响个不止，单调而沉闷。

还是黄琪翔出来打圆场："我看今天的会议一时难以议出个结果，不如改天再开吧！"

陈诚停止了手指的活动，阴沉着脸走了。

会议在无言之中不欢而散。

第二天，郭沫若给周恩来报告了一声，便愤然坐火车到了长沙。

这下陈诚急了，抗战不能没有宣传，第三厅不能没有郭沫若，郭沫若负气出走，这台大戏怎么唱？

他跟周恩来商量，刘健群和潘汉年都撇开，由郭沫若另外再提名一个无党无派的人士，怎么样？周恩来说，我跟郭沫若联系一下再说。

这样，郭沫若推荐武汉大学教授、无党无派学者范寿康当副厅长，陈诚同意了，第三厅的“组阁”风波终于风止浪静。

4 月 1 日，武昌昙华林，宾客盈门，锣鼓喧天，热闹非凡，政治部第三厅宣告成立了。

三厅下设五、六、七共 3 个处，每处设 3 个科，编制定员 300 多人，另附属有 4 个抗敌宣传队，10 个抗敌演剧队，10 个孩子剧团，1 个漫画宣传队，1 个电影制片厂和 5 个电影放映队，总计有 2500 人左右。同时，一批文化界的知名人士如著名作家胡风、丁玲、茅盾，音乐词曲家冼星海、戏剧家阳翰笙、田汉等都来到了武汉。

4 月 7 日，汉口市商会大礼堂里人声鼎沸，上午 10 时，第三厅主持的武汉各界抗战扩大宣传周开幕式活动正式开始。

陈诚首先讲话：“同志们，同胞们，第三厅组织的本次宣传周活动，一方面为鼓舞前方将士之勇气，另一方面为振奋后方民众之信心，坚强国人长期抗战之意志。抗战是手段，建国方为目的。同志们，同胞们，只要我们同仇敌忾，坚定信念，我们就一定能打败敌寇，实现建国的目的！”

邵力子、周恩来也都做了鼓动发言。

开幕式后，10 万市民举行了游行活动。恰在此时，广播传来台儿庄中国军队大捷的消息，三镇即刻如开水在锅，沸腾起来，鞭炮声、锣鼓声、广播声、歌舞声，不绝于耳。中山公园体育场内，数万人齐声高呼反帝口号，高唱《义勇军进行曲》《救亡进行曲》《大刀进行曲》，武汉成了欢乐的人山，武汉度过了一个兴奋难眠的夜晚！

扩大宣传周在随后几天又举行了演讲、歌咏、美术、戏剧、电影等宣传日活动。三镇的大街小巷、工厂、码头、部区、农村活跃着几十个演剧队和几百个演讲队的矫健身影。上万人的歌咏竞唱，将武汉唱得歌飘曲荡，响彻长空；特别是抗日画灯游街展示和江上船舳数里相连的水上火炬宣传活动，更将江城装扮成一幅流动的抗日风景画和壮观的抗日宣传图！

宣传周的最后一天，第三厅拟组织60万人举行大游行，这是人民群众对自己力量的检阅。

这么大的声势，又是共产党人带头组织的，陈诚心里不是个滋味，他对第二厅厅长康泽说："能不能想办法阻止一下？"

康泽笑着说："陈部长到时候会知道的。"

那一天，阴雨淅淅，各阶层的人纷纷冒雨汇集到各集中地点，准备游行。

忽然，空袭警报响起，而且一声比一声凄厉，似乎敌机已飞临眼前。

人们纷纷躲避，一场大规模的游行活动就在虚假的警报声中流产了！

第三厅是文化人的大本营，笔杆子多，为发挥这一优势，也为鼓舞前方将士的斗志，三厅联合全国慰劳总会，发起了大规模的征集慰问信活动。号召一出，万众响应，妇女、老人、儿童，凡能识字作文的，几乎没有不动手提笔的。短短一月之间，上百万封慰问信如雪片般飞向三厅的文字宣传处。

武汉妇女救护训练班的李宜礼小姐，一人写信达20封之多，信笺都写满了她满腔的热情和女孩子特有的纯真与执着。在8月25日的一封信中，她深情地写道："我前方最亲爱最勇敢抗战的将士们，当此三期抗战之时，你们为中华争人格，为国家争光荣，不惜牺牲性命，抛弃家园，其忠勇奋爱之精神，是何等令人钦佩啊！可惜我是弱女子，未有高深公识，贡献国家，然天下兴亡，匹夫有责，闻风而起，未敢后人。将来最后胜利得到，你们凯旋归来，（必将）受（到）四万万同胞之欢迎尊敬。这种无上的光荣是永远不磨灭的呀。敬祝最后胜利！"

为防止汉奸、坏人利用慰问信搞反动宣传，文字宣传处的同志还仔细看过每封信件，并在信中放进针、线、肥皂、毛巾、照片等慰问品，这给了前方将士极大的精神鼓舞。正如一位战士在复信中说道："得信后我勇力倍增，为民族、为国民争自由，我死而无憾！"

大会战时期的武汉，始终是在热与火的亢奋中流淌着一天又一天的日子，而每天的日语广播（中文翻译）却总能吸引人们驻足街头，凝神聆听，鹿地亘、池田幸子、青山、绿川英子……这些来自日本的反战人士、第三厅国际宣传处的工作人员，武汉市民对他们的熟悉就如同对自己街坊邻居的了解。

早在少女时代，绿川英子就因参加左翼文化运动、从事世界语活动而遭逮捕。出狱后，她毅然加入日本无产阶级世界语者同盟，开展反战宣传，并不顾家人反对，坚决和中国留学生刘仁结婚。

1937 年 4 月，是日本侵华战云密布之时，她只身躺在一只小船的底舱，熬过暗无天日的 10 天海上生活，秘密潜入了“敌国”——中国。

到中国的头几个月，她娇小的身影就活跃在反战和平的人流之中，如同海燕搏击风浪，百灵歌唱阳光。在上海，她昂首挺胸走在南京路上，参加营救“救国会七君子”的群众游行；她日夜奔波，编印《中国怒吼》杂志，撰写反对日本侵华，声援中国人民的文章；在广州，她参加“国际协会世界语科”的宣传工作，倡议和平反战。

可仅仅因为她的日本国籍，误解和猜忌便像毒蛇一样缠绕在她的头上，让她泪水独吞，无言以告。

“敌国”的人把她当作了敌国的人。

一天深夜，蜗居陋室的她被几名广州市的警察以“敌国人民”的名义驱逐出境。她只好流落香港，在一个小岛上与一群难民度过了她一生中物质和精神上最痛苦的四个月生活。白天，她靠在岩石上看潮起浪涌，云卷云舒，所能做的只是看救济难民的食物船到后，她再端起碗筷排队领取那份闪着光影的稀饭；雨夜里，滚雷如炸弹，在她的头顶爆响，吓得她蜷缩在草席的一角，瑟瑟发抖；暴雨狂风掀天盖地，孤苦的她只能拥被坐等天明。她在等待着，也在抗争着，冷遇和迫害、困窘和痛苦，没有浇灭她热烈的火焰，她时刻渴望着回到中国人民抗日斗争的行列里，公开地、合法地当一名真正的战士。

郭沫若帮助了她。

1938 年 6 月，在第三厅的要求下，她获得特许，从那个让她饱受苦难的小岛经广州来到武汉，在国际宣传处对日宣传科做日语反战广播工作。

终于能同中国人民并肩战斗了！终于能以麦克风为武器打击日本军阀了！她把心中炽烈的爱憎，化作缕缕情丝，编织在一次又一次的播音之中。

第一天播音，她激动地说："当我在战争第一周年的前夕被允许公开参加中国抗战之时，我是多么的喜悦和充满希望啊！""虽然是日本公民，但我愿意加入中国军队，因为它为民族解放而战斗，它反对的不是日本人民，而是一小撮日本帝国主义者，它的胜利同时预示着东方光明的未来！"

每一次播音，她总是那么饱含深情，特别是讲到日本侵略者在中国大地犯下的种种罪行时，她往往泣不成声，泪下如雨！

她用杜鹃啼血般的真挚，呼唤日本士兵良知的回归："别错洒了热血，你们的敌人不在隔海的这里！看看布满忧伤的老人，孱弱无助的儿童，想想你们年迈的父母和天真活泼的弟妹，你们的刺刀哪能在这里逞显威风呢！""停止杀戮，停止战争吧！我亲爱的同胞，为了两国人民！"

绿川英子的广播受到了世界上热爱真理、热爱和平的人们的喜爱。一位名叫安偶生的朝鲜世界语者，听了英子的广播之后，深受感动，写了一首题为"和平鸽"的诗，献给这位不曾谋面的"和平鸽"，诗中的一节写道：

如今你站在麦克风前开始翻译、播音，

向你的同胞们把真理预言。

你那尽管温柔的嗓音，

却足以制造电闪雷鸣。

你句句金玉献给仍有良知的心灵，

你的声音是不会白费的呵，

因为它能将那喝血入迷，制造痛苦的狼心，

打得粉碎，撕得干净。

和平的召唤，像排枪炮弹，搅扰得日军心慌神乱，一些麻木的灵魂在春风细雨之中逐渐复苏。

华中派遣军某部通信兵堀锐之助，长期收听绿川英子在武汉和重庆的播音，原来所谓“圣战”的说教开始在他心中消解，原来所谓“建立大东亚共荣圈”的理想开始被他怀疑。他在日记中写道：“重庆广播，偷偷倾听，那流畅的日语，心中不能平静。”

日本军部对这个用流莺般声音“动摇”他们军心的播音员既恼火又恐惧。他们四处查询，后来得知为中国电台工作的人竟是一个名叫绿川英子的日本女子时，他们尽其所能地用上毒辣的手段，一方面在东京《都新闻》上以头版头条、大幅照片等报道：“用流畅的日语对祖国做歪曲广播的娇声卖国贼”；一方面逼迫英子的父亲“引咎自杀”。

对此，绿川英子却是一脸的坦然，心中的和平与正义能让她冷静地对待军阀的疯狂，她说："谁愿意叫我卖国贼就让他去叫吧！我对此无所畏惧。"

倒是周恩来的关心使绿川英子心潮澎湃，哽咽难语。周恩来在看望她时，真诚地说道："日本帝国主义者把你称为'娇声卖国贼'，其实你是日本人民忠实的好女儿，真正的爱国者。"绿川英子满含热泪地说道："我愿意做中日两国人民忠实的女儿！"

短短的三个月后，侵略者的炮声还是淹没了绿川英子清澈的播音。在随三厅撤离之前，她站在长江岸边，凝望着一江秋水，思绪蹁跹，那响遏云天的合唱大会，那与星争辉的提灯游行，那感天动地的献金运动……一幕幕、一幅幅在她的心头浮现，再见了，我热

绿川英子和她的丈夫、中国留日学生刘仁

爱的第二故乡，再见了，我亲爱的人民，不久的日子，我一定会回来的！她在心里坚定地说道。

五、国府主席捐出了祖传金鼎，青楼女子奉献了仅有的一点积蓄

“七七”献金狂潮是中华民族凝聚力的一次大检验。国府主席特地赶来武汉，献出了祖传金鼎；影星捐出了结婚戒指；“从良”的妓女奉献了所有的积蓄；王明夫人的即席演讲，更使献金台下万千大众群情振奋，掌声如潮。

1938 年 7 月 7 日，清早，太阳才挂在树杈之上，武昌司门口一带已是热闹非凡，衣着各色的大人小孩，纷纷朝这里走来。一年前的这一天，卢沟桥枪声打响，全民族抗战爆发，这一天正是它周年的日子，应该有一场特别的活动来纪念这个特别的时刻。

是的，是有一场特别的活动来纪念这个特别的时刻，不过它既不是游行，也不是演出，而是一场有着特殊意义的献金运动。

由各党各派及国民政府各部门组成的武汉抗战建国周年纪念会，是这场活动的发起组织者，献金的目的旨在帮助抗日军属、伤残战士和救济难民。为方便群众献金，三镇设了六座献金台，武昌地区就设在司门口。

木板搭起的彩台上，一口大木箱放在正中，后面是两根竹竿支起的条幅，上书“爱国献金，无上光荣”。

九时整，当主持人宣布献金活动开始后，一个商人模样的中年人，拿着一张中央银行的一元钞票，上台投进了木箱，成了武昌献金的第一人。

一个瘦弱的卖蚕豆的小女孩，还没等那中年人下来就匆匆上台，然后有些羞涩地把攥在手心的一枚铜币放入了箱中，那是她今天早晨生意的所得，也是她今天早餐的全部，而她一声不响地献了出来，并且很快消失在万人攒动的人海之中！

小女孩的行为激起了人们献金的勇气和决心，献金台的旁边已排起了长长的等候的队伍，台下的掌声此起彼伏，一阵接着一阵。

轮到一位长者上台了。

他身穿一袭长袍，长髯飘飘，银灰色的头发一丝不乱，一副居士打扮。有认识他的人惊异地叫道：“这不是国府主席林森先生吗？”

林森明显听到了下面的议论，他微笑着对着下面示意了一下，然后走向木箱，将手中抱着的一尊足有 20 两的金鼎连同 4 枚金戒指轻轻放了进去。人群爆发出了海啸般的掌声，不知是谁喊了一句：“林主席，您讲几句吧！”众人立马齐声响应。

林森知道推辞不过，便往台前一站，朗声说道：

“各位同胞，国府已迁重庆，鄙人此次系特地赶来参加这项活动的。值此国难当头、大敌当前之际，我们每个人没有不爱国、不卫国的道理，不爱国就不是炎黄子孙，不卫国就要亡种灭族。我们今天举行献金活动，以支持作战的将士和后方流离失所的同胞，正是爱国、卫国的表现！”

“有些同胞了解我，我这人别无嗜好，公务之余便是吃斋念佛。

但当今之时，向善之心难止杀戮之举，所以鄙人决定献出这尊金鼎，以表尺寸之心。鼎物虽是我的祖上所传，我的所爱，但我更爱我的祖国！我的同胞！”

“让我们的努力和信心能化作无坚不摧的洪流，最终带给侵略者以灭顶的打击！”

掌声、口号声中，人们自动让出一条便道，林森走下献金台，走向自己的座车，不断向大家挥手致意，司门口的献金活动达到了高潮。

与此同时，汉口中山路水塔献金台前，黄琪翔的夫人郭秀仪主持了献金活动，黄琪翔妇唱夫随，代表政治部同人献上了一张一万元的支票。跟着黄琪翔上台的有北平流亡而来的难民，有手捧储钱罐的儿童，卖苦力的车夫、挑夫，化缘的和尚……

就在大家熙熙攘攘，列队捐输时，一名大汉汗流满面地背着 38 把大刀靠近献金台边，一个“旱地拔葱”，跳上台来，身上的刀片互相磕碰，砰砰作响。大汉卸下刀片，转过身来，面向人群，用他那喇叭似的声音说道：

“父老乡亲们，我黄泽盛没有钱，也没有别的东西，今儿送上几把大刀，给兄弟们杀鬼子去吧！”

台下有人喊“好样的”，更多的人则唱起了“大刀，向鬼子们的头上砍去”，高亢的歌声把人们的热情传到了大街小巷。

影星黎莉莉也来了。

这些天来，武汉的光明、世界、新市场、明星等影戏院正轮番上映《火中的上海》《热血忠魂》《抗战特辑》等影片，黎莉莉是

《热血忠魂》的女主角，人们对她非常熟悉。

杏眼柳眉薄施粉黛的黎莉莉，一袭长发依肩而披，高挑的身材穿着一身素雅的淡装，如柳舞春风，清丽动人。她刚结婚不久，夫君是才子罗静予先生。

款款走上献金台后，只见她用力地将右手在左手上撸着什么，台下的人都不解地睁大了眼，嘈杂的场面一时安静了下来，连小孩子也停止了嬉闹，好奇地看着台上，就像看这位影星表演的电影。

慢慢地，她把手上的戒指撸了下来，仔细地端详了一会儿，又捧在脸庞上摩挲了一下，再依依不舍地放进木箱之中。

她把结婚戒指捐了出来！

“哗！”像一阵骤雨从天而降，人们给了黎莉莉最热烈的掌声！

翌日，献金台前更是人潮涌动，感人的故事还在继续。

在世界戏院前的献金台上，一位姑娘的举动赢得了许多人的同情之泪和敬佩的目光。

她叫筱红霞，原是法租界长清里磨子桥乐户老板彭汉卿的“本家”。

“乐户”是民国时期妓院的称呼；彭汉卿系洪帮“景阳山”大爷，吃、喝、嫖、赌无所不为，他手下有流氓打手40多人，还与警察、特务、宪兵、保长等称兄道弟，相互勾连，因而汉口一带，彭汉卿威势煊天，红道黑道，刑民诉讼，他往往三言两语就能摆平；小儿夜啼，一提彭氏大名，哭声辄止，因此彭氏又有“汉口张啸林”之名，时人以上海滩的大流氓比之。

红霞来自乡下，从小死了爹娘，被彭汉卿的老婆余氏抱养认作女儿，养大再作卖钱的工具，按照规矩，红霞就成了彭的“本家”，也就意味着她将来的所得全归彭汉卿所有。

长到 16 岁时，红霞出落成丰满可人的大姑娘，如泥中荷花，浑身发散出清香的气息。要是别的姑娘，红霞可能早就成了彭汉卿的猎物，因为进了他的堂子的姑娘，彭汉卿总要第一个“尝鲜”，但红霞一来是他收养，二来他也想卖个好价钱，所以开始的时候，彭汉卿不得不有点顾惜，只是催着红霞接客，哪知红霞一百个不答应。这下惹得彭汉卿火起，他一不做，二不休，便“干”了红霞，还为她起了个妓名筱红霞，逼她卖身。

红霞哭了三天三夜，但最终拗不过彭汉卿的打骂，只得做起了皮肉生意。

抗战时期的国民政府主席林森

三个月后，日夜为彭汉卿赚钱的红霞患了杨梅疮，彭汉卿听说后轻蔑地一笑："这种事，我们见多了，以毒攻毒就行！"

他叫打手把红霞绑在板床上，然后亲自将烧红的铁条刺入她的溃烂的阴部，将疮烧焦，再用剪刀一剪一剪地剪掉，抹上食盐，就算给红霞治疗。红霞疼得昏死过去，一天一夜不曾醒来。

还是一位好姐妹乘隙溜出魔窟，跑到报馆里控诉了彭汉卿的非人残暴。

全民族抗战时期,竟有和日本人一样残害自己同胞的地痞流氓，是可忍，孰不可忍？各大小报纸对此进行了连篇累牍的报道，对彭汉卿的残忍给予了猛烈的抨击；妇女抗敌会、国民参政会也对此事高度重视，听说宋美龄为此红颜大怒，厉声斥责了汉口市警察局腐败无能，警匪一家。

在强大的社会舆论之下,彭汉卿以扰乱社会治安罪被处以死刑，筱红霞则在社会的关爱之下，活了过来，并到汉口救护队里当了一名护士，成了一名抗敌战士。

今天，她把工作以来积攒的工资共计 10 元零 2 角，全部奉献了出来！

由于前一阶段报纸连篇累牍的报道，她的照片每天都出现在报童的手上，武汉人几乎没有不知道她的，所以筱红霞一上台，人们一下子就认了出来。

"红霞，你还好吗？"不少人关切地问。

红霞朝台下深深地鞠躬之后，噙着泪水说道：

"谢谢大家！没有大家就没有我红霞。我现在一切都好，我一定好好工作，为报答大家，为保卫我们武汉尽最大的力量！”

红霞泪眼模糊地走进了人群，许多人一边揩拭着泪水一边目送她远去，直到她那身洁白的护士服渐渐消失在人流之中。

蒋介石、陈诚及国民政府军、政府各部门也在这两天参加献金运动。蒋介石派人送来了1.8万元，陈诚代表湖北省政府献了1万元，国民党中央党部捐了2.3万元。

这期间，国民党参政会第一次会议正在武汉召开，与会的参政员们，如黄炎培、史良、邹韬奋、张澜、陶行知等200多名中间党派人士也不输于人，做了奉献。

中共及“八办”方面是第三天来献金的。

这天天下着小雨，但冷雨浇灭不了人们心头的热情。

午后2时半，熙熙攘攘的人流、车流之中，一溜大卡车缓缓开到江汉关献金台前，车上载着八路军武汉办事处的全体成员，车厢横板上贴着的“中共献金团”几个红底黑字格外醒目。

人们主动让出通向献金台的路，中共献金团在王明的带领下逐次上台献金。

首先，王明代表中共中央献国币1000元，并附中共中央致武汉各界抗战建国周年纪念会信函一件，信中写道：“中国共产党中央委员会委托驻汉代表团将党员六月份所缴党费项内拨出一千元以帮助抗战军人家属及受伤将士之用。”

周恩来跟着走了上去，他将其在军委会政治部所得的一个月薪资计240元投入了柜里。

再接着，秦邦宪（博古）代表毛泽东、王明、秦邦宪、林伯渠、吴玉章、董必武、邓颖超7人，将他们7月份参政员的全部工资，献了出来。其后，“八办”20名工作人员依次走上献金台，捐出了他们7月份的工资。

李克农是最后上台的，他代表八路军司令员朱德捐出了全体将士节约下来的伙食费1000元。他还当众念了八路军致此次献金活动的公开信：“顷奉朱总司令自山西来电，嘱将八路军在‘七七’抗战建国周年纪念日素食所节省的全军菜费共一千元，代献作慰问抗战军人家属及救济被难同胞之用，因八路军已在敌人后方作战，故电由此地代献此金也。”

“中共献金台”的举动赢得了台上台下雷鸣似的掌声。

因公务在身，献金后王明、周恩来等人都匆匆离开了现场，众人将孟庆树留下来发表了讲话。

孟庆树是王明的夫人。在莫斯科中山大学读书期间，孟庆树以貌美、能言吸引了不少的人，但因其肤黑，故有“黑美人”、“黑

童子军在武汉献金活动中

玫瑰”之称。王明个矮，善于表现，演讲亦有鼓动性，因而在众多的追求者中，王明终于摘到了这枝“黑玫瑰”。

今天的讲话，孟庆树虽是即兴为之，却依然不减莫斯科时的风采。

“各位同胞们，兄弟姐妹们，我们这些共产党员除积极参加各方面的抗战建国工作之外，亦愿意献出我们 7 月份的薪水，来慰劳前方将士及其家属，来救助受伤将士及被难同胞，来表示我们的尊敬和爱护！”

台下掌声雷动。孟庆树顿了顿，接着说道：

“同胞们，现在敌人正向武汉逼来，我们武汉的同胞，不仅要有钱出钱，有力出力，而且要组织起来，武装起来，保卫大武汉！”

又是风暴般的掌声！

理了理额下的刘海，孟庆树提高了声调：

“今天，只要国共更进一步地合作，只要我们更亲密地团结，我们就一定能取得抗战的胜利，我们就一定能打倒日本帝国主义！”

台下如海啸般呼喊起来：“保卫大武汉！中国国民党万岁！中国共产党万岁！国共合作万岁！”这一声声口号在江城上空久久回荡，成了那时中华民族的最强音！

几天下来，参加献金的各界民众达百万人次，捐献金额达百万元以上。当时的统计是：法币 40 余万元，金银器 1156 件，物品 774 件，各类外币、外钞、铜元、铜钱及支票共计 50 余万元。

为用好这笔捐款，国民政府成立了以陈诚、郭沫若为首的“武汉各界慰劳前方将士总委员会”，利用“七七”献金所得统筹开展了系列慰劳活动。他们针对前方缺医少药的情况，派人赴香港采购一大批药材，并专门订购了 10 辆卡车，将这些药品送到全国 12 个战区；他们又购置了 30 万个慰问袋，分送第五、第九战区的将士，激励他们英勇杀敌；他们还发起了“抢救儿童运动”，将三镇保育院 9000 名难童安全转移到了大后方。

郭沫若是这场活动的组织者和参与者，他在《洪波曲》中高度评价了献金运动，认为“这是一次出于自发性的极其盛大的民意表现！”

《新华日报》也发表社论说，这场活动“其热烈情形不仅在中国历史上空前，恐怕在世界上也少有。”“它是中国兴亡的重大测

郭沫若在武汉献金活动中发表演说

验！测验的结果是，中国不会亡！中国一定会复兴！”

确实，有如此强大的民心支持，中华民族怎么会败在那个蕞尔小国的手里呢？！

六、一个市长，三个怪人

他与周恩来同在南开上学，两人互约为兄弟，但最终分道扬镳，留下晚年无法弥补的遗憾；他与闻一多同窗，是哥伦比亚大学的博士，但闻鄙其为人，拒绝他做武大的兼职教授；他是汉口市市长，后来当过台湾省主席，但最后的结局却被国民党开除了党籍。如果说他是人生经历上的“怪”的话，那么还有三个人的怪言怪行就让你看到真正的“怪”了。

7 月的江城已是暑气逼人，而珞珈山上却是一派清凉世界。

听松庐的 8 号楼是周恩来和邓颖超的住处，爬墙藤像春雨后的瓜蔓，肆意地在这个三层小别墅上疯长，除几个窗户露出眼睛似的方洞来之外，整个别墅蓦然看起来俨然一个绿色的大城堡。

午后的阳光虽然如火烤般炽烈，但 8 号楼前面的院子却在松枝的掩映之下，凉风习习，清爽宜人。几把藤椅放在石桌的四周，一盘西瓜摆在它的正中央，周恩来和邓颖超坐在藤椅上，像在等待什么客人的到来。

周恩来低头看表的过程中，一辆轿车带着风尘嘎的一声停在了院墙门外，车上下来两男一女，走在前面的是一名白皮肤的外国人。

“哈啰，斯诺先生，一年多之后我们终于又见面了。”周恩来和邓颖超迎上前去同斯诺热情地拥抱起来。

他们已经是老朋友了。1936年斯诺访问陕甘宁边区时，他们进行过多次坦诚交谈，斯诺的《西行漫记》，让西方世界第一次知道了中国工农红军，知道了中国红军艰苦卓绝的二万五千里长征。

斯诺是两天前来到武汉的。第三天，他便急不可待地来看望老朋友，并想得到老朋友的帮助，以为正在展开着的武汉会战尽一份力量。

跟在斯诺后面的是汉口市市长吴国桢和他的夫人黄卓群女士。

吴国桢，字叔贤，湖北建始人，早年到南开中学读书，低周恩来几届，但两人志趣相投，互称兄弟。吴后来入清华读书，与闻一多同窗后又一同留学美国，吴获美国普林斯顿大学政治学博士学位回国。1928年，吴向时任武汉政治分会主席的李宗仁提出改革湖北税制计划，鄂省税收短期内由20万元增至90万元。李宗仁很是高兴，任命他为汉口市财政局局长，吴从此踏上政界之途。几年之后，闻一多任武大文学院院长，吴在当官之余，还想谋个兼职教授当当，因为在时人的眼里，大学教授的地位似乎比官僚还要高些。但闻鄙其为人，不肯通融，吴的脸红了一阵，这也是他很少来武大的原因之所在。但今天他既是陪斯诺来的，也是来看望老学长的。他与周恩来虽然不时在各种会议上碰面，可他还是第一次上武大到周恩来的家里。

“欢迎市长和市长夫人光临！”周恩来与吴国桢握手之后，做出了一个请的姿势，邀请客人入座。

“你我离开南开将近20年啦，叔贤老弟学业有成，名满天下啊！”看到面前的这位国民党市长有几分不自在，周恩来打趣地说道。

“哪里，哪里！周副部长才是名满天下哩！”吴国桢连连摆手。

邓颖超沏了几杯云片茶，一股清香顿时在院子里飘漾开来。

自1928年来到中国之后，斯诺已习惯了中国人的饮食习惯，包括喝茶。浅浅地抿上一口之后，他不住地赞道：“好茶！好茶！”

斯诺咂嘴抿舌的样子，引得众人一阵欢笑。

笑过之后吴国桢转移话题对周恩来、邓颖超说道：“斯诺先生这次到听松庐来，除了拜望老朋友之外，附带还有一件事想得到你们的支持。”他把目光转向斯诺，示意斯诺自己讲出来。

斯诺直截了当地说：“是这样的，我和艾黎先生联合几位中国同志，准备在武汉开展工业合作社运动，组织几万个工业合作社，动员后方的人力物力，从事日用品和简单武器生产，供应军需民用，支持前线作战。”

周恩来听完，轻拍了一手石桌，说道：“好哇，这是个好计划，我赞同！”

斯诺又转向邓颖超，“到时候还需要邓委员的参与。”

“行，我定当鼎力相助！”邓颖超回答得很干脆。

“不过，我认为，你们首先要得到汉口市政府的支持，其次要广泛吸收爱国民主人士参加，他们在群众中有威信，有的还有一定的经济实力，抗战正需要人们有钱出钱，有力出力。”周恩来补充道。

吴国桢连忙说道："市府方面没问题。我已向庸之院长（孔祥熙，字庸之，行政院院长）报告了，他也非常支持，并且同意拨款500万作为该运动的基金。"

周恩来点了点头。

谈笑间时光易过。眼见太阳西垂，已近晚饭时间，邓颖超忙起身要为老朋友、老同学张罗一番，三人都说有事要走，遂作罢。

这之后，"中国工业合作社"协会在吴国桢的帮助下于8月初在汉口初步成立，武汉沦陷后又于12月在重庆正式建成，邓颖超作为理事参与了这一运动。这一运动随后在大后方得到了迅速发展，它将大批工人、战区流亡难民和技术人员以及农村剩余劳动力组织起来，生产了大量的抗战急需物品，为抗日战争做出了不可磨灭的贡献。

武汉人民也始终没有忘记老朋友斯诺先生。1972年2月，斯诺在日内瓦的一个小山村里悄然离世之前，武汉治癌专家张锦坤、武汉儿童医院护士长卜秀莲、武汉同济医院麻醉师丁素琴等一直陪护在他的身边，给他送去了武汉人民的临终关怀。

吴国桢后来当过重庆市长，国民党中宣部部长，上海特别市市长。随蒋介石到台湾之后，他起初红过一段时间，任过台湾省政府主席，但不久即失宠，出走美国，并开始揭露蒋氏父子一党专制、特务横行、殆无"民主可言"等，台湾的报纸则斥之贪污腐败等，双方刀来剑去，隔海相骂，足有三月之久，史称"吴国桢事件"，吴国桢因此被永远开除了国民党的党籍。

此后，吴氏在美国潜心学术研究，讲学著文不辍。

周恩来（前排左一）在南开中学读书时与同学合影，后排左二为吴国桢

1982 年，其女婿俞益之自大陆返美，带回一张 60 多年前他在南开中学临毕业时，与学长周恩来的双人合影。睹物思故，联想珞珈山晤面时的笑谈，不胜感慨，乃赋诗云："七十年事，今又目睹。约为兄弟，后来异主。龙腾虎变，风风雨雨。趋途虽殊，旨在匡辅。我志未酬，君化洒土。人生无常，泪断沙埔。"可见他此时的心境和对周恩来的感情，但他想回国看看的心愿终因身体原因至死都未实现。此是后话，不提。

这时候湖北省政府内还有三个"怪人"的逸事也不能不表。

1938 年初，武昌中山路湖北省政府门口（今解放路），一位身着长袍的老者与一位身穿中山装的中年人正携手走下台阶，拱手作揖道别。

1938 年 8 月，周恩来（中）、邓颖超（右）
与斯诺（左）合影

中年人道："石厅长请留步，我回去稍做准备后即赴汤池，具体情况容后再告。"

老者挥了挥手，说："陶先生走好，请代我向用威先生问好。办班如有什么困难，但告无妨。"

这是湖北省建设厅厅长石瑛与共产党员陶铸商议举办汤池训练班后的一幕场景。

原来，为实现持久抗战，加强后方经济建设，湖北省建设厅亟须培养一批农村合作事业人员。石瑛认为共产党人办事认真、律己奉公，便找老朋友董必武（字用威）商量，董必武遂推荐陶铸主持其事，于是就有了石、陶两人商谈后送别的情景。双方合作的结果便是举办了著名的汤池训练班，该班办了四期，为敌后各方输送了350多名农村工作人才。

国民党湖北省党部委员杨某见石瑛与共产党人打得火热，私下劝他道："你与共产党人这么近乎，会有麻烦的。"

石瑛有"石头"之称，向以廉洁刚毅闻名，他瞪着大眼，对杨某大声说道："有什么麻烦？现在日本人步步进逼，亡国亡种已在眼前，我不与共产党人近乎，难道去与日本人合作？共产党难道比日本人还可怕？"

杨某自讨没趣，摇头而退，口里还喃喃自语道："真是个怪人，我好心劝他，竟被他吼了一顿，划不来，划不来。"

要说石瑛之怪，岂止是上述一端？

石瑛是阳新人，中过举人，但为富国强兵计，自愿负笈西渡，到法国海军学校学习海军技术。因学校当局歧视中国留学生，不许他们听潜艇、水雷课，石瑛气愤不过，遂与同学向国华潜入资料室取走挂图跑到比利时一照相馆翻拍，被照相馆举发，二人遂被逐回国。此后，石瑛又两度赴英留学，获博士学位，其留学时间长达18年，回国时已是44岁的中年，这种情况为民国少有。此其二怪。

抗战爆发之前，石瑛出任南京市长。在这个寇盖云集、讲究权势的贵胄之地，他一上任就在报上登出《石瑛启事》，宣称拒绝推荐私人。蒋介石向来任人唯亲，为所欲为，以为石瑛不过做做样子，便在"启事"公布后不久要石瑛任命某人为财税局长，石瑛不予理睬，蒋来电再三催促。催逼不过，石瑛以挂印相辞，蒋见石瑛坚不为动，只得自找台阶，一笑置之。此“抗上”之举，又被时人目为一怪。

日本侵华前夕，汪精卫口口声声“中日提携”，石瑛时予痛斥。

有一天，日本新闻界的一行人访华，汪精卫打电话要石瑛率市府科长以上人员到机场迎接，石瑛回答说：“恐难照办，因为我已通知全体人员放假了。”放下电话，他果真通知市府人员放假回家休息一天。汪精卫明知石瑛与他作对，气得七窍生烟，却也无可奈何。

不过到了 1938 年 7 月，汪精卫终于找到了报复的机会。他借湖北公路失修，贻误军机之事由，在国防最高会议上，提出罢免石瑛之职。蒋介石就汤下面，撤了石瑛，只给其留下个省府委员的空衔，而以石瑛的“石头”个性，竟也安然受之。外人实不明白，只能以“怪”称之。

1943 年 12 月，石瑛在重庆逝世。当年在南京及《救国日报》上以骂人出名的龚大炮——龚德柏，立即在重庆《中央日报》上发表《我所知道的石瑛》一文以纪念。

龚文说：“我办报最爱骂人，被迫停刊两次。但我不仅不骂石瑛，而且还替他骂别人。这当然是我对石氏人格佩服所致。”

国民党元老吴稚晖也以骂人闻名，慈禧、光绪、袁世凯、蒋介石，包括共产党，他都骂过，但他对石瑛却推崇备至。石瑛死后，他送一挽联云：

抱建造现代国家之才，未能一试；

得留遗超人风节而逝，自足千秋。

可见怪人之怪，只是常人眼中之怪。

与石瑛的刚毅正直相比，严重之怪则在高洁苦行方面。

严重时任湖北省民政厅厅长，代陈诚行省主席之职。严重与陈诚的关系可以追溯到黄埔军校时期。

严重是湖北麻城人，早年在保定军官学校读书时，与邓演达互成莫逆。两人南下广东之后，邓任黄埔军校教育长，严任一、二、三期学员总队长，陈诚那时还只是教育副官。

北伐战争时，严任第21师师长，提拔陈诚为该师三团团长，后又擢升他任副师长。

“四一二”反革命政变后，武汉的邓演达有电报给严重，嘱其率部反蒋。不料电报落在蒋的手里，蒋以电报示严，要严重表态，申明拥护蒋记政权，严重坚决拒绝，举陈诚以代，自己则跑到杭州天竺寺当和尚，不久又到庐山隐居。时人称之为“当今之严子陵，清高过于严子陵”。此为民国时期哄传一时之怪事。

严重在庐山，住太乙村，太乙村仅十来户人家，清幽恬静。如世外桃源，严重在这里砍柴，躬耕，劈竹引水，劳余读书自乐。1931年11月，蒋介石杀邓演达，严重获悉噩耗后，两天粒米未进，赶赴南京为邓料理后事，立嗣营葬，时人赞其义薄云天。蒋曾两次亲去太乙晤严，严避而不见；又遣陈诚访严，仍然不见。陈诚以“真怪人”目之。

“七七”事变之后，严重北上谒黄帝陵，特赴延安访问，与中共方面探讨抗日及时局问题，毛泽东与之晤谈甚欢，严归来后却很少与人语及。

石瑛（前排左一）与孙中山（前排左二）、宋教仁（前排左三）等人合影

严重是民族主义者，民族危难，他不能坐视，遂受邀下山。早在1928年桂系胡宗铎、陶钧统治湖北时，严重、石瑛、张难先等“叹苍生之业薄，伤道德之陵夷”，提出鄂人治鄂，希望于沧海横流之中，能守住一块净土，“实践三民主义”。于是三人在鄂府中严任民政厅长，石任建设厅长，张任财政厅长，选贤任能、打击不法，躬身践行、刚正不阿，时人有“三怪之治”一说，但胡、陶专横残暴，滥杀无辜，“三怪之治”，昙花一现，便作云散。

这次下山，严与石、张再次执政鄂府，严重仍任民政厅长兼保安处长，代行省主席一职，石仍任建设厅长，张任委员，湖北似乎又回到“三怪之治”时期。

严重之怪，首先在律己奉公近乎苛刻方面。按惯例，他有一笔“主席特别办公费”，但他从未动用，而是按月封仓存柜，结果到他卸任时，积存约有数千元之多。这在当时是一笔大数目，有人提议用这笔钱作为基金，办个“惠廉”书院（取“取伤廉，予伤惠”之义），请严主持讲学，又为严拒绝。结果按照严的意见，这笔钱被用作救济难民了。

严重自己生活朴素，穿则布衣布鞋，食则粗茶淡饭，少有荤腥。他患有严重的痔疮，有人劝他注意一下营养，他总是长叹着说：“大敌压境，人民流离失所，转死沟壑，我哪里忍心吃香喝辣的呢？”他曾通令全省，宴会以四菜一汤为准，违则撤职，但让他这位忠厚长者料想不到的是，他的不少属下阳奉阴违，甚至当面糊弄他。

有一次他到宣恩县视察，宣恩县长是严的好友、“三怪”之一石瑛的儿子石孝宽。严重对石孝宽说，你今天不用设宴招待我，只要有农家饭让我吃饱就行。严重是父执辈，又是顶头上司，石孝宽岂有不招待之理？但严重有话在先，他又不能不顾及，于是他将当地的山珍做成一桌精致的饭菜用农家大碗盛上，数量上也是四菜一汤。严重及随从吃得很满意，饭后坚持要自己付款，询问费用多少，石孝宽答复花费 6 元，严连说宣恩生活真便宜。实际呢？这桌饭菜花费了法币 20 多元。

石孝宽后来捂着嘴发笑，他没想到这个“怪人”竟是这样好蒙的。

严重之怪，还在他以衣貌取人方面。严重自己衣着简单，平素穿的是青布中山服，冬天只是在外面加套一件棉大衣而已。自己如此，他要求属下也应这样。

“穿着这么光鲜，像个革命的样子吗？”他对属下说。

属下中有人本是吃穿讲究惯了的，见民政厅长厌恶别人穿新衣，以衣论人，就跟他玩“二人转”：上班或面见他时穿破衣，家里没有就到百姓那里借衣穿；下班或平常时就绸缎西服地风光起来，而严重浑然不觉。

宜城县县长陈英才为人圆滑，深得为官之道，上上下下，网络密布，因而长期不倒。严重就任厅长之初，连连收到几封控告陈英才贪污的举报信。

以廉洁闻名的严重见不得这种肮脏卑劣的污吏，当即气得脸色铁青拍桌怒骂：“这还了得！倘是属实，定当法办！”

某日，严重一身布衣，带着三两名工作人员，直奔宜城而来。

黄埔军校时期的严重

殊不知，陈英才在省城的“关系”早将严重之行电话告知了他。

严重到来之日，陈英才收起平时穿着的皮鞋和进口呢质衣服，借用了一套警察穿的布鞋和青布制服，在县府大院里忙进忙出。

严重一看陈英才这身着装，私下对身边随从说：

“陈县长衣着如此朴素，我看不像是个贪官。”

手下人能说什么？这样，严重便雷声大雨点小地回到了武汉。

过不多久，陈英才私卖军粮被第九战区司令长官陈诚查实，终于受到了惩处，严重摇头而叹，连说几声“想象不到”。

在用人方面，严重的言行也被时人视作一“怪”。

“抗战军兴阶段，地方官要选用能够守土的军人，不然，敌人来了，怎么作战？”他在省府会议上说。

结果，几乎一夜之间，湖北各县地方官都被换成了黄埔军校和“中央军校”出身的军人。如安陆县长王襄、松兹县长游石青为黄埔四期生；钟祥县长刘若虚、潜江县长刘牢一、崇阳县长郎维汉为“中央军校”六期生；沔阳县长王雨勤、汉川县长龚熏南是“保定军校”的毕业生……

按说，这些人是不应辜负严重的期望的，可事实上呢？游石青、刘若虚到任仅半年，就因贪污被撤职；王襄、刘牢一在敌寇入侵时，闻风弃城，受到荆沙警备司令王修身的通缉；王雨勤、龚熏南则对“独立”的128师王劲哉部队拱手奉送了本县的所有武装。

严重用人，地方观念特强。

他认为湖北的黄埔前期生掌兵权的太少，便向陈诚保荐10名湖北黄埔生出任师长一级职务，陈诚受过他的提拔，是他的老部下，他想陈诚是会买他账的，但此陈诚非彼陈诚，他现在是蒋介石眼前的大红人，严重在他眼里已不“重”了，所以对严重的推荐，他敷衍着用了两个人，其余则踢了回去。

这从陈诚对严重的称呼也可以看出其中的奥妙。

陈诚在黄埔军校及以后相当长的时间内，都以师长待严，初到湖北时，陈诚立足未稳，也还以师生相称；但一旦当上武汉卫戍司令之后，陈对严就以职务呼之；到武汉失陷之后，陈诚在重庆红得发紫，便对严称兄道弟了。

严重气得吹胡子瞪眼睛，但也仅此而已。

董必武是1937年9月来到武汉的。自1927年大革命失败之后，这是他头一次回湖北。洗却一身的风尘，他第一个要见的人便是大革命时期他在湖北省党部工作时的老朋友张难先。

张难先，字义痴，湖北沔阳人，这时任湖北省府委员。

“十年天地干戈老，四海苍生吊哭声啊！”一见面，董必武念起了明清学者顾亭林的两句诗。“这次我从西安经潼关到武汉，沿途所见，满目疮痍，生灵涂炭，令人下泪呀！”他深有感触地对张难先说。

张难先长叹了一声，说道：“是啊！十年内战才休，倭敌入侵又亟，人民流离失所，国家支离破碎，感时花溅泪，恨别鸟惊心，此正是我等忧心如焚的啊！”

董必武谈到了少时离家求学，寻求真理的事，这更触动了张难先那指点江山，拿云揽月的年少豪情：

“当初我与刘静庵、胡瑛等组织‘科学补习所’，旨在团结同志，反满革命，可结果呢？袁世凯窃国自立，辛亥革命中途夭折，我只得回家课徒授业，灌园卖菜为生，人称我为‘张疯子’，疯在哪儿呢？我想一是我讲课不论人多人少，刮风下雨，哪怕下刀子也照讲不误；一是我卖菜不二价，一年到头都是一个价。‘知我者谓我心忧，不知我者谓我何求’，他们不了解我啊！”

“及至民国十七年（1928年）义痴出任本省财政厅长，废厘金，撤关卡，统财税，微服私访，惩贪官，湖北政风为之一新，时人把我和立三（严重）、蘅青（石瑛）当作‘三怪之治’，怪就怪呗，只要无愧于心，无愧于民，无愧于桑梓，怪有什么不好？！”

壮心未与年俱老！老朋友的这番推心之谈，让董必武也大受感动。

“义痴，用威这次回省，志在推动国共合作，一致抗日，我出外多年，家乡情况多不熟悉，还望你多加转圜周旋啰。”

“没问题，只要用得着我的地方，尽管说。”张难先的回答就像他的个性一样利落爽快。

两位老友时而扼腕喟叹，时而会心大笑，从下午一直谈到掌灯时分。

自此以后，张难先走上了一条与共产党合作的道路。

八路军办事处由南京迁来武汉时，为获得大石洋行作为办公地点（原日租界128街89号，现长春街57号），张难先曾出面找过汉口市市长吴国桢。

张难先（前排中）与参加辛亥革命的湖北耆宿

《新华日报》在武汉创刊时，当时的湖北省主席何成浚（随县人）推三阻四，拖着不办，连国民党中央宣传部部长邵力子写的条子也不起作用，张难先与中共代表团一起据理力争，终使这份国统区内中共唯一公开出版的报纸面市。

武汉失陷后不久，薛岳任第九战区司令长官，驻湖南，湖北省府已迁恩施。某日，薛岳来电说："贵省监利县长郑恒武确系共产分子，现监利全境赤化，希严加防范处理。"张难先接电后在省府例会上说："监利县的自卫队与国军配合对日作战上有所表现，遂被怀疑为共产党，那么，照此推论，能抗日的是共产党，只有共产党才抗日了。”

他与严重商量之后，复电薛岳：“盼其勿为流言所动。”事实上，郑恒武确非共产党人，但张难先的耿直无忌，足见他对共产党的态度了。

新中国成立后，张难先曾任中南军政委员会副主席，全国人大常委会委员，直到1968年9月在北京病逝。

那么如何看待“三怪”一说呢？活了97岁、死在其他两怪之后的张难先说：“其实彼三人者，皆以守常见恶于世，世知守常太愚也，笑甚。太迂也，怜甚。可笑可怜之人，当然为世所怪，‘三怪’名词，于以成立，而不知彼三人实极端守常者也。”

这真是“三怪”的绝妙注脚。

七、汪精卫从唱低调到唱反调

国民参政会上，孔祥熙讲话完毕便遭到许德珩的猛烈抨击；“东三省”是清朝带给中原的嫁妆？汪精卫天生就有一套将狗屎说成乌金的本领，他大唱“和平”低调，即便挨过枪子，得罪老友也全然不顾！最终，对“和平”已走火入魔的他，一下子投进了日本人的怀抱。

1938年7月6日，汉口两仪街20号国民政府大会议场，国民参政会第一次会议在这里隆重开幕，这是一个在抗战方殷之时顺应抗战需要，团结各方智慧和力量的民意机关。国民政府及军事委员会的领导人、各党各派的负责人，无党无派的社会知名人士及美、英、法、意等国驻华大使，中外记者共千余人出席了会议，人们神情严肃，大会气氛庄重。

毛泽东“因齿病及琐务羁身”不能与会，他发来了贺信并提出了三条建议，“一曰，坚持抗战；二曰，坚持统一战线；三曰，坚持持久战。”

作为国防最高会议的副主席，汪精卫被推举为国民参政会的正议长。

并非参政员的政府主席林森，因从重庆赶来武汉参加献金运动，也列席了这次大会。大会宣读了林森致大会的贺电和训词之后，蒋介石致辞答谢，行政院长孔祥熙做了施政报告。

长得面肥耳大的孔祥熙语调抑扬顿挫，舒缓动听：

“各位参政员们，各位友邦来宾，自抗战爆发以来，我国民勠力同心，侨胞不吝支持，友邦热心声援，我们共同谱写了一曲人类正义和正气的凯歌！尤其值得称颂的是我前线将士在枪械低劣，饮食不济的情况下，仍以高昂的斗志，无畏的精神，浴血沙场，奋勇杀敌，而我后方的人民，或送子参军，助夫抗战，或节衣缩食，捐献输将，这些都是我中华民族不灭之最有力的象征！在此，我借参加国民参政会的机会，向全体国民发出号召，恳请我忠勇爱国的国民有钱出钱，有力出力，以赢取抗战之最后胜利！同时也恳请世界友邦予我以道义和物质上的援助，以帮助我们战胜强大的敌人！”

稀稀落落的掌声响起，孔祥熙点头致谢后不无得意地回到自己的座位上。

但令他未曾预料的情景却在几百双惊愕的眼神中出现了：一个满头银丝的中年人“噔噔噔”地跨上台阶，走上了主席台。

这不是许德珩参政员吗？这次会议并没有安排他发言，他怎么上去了呢？

这位“五四运动”的健将，当年火烧赵家楼的骨干这时又会烧一把什么样的“火”呢？

在人们的疑惑神情中，许德珩声振屋瓦：“各位同志，来宾，听了刚才孔院长的讲话后，我有些想法如骨鲠在喉，不能不说，所以冒昧打断会议的安排，谈一点自己的看法。孔祥熙赞扬了前方将士忍饥挨饿、英勇杀敌的壮举，歌颂了后方人民克己奉献、支援抗战的爱心，还号召我们有钱出钱有力出力，这都是无比正确的，不过我想问一句，在200多万前线将士中，有几位是达官贵人的子弟？在各种团体开展的各项捐助活动中，豪门巨富奉献了多少？在流民满道、饿殍遍野的现实面前，你们的生活是否节省了些？‘朱门酒肉臭，路有冻死骨’的惨景是不是我们今天社会的写照？！难道抗战只是下层人民的抗战，战争的苦难只应由下层人民独自承受？更有甚者，在全民抗战之时，有些人却在发国难财，囤积居奇，更有人冒天下之大不韪，以和平示敌，谋妥协投降之路，这些人是华夏的汉奸，民族的敌人，政府须擦亮眼睛而除之！”

“哗！”寂静的会场顿时爆发出山洪般的掌声。

蒋介石、汪精卫脸上红一阵，白一阵，煞是难看；孔祥熙的脸上还渗出了细密的汗珠。

但他们还是耐着性子坐着、听着。

会议进行了十天。7 月 15 日下午闭幕会上，汪精卫终于抖擞精神，做了激昂慷慨的总结发言：

“在此抗战周年之时，国民参政会在蒋委员长的领导之下胜利召开并圆满结束了！在此之时我谨代表全会宣布，中国民族必以坚强不屈之意志，动员其一切物力人力，为自己，为人道，与此穷凶极恶之侵略者，长期抗战，以达到抗战建国的目的！”

“夫国难之险，险于覆舟；应战之急，急于救火。凡我同胞，安危相关，生死与共，则独立之时日未远，自由之曙光可期！”

汪精卫的讲话把本届国民参政会的气氛推向了高潮。

不过不少人在心里嘀咕，一向主张“和平”的汪精卫怎么口口声声离不开“抗战”到底，难道他的态度发生了 180 度的大转变？连他的“贤内助”陈璧君也颇为吃惊。

回到家里，同为参政员的陈璧君问道：“铭哥（汪精卫字兆铭），你近时怎么一口一个‘抗战’，你认为和平没有前途了？”

汪精卫剑眉紧锁，淡然一笑：“我是议长，是主角，不能没有台词吧！你没有听到许德珩的话吗？”

自从少女时代听了汪精卫的演讲、痴迷追求这位美男子以来，陈璧君一直是以“铭哥”称呼丈夫的。汪精卫的人才、诗才、口才让她倾慕不已，因而结婚之后她视之为私有物，生怕别人染指，而汪精卫又风流倜傥，身边的女人总是不少，所以这对夫妇之间总会不时发生揪头发、破脸皮的事。到底是南洋富商千金小姐的秉性占了上风，时间长了，汪精卫也就服了，少与别的女人勾搭，只是陈璧君的悍泼却在国民党内尽人皆知了。不过就政治而言，这对夫妇倒是夫唱妇随，相当默契的。

比如对抗日问题。

从“九一八”事变以来，日本人的侵华野心如吹充起来的热气球，不断膨胀，国人的抗日呼声也如同中秋的钱塘江潮，不断高涨，可就在这时候，汪精卫却对人说：

“以我的主张，现在还不应该发动抗战。等我们有飞机大炮了，可以答复敌人的飞机大炮了，到那时候再打不迟。有些人，反对我的意见，认为现在不打，民气就会消沉下去。我看，要消沉的早消沉了，要不消沉的，永远不会消沉。”

陈璧君也和着说：“我们的力量还不到和日本人开打的时候，有些人总是说收复东三省，其实东三省根本不是中国的地方，奉天是清朝带来的嫁妆。现在他们不过是把自己的嫁妆带回去就是了，有什么反对的呢？”

如此谬论，稍有血性的国人自然都会愤然作色的！

1935 年 11 月 1 日，国民党四届六中全会在南京丁家桥中央党部大礼堂举行。开幕式毕即合影留念、记者拍照，热血青年孙凤鸣混迹其中，对汪连开了几枪，汪因此留下了终身不愈的隐疾，直到 1944 年死去，是为轰动一时的“刺汪案”。

历史是一面镜子，有时候一尘不染，烛照分明。1910 年，清廷腐败，血气方刚的汪精卫去谋刺摄政王；可 25 年后，汪精卫也成为政府首脑，对日妥协的他竟又成为血气方刚的青年的谋刺对象。时间是一支不弯的铁笔，对人们的忠奸贤愚，是那么毫发不爽地做出了写照。

但汪精卫并未因此改变他的“和平”主张，他反倒认为那些力主“抗战”的人是不负责任、不说实话。于是，“八一三”事变前夜，他在《中国日报》上写了篇《说老实话与负责任》的文章，一吐心声：

“中国宋末、明末曾两次亡国。其亡国之原因，最大最著的，在于不说老实话，心里所想与口里所说，并不一样。”

此论一出，千夫所指。《申报》直指汪精卫而来，“主和即汉奸”、“和即灭亡”。

汪精卫天生就有一套将狗屎说成乌金的本领。他反唇相问：

“为什么言和就是汉奸？如此说来，宪法上规定国家有媾和的大权，是规定国家有做汉奸的大权了！‘忠孝仁爱信义和平’的匾字，其解释应该是‘忠孝仁爱信义汉奸’了。”

和汪精卫意气相投的除了他的“贤内助”外，还有曾任蒋介石

汪精卫（后排左二）、陈璧君（后排左一）与朋友在一起

侍从室副主任的周佛海、国民政府外交部亚洲司司长高宗武以及几位大学教授如梅思平、陶希圣等人。他们经常在南京西流湾8号汪宅商议“和平”之途。

胡适本是潜心学问的文化人，这时也看不过去，便给他们取了个“低调俱乐部”的雅号，胡博士到底学贯中西，经他“点名”，“低调俱乐部”便海内闻知了。

武汉会战开始之后，“低调俱乐部”的成员转移到武汉继续活动。

这时日本人除军事进攻之外，还通过德国驻华大使陶德曼不断向国民政府施以政治诱降。蒋介石有过彷徨，有过犹豫，有过动摇，但没有上钩，而汪精卫却心旌摇动，欲欲跃试了。

6月的一天，汪精卫与行政院院长孔祥熙、国防最高会议秘书长张群、外交部部长王宠惠在一酒馆里小酌，席间便谈到陶德曼转达的日本“和议条件”问题。

汪知道自己和蒋介石之间已是两条道上的马车，走不到一起，便怂恿蒋的连襟孔祥熙出头“和议”，造成既成事实，最后迫蒋接受。孔祥熙圆滑得像条泥鳅，借酒装痴，头摇得像拨浪鼓似的。

汪精卫很不满意，遣将不如激将地说：

“假如我是你，一定签字。反正国防会议大家同意，你何必一定要问蒋？他是负军事责任的，不好表态，你签了字，他自然得承认。”

孔祥熙剑走边锋，醉眼蒙眬地嘟囔道：

“唉！汪先生，我没有你的胆子，我背部受不起两颗子弹哟！”

三年前孙凤鸣的那几颗子弹还不时折磨着他这位国民党的副总

裁，现在孔祥熙又轻轻洒上点盐水，汪精卫痛彻心扉了！

他决心独自沿“和平”之路走下去。

国民参政会第一次会议闭幕后不久，他把外交部亚洲司司长高宗武、日本科科长董道宁找到家里，面授机宜道：

“值此国人大唱高调之时，我们还是应该实际一点，理智一点，能和则和。最近日相近卫又提出了一些新原则，我看你们还是到他们那里去一趟，摸摸情况吧！基督说，我不入地狱，谁入地狱，你我都是入地狱拯民于水火的人啊！”

看着副总裁如此动情的样子，高、董二人流着眼泪走出了汪府。

7 月下旬，他们通过国民党中宣部驻香港代表梅思平，取道香港，飞赴日本，会见了陆相板垣、陆军省军务课课长影佐祯昭等人，得到了日本政府“扶汪倒蒋，中日和平”的允诺。

从此，汪精卫吃了一颗定心丸，更可以放言“和平”了。

到了 10 月 13 日，敌人溯长江、淮河而上，东占田家镇，北叩武胜关，武汉会战已进入紧要关头。

在此前方将士流血，后方难民流浪之时，13 日，汪精卫通过与海通社记者谈话的形式，再次向日本人抛出“绣球”：

“中国在抵抗侵略之际，同时并未关闭第三国调停之门。不过此项调停之能否成功，须视日本和平提议之内容为断耳。如条件不妨碍中国之生存与独立，则可成为讨论的基础。”

这完全是在为投降公开“招标”了。

举国之谴责自不待言，即便远在海外的陈嘉庚先生，也忧心如焚。

陈嘉庚是老同盟会会员，早年倾力支持革命，对汪很尊重。20世纪20年代初，他创办厦门大学时，曾想聘请汪为该校校长。现在看到汪发出这样的“求和”论调，他岂能充耳不闻，不施援手？很快地，他以“南侨总会”主席名义，致电相劝：

“先生居重要主位……一言兴邦，一言丧邦，关系致大，倘或失误，不特南侨无可谅解，恐举国上下，皆不能谅解……万望接纳老友忠告，严杜妥协之门。”

但这时汪精卫已是走火入魔了，哪里听得进老友的规劝呢？

11月，也就是武汉和广州失陷后不久，高宗武、梅思平与影佐祯昭、今井武夫相会于上海，商订“和平”条款，是为有名的《重光堂密约》。12月8日，悄悄带上妻儿女婿从重庆珊瑚坝机场用一架小型飞机飞抵昆明，然后又由云南省主席龙云礼送他们分批到达河内。汪精卫从此投进了日本人的怀抱。

1934年孔祥熙访问德国，受到希特勒的礼遇

——当然，此是后话了。

现在，把镜头仍然拉回到1938年6月。当此时，100万中国军队已摆开了与日本侵略者决一死战的阵势，中国抗战史上最为惨烈的一页——武汉会战即将在血雨腥风中拉开帷幕……

第二章

庐山，见证了人类的血腥

一、武汉会战的揭幕之战，杨森打红了双眼

杨森的钱多、老婆多、孩子多，90 岁时还娶了个 17 岁的小姑娘，以“与时代共进步”，尽管如此，他打起日本人来也不含糊，他的“两杆枪”部队与“悍师”波田支队直杀得天昏地暗，日月无光。75 年前，太平天国因丢失安庆而天京不保，那么今天呢？历史还会重演吗？

1938 年 6 月中旬，一场大雨浇灭了刚刚露头的暑热，却涨起了长江桀骜不驯的野性，一江洪水裹挟着群山旷野上冲刷下来的泥沙，似千百只张开着血盆大口的野兽向两岸撕咬着、踢打着、冲撞着。

饱受长江之患的两岸百姓眼见田园房舍又成了一片泽国，或爬上草垛，或蹲在高地上临时搭起的木架屋里，张望着，议论着，脸上的不安和惊恐表露在那声声叹息和绝望之中。

他们心中都很清楚，天灾和人祸都一齐降临到他们的头上来了！

人祸是什么？是东洋兵要打武汉了！是中国人要和东洋鬼子打一场生死大战了！

是的，老百姓所说的一点没错，中日之间正围绕着武汉展开着一场事关民族存亡的大战！只是他们并不知道，这场大战已经在前几天打响了，地点就在皖西南重镇——安庆。

安庆是保卫大武汉的江防前哨，是当时安徽省会，中国军队攻

防作战的第一个重要据点。

6 月 1 日，以稻叶四郎为师团长的日本华中派遣军第 6 师团自合肥南下，攻蒙城，略舒城，取白马垱，占七里河，中国守军浴血奋战节节抵抗，无奈敌我悬殊，难以久战，只得步步后撤，转向安庆方面收缩，而一路得手的日军则拟用第 6 师团会同波田支队及海军第三舰队夹攻安庆，打开攻取武汉的大门。

一场恶战就像暴涨的江水一样向安庆袭来。

当时守安庆的主力是第 27 集团军川军杨森的部队。这支部队因“两杆枪”而闻名：一支是步枪，一支是烟枪，士兵跑步时常常是前枪撞了后枪，后枪碰着前枪，一时传为笑料，臭名远播。这次防守安庆，是他们首度出川作战，士兵受国人爱国热情感染，血性高涨，往日身上子弹袋旁的大烟袋也早已扯下丢掉，以示抗敌的决心。

杨森是万县人，人称“三不知”将军。何谓“三不知”？不知钱有多少，不知老婆有多少，不知孩子有多少。他身体极健壮，1949 年到台湾后，还曾任过台湾“奥委会主席”，90 岁时，还娶了一位 17 岁当地女为小妾。人笑说：你这是地地道道的老夫少妻，他也笑说：这样我才能与时代同进步。此是后话，暂且打住。

6 月 10 日，日舰 40 艘，商轮 13 艘，汽艇 18 只，木船数百只，如同成群的鳄鱼，气势汹汹地载着波田支队逼近安庆。

波田支队向为日军“悍师”，以前常驻台湾，虽为一“支队”，却有 3 万余人，辖 2 个步兵联队、1 个炮兵联队、2 个卫生队、2

个输送监视队、2个临时汽车队。他们习惯亚热带气候，这次又系初次调来中国大陆作战，未曾受挫，士气正旺，立功心切，所以未等第6师团接近安庆，他们即于11日向安庆前沿阵地发起了冲锋。

两个未曾交锋的对手，两条初次角力的“公牛”，迎来的必先是一场硬仗，血战！

蒋介石对日军的战略意图自然了若指掌。6月10日当得知日军船只出现在安庆周围江面时，他即刻电告杨森，令其加强防范，密切注意敌情。

杨森接电后，不敢稍有怠慢。虽然“寡人好色”，但也有强烈的爱国心。所以，当11日波田支队攻略安庆以东的枞阳镇、大王

1938年7月5日，在江西湖口山麓地带行进的日军波田支队步兵第2联队

就任第 27 集团军总司令时的杨森

庙时，杨森立马赶到现场指挥官兵一阵猛打。波田支队原以为中国军队只不过是些拿枪的病夫，根本没把对手放在眼里，竟然端起枪来直挺挺地排着方阵向中方阵地叫嚣而来，却没想到，中国军队的子弹、手榴弹像是长了眼睛似的，在他们中间穿击、爆炸！最终，他们丢下一百多具尸体，溃散而退。

次日，波田支队转换攻击地点，从南北两个方向夹攻安庆，27 集团军被迫分散应敌；长江上的日舰也借助涨水的便利，直驶安庆对岸，开炮轰击城池，加之空中飞机助阵，波田支队如鹰添爪，口叫着“哇里八格”直向安庆城涌来，城内守军第 145 师第 872 团及保安卫队英勇还击。面对疯狗一样爬进城墙缺口的日军，他们用枪尖挑，用碎砖砸，或干脆与敌抱成一团，滚进城壕，同归于尽。

这场恶战，自白昼至黄昏，直打得天地变色，残阳如血！守军寡不敌众，剩下的百余人不得不撤出内城，向潜山方向后退。而这时的杨森正率领他的主力四个师在无为同日军第 6 师团激战，他欲救安庆而不得，只好咬牙切齿地看着安庆落于敌手。

安庆失守了，当初太平天国就是因为丢失安庆而天京不保。75年后的今天，安庆又一次上演了历史的悲剧，那么武汉的命运又会是如何呢？

二、马垱失守，薛蔚英掉了脑袋

李韫珩想模仿共产党的做法，开办“抗日军政大学”，开展思想政治教育，却贻误战机，坐失马垱；蒋介石大怒，李韫珩被撤职，薛蔚英被枪毙。

攻下安庆之后的波田支队和第三舰队，配合第10师团继续溯江而上，会攻马垱要塞，掠取九江。

奔涌不息的长江，如虬曲蜿蜒的巨龙，时而舒展，时而紧促。了解长江的人都知道，自武汉至九江，江面宽阔，气势宏大，但流过九江，特别是到达彭泽境内之后，由于受两岸山势逼迫，江面陡地变窄，水流湍急，就此形成了一座天然的战略屏障——马垱要塞。

马垱位于长江南岸，山高势险，其地据彭泽县城30里，离九江80里，太白湖横亘其东南。长江水道绕山而过，水深3—4米，其与北岸小孤山互为犄角，夹江而峙，人称“长江一把锁”。

其实早在武汉会战之前，中国军队就设有要塞司令部以据其险，令江防要塞守备司令部（这是由弃舰上岸后的海军官兵组建的部队，驻地武汉，司令谢刚哲）下辖的三个总队中的第三总队和陆战队第二支队布防于此，而以其第二总队的三个步兵大队驻防长山，作为马垱要塞的前卫；香山为香河入江之口，居高可俯瞰长江，第三总队又分出第一大队部署其上，以四七海炮控制江面。

马垱要塞司令部之上，还设有马湖区要塞指挥部，统辖马垱、湖口两要塞的指挥权，指挥官由第16军军长李韫珩兼任。

李韫珩是黄埔二期的毕业生，于兵法知识很是熟谙。马垱要塞的外廊是黄山和香山，两山隔香河而望，李韫珩以其实力最强的第53师守黄山，以第167师的一个旅守香山，以167师的313团连同江防司令部第三总队第一支队守香河入江口的江边阵地。其余部队，或部署在马垱西南，或陈兵于太白湖南，或常驻彭泽县城，以作为后援之用。

如此这番布置，加之长江水面上所设的水雷阻塞线，李韫珩自认为要塞已似铁桶般坚固，日本人攻之不易，他现在需要做的就是

正在设法向马垱行进的日军机械化部队

鼓舞士气，振奋军心，消除官兵对鬼子兵的恐惧心理。

于是，他模仿共产党开展政治教育的做法，当即在防守区内开办了煞有介事的“抗日军政大学”。6月10日，“抗日军政大学”如期开班，马垱、彭泽两地的乡、保长及第16军的排长以上军官正式开始了为期两周的“大学”学习生活。

树欲静而风不止。

当中国守军军官正忙于“学习”的时候，日本人却不断地来使枪动炮，扰乱我们的“学习”环境。

6月17日、18日，马垱下游的东流江面上，三艘日本军舰来回逡巡，打探江面上的雷区和航道，观察中国军队的布防情况；随后几日，日军不断派出小快艇，用机关枪向江面狂扫，火力侦察我雷区位置，一些水雷因此被敌击中，爆炸溅起的水柱有二三十米高。这些水雷是中国军队为阻滞敌人而特在马垱周围安放的，每个重200斤，威力很大。五六天内，总计约有十几枚水雷遭敌破坏。

夏日的早晨永远比其他的日子更像是早晨，宁静、清新、甜美，特别是那山间的溪声，林间的鸟叫，碎而不杂，清而响亮，总给人以祥和、安宁和生机的景象。然而，魔鬼是不喜欢这一切的，他们最想做的便是狞笑着用枪炮的野蛮揉碎这里的和平之梦。

6月24日凌晨，当东边的地平线微微露出几许猩红，当三五片碎云在霞光的映衬之下似水灵的瓜瓤稀稀落落地挡在天际的时候，隆隆的炮声在香口一带滚雷似的不停地响起。经过几天试探性的侦察，日本人对马垱要塞的进攻全面展开了！

凑巧的是，这一天恰好是“抗日军政大学”结业的日子，马垱要塞各部队的主官都在前一天接到参加结业典礼的通知，纷纷赶往彭泽县城开会去了，而且还准备会后聚餐。

是巧合还是别有原因？

幸好，江防要塞守备司令部第二总队第二大队的主官鲍长义没有按照通知要求与会赴宴。像往常一样，他在天蒙蒙亮时就起来给香口方面的第三总队的第一大队打电话，不通！他感到有点不对劲，再给第313团打电话，还是不通！他急忙给彭泽的李韫珩打电话，可李韫珩早早就去了开会现场，联系不上。不好！情况紧急，鬼子开打了！第一大队肯定被鬼子消灭了！作为从山东一直打过来的老将，鲍长义立马做出了判断。

军情重大！他迅即传令所属部队，全员进入迎战状态！长山阵地上的空气顿时空前紧张起来。

约八时许，缠绕在长山山腰的一团团雾纱刚刚散去，日本人就开始了对长山的炮击。半个小时之后，炮声停止，敌人步兵，抬着机枪，十几人一组，分成三组，弓着腰，悄悄地向长山接近。

从长山山脚到长江江边是太白湖的入江处，两边滩涂约有800米长，600米宽，已被百姓垦为农田。六月，正是稻秧抽穗之时，只是此时长江涨水，这片稻田全遭水淹，因而，这里俨然成为一方泱泱湖荡。

湖荡的开阔给了中国人以极佳的视野。

当日本人深深浅浅地穿涉水田时，他们半截身子陷在水里，肩上扛的机枪和手上举着的步枪已多半被水打湿，所以当他们费尽力气，将要踏上长山山脚时，中国人的一排冷枪下来，三十多个日本兵都成了水中死鬼，一个也没跑掉。

日本人气得七窍生烟，不多时即调来19艘军舰闯过布雷区，停在中国军队设置的江中阻塞线外，其舰首、舰尾的火炮，舰侧的舷炮齐向长山阵地袭来。

落弹如雨，守军伤亡不小，工事也被炸得壕平坑深，无险可凭。

鲍守义再次打电话向李韫珩报告军情。这时的李韫珩刚刚主持完“结业”典礼，还沉浸在刚才讲话的兴奋之中，那种激昂慷慨、杀敌报国的豪言壮语确实让他一下子难以冷静下来。

接到鲍长义的电话，他有些不耐烦，不相信：“你搞错了没有？你说敌人炮轰长山，我怎么没有接到我的部队的报告？”

鲍长义急了，说道：“军座，香山、香口早被敌人占领了！”

“占领了？你看见敌人没有？”李韫珩似乎还在梦中。

遇上这么个颟顸官长，鲍长义来气了，对着听筒大声吼道：“李军座，我们的阵地被敌人打烂了，人死了一半，你还说我没看见敌人，你要是不信，你来看一看，不就得了！”李韫珩这才清醒了些，不再说什么。

24日下午，正当敌我激战长山之时，中国军队飞机9架自宿松飞临敌舰上空，只是相距尚远时，敌舰早已调集炮火转向中国军队飞机，飞机遂在高空投弹后，飞回宿松。

次日，敌军舰加强了对长山阵地的轰击，自香口方面冲杀过来的敌人也轮番在湖荡前发起攻击，只是有去无回，屡战屡败罢了。

长山像一块硬骨头，敌人一时找不到下口的地方！

这一天，中国军队自宿松、望江方向飞来的飞机又遭遇前一天一样的情景，只有自东流方面飞来的 9 架飞机被日舰误为自己的空军，才袭敌成功，炸沉炸伤日舰 3 艘。

为表彰长山守军的英勇，是日，蒋介石及武汉卫戍总司令陈诚都来电传令嘉奖；江防要塞守备司令谢刚哲除传达蒋、陈电报之外，亦来电褒扬。这些来电，极大地鼓舞了阵地上官兵的斗志。

与此同时，黄山、香山方面也正在做剧烈的争夺，波田支队如蚂蚁般成团向山上阵地仰攻，守军则以密如雨帘的枪弹横扫当面之敌。战罢整整一天，当硝烟渐去，落日的余晖惨兮兮地洒在山间沟沟梁梁的时候，战场上一片死寂，那挂在树杈上的断肢残臂，匍匐在地上的成堆遗尸，还在滴滴答答地、汩汩滋滋地细细作响，溪流一样的血水在殷殷地向草丛深处渗去、渗去。

波田支队被打疼了。

6 月 26 日，他们残酷地连连向中方阵地施放速效毒气弹。一阵青烟飘来，但见壕堑里活蹦乱跳的守军，霎时间倒成一片，抓胸捂鼻，揪发蹬腿，随即曲手弓腰，七窍流血而死。

阵地一片死寂，只有日本人的军靴踢打在中国人尸体上的咚咚闷声清晰可闻。

黄山、香山失守了！

这样一来，长山就完全暴露在日军的炮火之下了。新近赶来增援的 106 师团派出一个旅团全力向长山阵地发起猛攻，如雨的炮弹削光了阵前的所有树枝；山脚的滨水处，日军的尸首堆成了小山，守军的遗体也几乎填平了战壕，鲍长义的手下，已没有多少能拿起

波田支队在做饭

枪来的战士！他请求李韫珩派兵支援，李韫珩一看大事不妙，连忙答应派 167 师增援长山。

167 师驻地在彭泽县城，距长山约 40 华里，按说在此军情之下，这么短的距离是不需要多长时间就能赶到的。当时正在田家镇视察的白崇禧，得知长山危急、马垱危急的密电之后，即用电话指挥 167 师师长薛蔚英，令他率师沿彭泽到马垱的公路火速赶赴长山增援。孰料李韫珩鬼使神差，认为公路会遭日军伏击，竟命令薛蔚英走山间羊肠小道，赶往战地。薛蔚英听从了李韫珩的命令，结果长山守军一等不见援兵，再等还是不见援兵，而自己伤亡殆尽，只有且战且退，撤出了浴血奋战达三天之久的阵地。

长山易手，马垱亦跟着不保。一千守军随即稀里哗啦地向彭泽方向溃退。

6 月 27 日，鲍长义率残部到达彭泽流泗桥附近，遇三架敌机前来袭击彭泽县城，而三个着白衣的汉奸竟站在山冈上为他们摇旗指挥。抓来一经讯问，其中一人还参加过“抗日军政大学”的学习！众人这才恍然大悟，为什么日军选在“抗日军政大学”毕业典礼时发起进攻，为什么我宿松方面的飞机每次袭击敌舰时，敌舰都早已做好了准备，原来是这伙汉奸告密所致！

三个汉奸当然最终没有落得什么好下场，然而马垱丢失了，彭泽县城也很快失陷了。

蒋介石恼怒异常，下令严查责任人，李韫珩和薛蔚英自然罪责难逃。结果，李韫珩被免职，薛蔚英被枪毙！

50 多年后，作为马垱守卫战的少数幸存者之一，杜隆基老先生回忆此事时仍气愤不已：“影响全局的是第 16 军，他（李韫珩）坐视马垱要塞和长山要塞防御地带的危急，不派部队增援，使其丢失，这才是真正的责任之所在！”

三、鄱阳湖成了日军的游泳场

陈诚亲临湖口检查战防准备，并给彭位仁带去了蒋介石的一封亲笔信。湖口失陷，彭位仁殉国，鄱阳湖成了日军的游泳场。

马垱、彭泽失陷之后，日军除将 106 师团一部留守此线之外，其余作战主力和增援的后续部队，如第 9 、第 27、第 101、第 106 师团、近卫师团一部，以波田支队为前锋，在兵舰 80 余艘，飞机数十架的配合之下，水陆呼应，直扑湖口而来。

湖口是鄱阳湖与长江的交汇地，其南为波涛万顷的鄱阳湖，其西为江防重镇九江，战略位置十分重要，与马垱要塞、田家镇要塞同为武汉门户的三把铁锁。现在马垱失守，湖口之重不啻千钧，第九战区司令长官陈诚深知这枚棋子的分量，因而在6月27日一大早即带着副官和一干作战参谋人员，冒着被敌机轰炸的危险，驱车赶到湖口，检查战防准备情况。

守卫湖口要塞的司令官叫彭位仁，他是黄埔六期毕业生，长得魁梧健硕，一副标准的军人相貌。蒋介石对这位“天子门生”似乎有些印象，他托陈诚带了一封亲笔信给彭位仁。信中说道：中日之战关乎民族存亡，湖口之险事涉武汉之安危，如此千钧重任，悉赖全体将士坚忍不拔之决心和有我无敌之气概。汝作为守土主官，务必督导下属，身先士卒，为党国赢得最大的荣光，不得命令，绝不后退。

彭位仁读罢蒋的来信深为感动，在场官兵亦群情振奋，大受鼓舞，大家一致向陈诚表示：抱死守之决心，作血肉之长城，誓与要塞共存亡！

日军行进在鄱阳湖上

7月3日，波田支队打头阵，日军第9、第101师团随后跟进，从湖口东面的马影桥向我防区首先发起进攻。守军26师官兵在刘雨卿师长的带领之下，拿起长短武器，与敌奋力厮杀。经过一日一夜的血战，26师伤亡超过三分之二，被迫撤出阵地。而湖口要塞的守军在日军飞机的狂轰滥炸之下，在其步兵的轮番冲击之下，几乎全部阵亡，彭位仁也真的没有辜负校长的栽培和厚望，战至最后，杀身成仁。

午夜时分，枪炮之声渐息，战场一片死寂，三两声虫鸣和着呜呜吹过的江风，似死者的亲人在为这些亡灵泣哭，又似不屈的亡灵还在阴间与侵略者拼杀、打斗！令人毛骨悚然、不寒而栗！

长江上的又一战略要地湖口失守了！

湖口一失，鄱阳湖就成了日军自由出入的游泳场了！得胜后的日军纷纷跳进清澈的鄱阳湖，游水戏闹，把湖边的清水顿时搅成了一锅混汤。

四、九江，流淌着张发奎的憾恨

北伐名将、“铁军英雄”阻止不了日军的铁流，张发奎老泪纵横。

现在，日军的下一个目标便是白居易在《琵琶行》中“夜送客”的“浔阳”——今天的九江了。

7月4日，日本大本营发布命令，调整部署，变更编制，以第6、第9、第27、第101、第106师团和波田支队组成第11军，主攻九江；以第3、第10、第106师团编成第2军，协助第11军攻击九江，任命冈村宁次、东久迩宫稔彦王中将分别为第 11 军、第 2 军司令长官，指挥长江两岸及大别山东麓的作战。

与此同时，中国方面也集中兵力防守九江，以确保不让敌人窜入长江以南，拊武汉之背。时江南第九战区辖两大兵团，第 1 兵团以薛岳为总司令，所属第 4 军、第 8 军、第 25 军、第 64 军、第 70 军、第 74 军，任星子一线湖防及南浔线正面之金官桥、德安等地的守备；以张发奎为总司令的第 2 兵团统领第 12 军、第 13 军、第 52 军、第 72 军、第 78 军、第 92 军、第 98 军，负责防守九江城周围一线。

九江是一座平地城市，无险可凭，防守之难可想而知，但张发奎这位北伐名将、“铁军英雄”，早年就抱定沙场报国的雄心壮志，这一次他岂能甘心九江在自己的手上轻易沦入敌寇的魔爪之下？

就在这时，1938 年 7 月 13 日，苏联红军和日本关东军在中苏边界的张鼓峰一带打了起来，双方动用的兵力都超过万人，是为“张鼓峰事件”。

这一事件的发生，耽搁了日军进攻九江的计划，直到 7 月下旬，日军才重整旗鼓，发起了下一阶段的行动。

7 月 22 日的夜晚是民国二十七年入夏以来最黑暗的一个夜晚，天空像闷罐似的笼罩在大地的上空，空气像是凝固了一样滞闷、热燥，没有风，没有虫鸣，就连往日在房前屋后四处飘飞的萤火虫也不见了踪影。吃过晚饭之后，几道光亮如昼的闪电掠过人们的头顶，一声地动山摇的雷霆自天际边劈将下来！树动了，风起了，子弹似的雨点射下来了！

姑塘，九江东南 22 公里的一座小镇，预备第 11 师在师长彭善的带领下正冒着倾盆大雨，密切注视着江面上一切动静，这是一支由地方保安团队新近组建起来的队伍，弟兄们没有什么作战经验，手中武器也多是其他部队弃而不用的杂牌货，但这些丝毫没有影响他们的爱国热情，今夜的暴雨也同样浇灭不了他们的杀敌愿望。上级传令说，东洋鬼子最善于使用突袭战，当前情况，自然需要特别警惕。

断崖岩瞭望哨的士兵们穿着雨衣各自侧身靠在山坡树干上，眼睛盯着江面远处不时扫过的几缕灯光，这是湖口方向日本军舰探照灯在巡查。这种天气日军会行动吗？弟兄们的心里有点犯嘀咕了。

午夜时分，雨水赶走了蚊子，也带来了阵阵的凉意，睡意像幽魂一样裹得人晕晕沉沉，嗵！不知是谁栽倒在地上！呼——嗞，呼——嗞，也不知是谁竟然打起呼噜来了！不能睡！不能睡！前来查岗的彭师长急忙叫醒弟兄们。打了一会儿盹的士兵揉揉惺忪的睡眼，又抖擞精神，重新站了起来。

时钟转到次日凌晨1时，层云渐渐散去，月亮偶尔从云隙中露出几下，窥视着地上的秘密。

“看，那是什么？”静夜之中，不知是谁惊异地说了一句。

大家顺着他指的方向一看，呀！那高耸的桅杆、炮塔，不是军舰吗，是鬼子的军舰熄灯摸黑偷袭我们来了！狗日的，打！彭善得到情报，来不及向上报告，即下达了作战命令。先下手为强！

断崖岩距离江边约300米远，居高临下，作战位置极佳，官兵们凭借地形之利，猛烈向江边敌人的舰船开火，日本人一时偷鸡不成，反蚀了米，死伤百余人。但他们很快组织力量，跳进江水中，抢占滩头阵地。

眼看日本人先后上了岸，断崖岩上的我方阵地骤然一枪不响，寂静下来。日本人以为中国人害怕了，撤走了，遂哇哇大叫着向岩上冲去。“哒哒哒”，待三百多个叫骂着的鬼子进入我射程之内，那千百条愤怒的火舌便将他们全当成了练习射击的靶子！

整整一夜下来，日本人死伤六百余人，十余艘汽艇被毁，而断崖岩的青天白日旗仍猎猎飘扬在半山腰上。

天亮了，日本人更加逞凶了。

1938 年 7 月 25 日，日军对湖北黄梅小池口狂轰滥炸

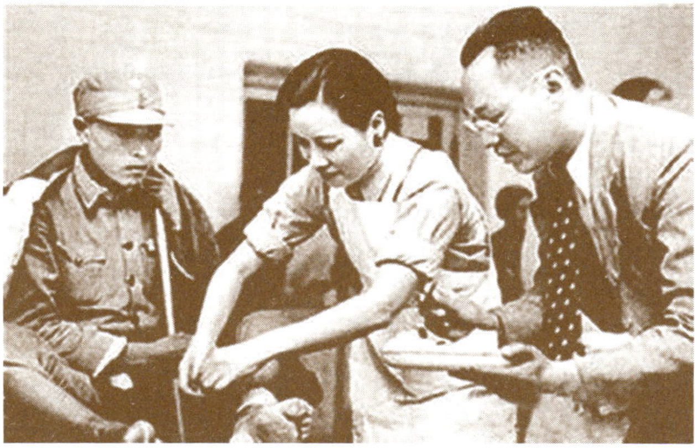

脱下军装的彭善，协助宋美龄为伤兵搽药

第 106 师团师团长松浦淳六郎瞪着一双血红的三角眼，神情严肃地盯着断崖岩！一时，长江上的舰炮倾泻着雨注似的炮弹，断崖岩顿时弥漫在硝烟之中！一个小时之后，彭善只带着四百余人撤往鸦雀山阵地！

同日，以 101 师团和波田支队为主力，日军向蔡家垄、普泉山一线中方阵地发起海陆空立体进攻，守军第 2、第 3、第 15、第 115 师顽强抗击，予敌以极大杀伤，自早到晚，日本人竟未迈出

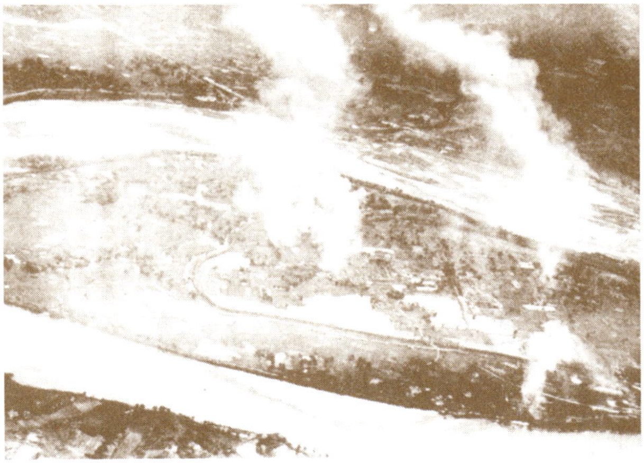

1938 年 7 月 26 日，日军攻占太湖。图为遭到日军炮击的太湖城

500米的距离。

25日，松浦所部推进到九江近郊，在飞机和炮舰的支持之下，正面突破守军预备第9师的阵地，九江已暴露在日本人的眼皮底下。张发奎心急如焚，令第64军、第70军不惜一切代价，发动反击，夺回阵地，无奈日军炮火太猛，中国军队伤亡过重，反击没有成功。

26日，九江对岸黄梅境内的小池口失陷，九江的战略意义已不复存在，兼之敌人已兵临城下，几十艘军舰大炮齐向我岸上阵地开火，张发奎见大势已去，只好挥泪下令于当晚九时放弃九江，所部均撤至沙河铺一线，依托庐山在沙河铺、黄老门、新堰埔、范家铺一线设阵阻敌向西南突进。波田支队又以急先锋之身份为占领九江抢了头功。

28日，九江爆发“鼠疫”，波田支队一部流行霍乱，于是移驻城外，市区交由106师团接防。

五、避暑胜地散发着尸体的腐臭

八月的庐山因为这场战争而渐渐失去了清凉的本色；李汉魂的部队打光了之后，李觉的第70军顶了上去，他们摸到日军的一个伤兵转运站，发现了许多尸体和麻袋装的手掌；中国士兵不顾不杀俘虏的禁令，也不要抓俘虏的200元奖励，一刀下去结果了敌人的伤兵。

湖口失守之后，为阻敌南进，薛岳指挥第4、第10、第25、第 64、第 66、第 70、第 74 军依托庐山东麓、北麓层层布防，星子一带的湖防、南浔线正面的金官桥、后面的德安为其守备之重点。而正如中国军队所料，日军在占领九江之后，当即以第 9、第 27、第 101、第 106 师团、波田支队及近卫师团一部尾随中国军队向庐山发动了进攻。

金官桥是日军攻打庐山，遮断南浔铁路的正面突破点，战略地位十分重要。薛岳令第 64 军军长李汉魂率其统辖的粤军两个师和第 10 军部队防守右翼；以第 4 军、第 73 军、第 74 军等部队防守左翼，第 70 军为预备队，准备迎击来犯之敌。

7 月 31 日，日军第 106 师团主力在十余架飞机的掩护之下，分两路沿南浔铁路、公路南下，集中炮火，猛轰粤军阵地。

粤军在中国近代史上素以骁勇善战、敢于牺牲闻名：三元里抗英，十三乡群众鸣锣集众，打得英军跪地求饶；北伐战争，张发奎领导的第四军，以叶挺独立团为先锋，打出了“铁军”的称号；上海“一・二八”抗战，蔡廷锴、蒋光鼐率领的十九路军，打得日军三易其帅，粤军声名中外传扬。

这次对 106 师团的战斗，李汉魂这位军中才子是很想展现才华的。文人为文不足为奇，武人为文却不多见，李将军既能领军作战，又能握笔作文，文韬武略并于一身，这就让人刮目相看了。当年张发奎在宜昌反蒋，他的一篇通电人人称绝，比之于骆宾王的《讨武曌檄》；李将军参加过北伐战争，可仕途却像山间的小路，颇多坎坷，直到抗战军兴，方为一军之长。他先是在豫中登封一带作战，结果，黄河花园口决堤，一泻千里，日军不战自退，64 军也被南调九江，参加赣北作战。面对106师团的进攻，其属下的陈公侠155师、孔可权的187师都打得相当顽强，在武器低劣的情况下，以不足2万人的兵力抵挡了1万多日军的轮番进攻。两天下来，187师基本被打光，155师伤亡过半，64军只得换下作军团预备队，换上李觉的第70军接替其防务，守护金官桥—沙河一线。

李觉的第70军原辖19师和128师两个师。19师是湘军何键的基本部队。湘军也以善战而著称，淞沪之战，该师守闸北一线，曾重创日军，战后被评为战绩最优的十个师，所以蒋介石下令以19师为班底，组建第70军，划湘军陈渠珍的128师充实其建制。不过128师为土著部队，官兵素质差，初次参加湖口之战，遇敌即溃，师长顾家齐因此被蒋介石撤职查办，第128师的番号也被撤销。这样，第70军实际上只剩下第19师了，师长也由李觉兼任。

李觉率部队到金官桥后，改变了粤军的阵地部署计划，以少数部队守卫前沿阵地，防止敌人中间突破；以主力占领庐山西麓的土地庵高地以封锁右翼阵地的前沿；另一部兵力进驻牯岭，护卫我方侧背。

8月3日黎明时分，日军飞机8架，肆意贴近树梢扫射、投弹，金官桥一带烟雾弥漫，炮声震天；敌机轰炸过后，日军大炮跟着做“廓清”式的猛烈轰击，我前进阵地多被摧毁。

约十时许，日本人估计我阵地已荡然无存，遂号叫着如马蜂一样发起冲锋。待其进入有效射程之内，占据土地庵高地的中国守军于丛林缝隙喷射出千百条火蛇，特别是二营营长刘咸宜指挥的四挺轻机枪，欢快地有节奏地在日本人的头上、身子上点击着，使300

国民党士兵在试穿防弹护甲

多名进攻的日本鬼子或死或伤，哭喊着抱头鼠窜。随后几个时辰，日本人又组织了几次进攻，但均无功而返，其锐气一时大减。

翌日，日本人在做兵力休整，只以小部队作试探性佯攻，以摸清中国军队大火力部署情况。

短暂的寂静之后，即将上演一场更加残酷的战斗。

当晚，中国军队利用月黑风高之有利时机，加紧修整战壕和隐蔽所；部署在牯岭的守军，也移往牯岭西南的鸡窝岭。鸡窝岭为金官桥附近的最高点，能俯瞰整个前进阵地，第 70 军 109 团上鸡窝岭后，修筑工事，将迫击炮和重机枪迅速布置在最佳射击位置，其重机枪射程达 4000 米，威力极大。

果然不出所料，次日一早，日本人在飞机大炮的狂轰滥炸之后，接着便发起了集团式的冲锋。九时许，106 师团的敢死队已冲进中方前进阵地，双方肉搏相斗，中国士兵用手榴弹、石块、枪托、刺刀与日军殊死拼杀，一营营长张飞手提大刀，带头冲入敌阵，连劈鬼子四人，后被敌刺中，壮烈殉国。前进阵地不久失守。

午后，114 团团长刘阳生率敢死队英勇出击收复了阵地，他自己却中弹身亡。如此反复争夺，一日三次，双方死伤惨重。五十多年后，第 70 军军长李觉在回忆录中写道："山上山下及稻田中，敌我遗尸及武器很多，咫尺之距，双方都为争夺遗尸和武器而增加伤亡。时值盛夏酷暑，阵地上臭气刺鼻，令人呕吐。"

庐山，这份人类自然文化遗产，著名的避暑胜地，却因为这场战争而渐渐失去了清凉的本色。

暑热、饥饿、干渴、流血伤痛及战场上难闻的气味，时时困扰着守卫前进阵地的官兵，白天，山下送不上伙食，他们只能吃晚上送来的馊饭和生水，有时是整天饿着肚子参加战斗。

一个夜晚，他们还主动出击，摸到敌人的粮弹补给所和伤兵转运站，抢得了一些枪支、炮弹和医药，并发现了许多敌尸和麻袋装的手掌。原来，日军官兵作战死亡，尸体不能当场抢回的，砍下手掌以代全部。

在这场拉锯战中，中国军队设在土地庵和鸡窝岭阵地的迫击炮和重机枪发挥了极大的威力，敌屡次想除掉这两处钉子，但进攻无门，每次都以遗尸溃退而罢，致使敌人旬日之内未敢大举进攻，敌我阵地因此在金官桥一线呈胶着状态。

中间突破未能奏效，日军只得将主力转到南浔线以西，鸡窝岭遂成为争夺的焦点。

一天拂晓，天色微明，106 师团渡边旅团的漆田联队挑选精干日军，分成三队，悄然爬到鸡窝岭山腰，趁中国军队士兵熟睡之机，准备实施偷袭，幸被哨兵及时发现，先发制人。中国军队阵地士兵本是和衣而眠的，听到枪声后迅速跃身而起，持枪向敌，顷刻间，手榴弹、机枪、迫击炮如山洪泻地，三路日军丢盔弃甲，伏尸遍地，狼狈而逃。

几天后的又一个早晨，日军再次打起如意算盘。这天庐山云遮雾罩，凉意袭人，日本人组织四支敢死队，在一声不响的情况下，摸到了中国军队阵地。当此危急之时，中国官兵端起刺刀与敌近战，一名湖南籍战士身高力大，肉搏中遭到多名敌人围刺，倒地后拉开胸前手榴弹与敌同归于尽；第八连阵地上，田连长率战士与敌二十余人近战，亦不幸中弹牺牲。其余战士忍痛作战，战至午后，除少数凭借石岩做困兽斗的鬼子之外，余敌大部被歼，恰好此时天气放晴，浓雾尽散，机枪得以发挥威力，将残敌九人逼进一山洞。入夜时分，敌三次突围未逞，天明后洞中寂静无声。为探虚实，八连一班长自告奋勇，带领三人入洞搜索，发现敌人已集体自杀，唯一人重伤未死，踢打亦不发声。气极之下，战士们不顾不杀俘虏的禁令，也不要上交一个俘虏，给予二百元的奖励，一刀下去结果了那个鬼子

中国军队阻击日军的进攻

的性命。

日本人受此重挫之后，从此再也不敢贸然仰攻。鸡窝岭如一枚硕大的铁钉，挡在日本人前进的路上，拔之不去，毁之不掉。有一名专科学校毕业的日军士兵的日记被中国军队缴获，其日记中写道："庐山是支那名胜之地，'难见庐山真面目'，名不虚传，皇军在此遭支那军精锐部队第19师的坚强抵抗，前所未有的激战，中队、小队长的死亡很多，战斗仍在艰苦进行，与家人团聚的希望是困难的。"

就在106师团受挫于金官桥线阵地之时，日军第101师团（师团长伊东正喜）则拟协同进入鄱阳湖的海军舰队，在空军的支持下攻打德（安）星（子）公路，抄中国军队北线之后背，迫中国军队金官桥线撤防，以收一箭双雕之用。

8月19日，日军以陆、海、空立体向中国军队守星子的部队发起进攻，三天后，星子不守，日军遂继续前行，推进到东、西孤岭地区。

东、西孤岭是庐山东南麓的两座奇峰，山高而陡，相向而峙，似两扇大门，镇关锁喉，德星公路穿隙而过，因而此处成为日军必攻和中国军队必守的要地。

扼守此险的是王敬之的25军和叶肇的66军。

8月22日日军进犯东孤岭，守军以重机枪和迫击炮迎头痛击，饭塚大佐中弹毙命。此后几日，日军曾一日几次冒死冲锋，但均被击溃；至第十日，日军以最猛烈之炮火配合空军狂轰滥炸，东孤岭几成焦土，守军伤亡惨重，不得不撤往西孤岭，在西孤岭，叶肇所部又坚持了四天之久，方撤出阵地，小小的东西孤岭竟延滞日军一个师团达半月之久！

与此同时，在九江西南方面，波田支队正与中国军队激战于望夫山，以图攻占瑞昌。瑞昌乃赣西重镇，是由赣入鄂的跳板，望夫山为瑞昌的门户。

为守住望夫山，中国军队面对武士道精神武装起来的日寇，赤膊上阵，提刀与敌拼杀，阵地失而复得者一天达五次之多。所见之处尸横遍野，草木尽赤；断肢残臂，草丛树杈到处都是。在战争打得最激烈的时候，第九战区司令长官陈诚在庐山守军已无兵可遣的情况下，急调阳新方面的三个师入赣增援，战至 8 月 13 日，望夫山弃守。陈诚为此严令第 2 兵团司令张发奎，尽全力守住瑞昌。这时张发奎虽然手无援兵，但还是亲临前线，鼓舞士兵。20 日，波田支队在飞机的轮番支持之下，先是施放毒气杀伤守军，继之集团冲锋，突破了通往瑞昌附近的牯牛岭等阵地，守军以气壮山河的气概，于瓢泼大雨之中，节节死战，寸土寸草，皆为血染。

24 日，瑞昌城在雨骤风急之中陷于敌手。

六、万家岭，薛岳打了个大胜仗

薛岳几次“修正”蒋介石的命令；张灵甫夜袭日军，“杀妻莽汉”成了抗日英雄；万家岭变成了日军的“万人坑”。

距江西德安县城 50 华里的群山之中，有一座原先并不为人所知的小山，它的四面包围着重峦叠嶂，中间为连绵起伏的似潮起浪涌般的丘陵，这座小山的名字就叫万家岭。

或许是小山遮挡晨曦的缘故吧，山区的早晨总是显得那么悠缓，舒徐，像美人醒来之后总爱躺在床上伸伸懒腰才睁开双眼一样。这里的阳光要等到太阳爬上了山顶才能透过树杈间的缝隙一缕缕地筛进主户人家，投照在泥巴墙上，流着淡黄的土色。

1938 年 8 月 20 日早晨，太阳还没露面，除了山间的溪水常年淅淅地流淌着，欢乐的鸟儿在林子啾啾地蹦跳着以外，山里的一切寂静而安详，像往常一样，万家岭东郭村的庄稼人还在梦境中酣睡，山里人惯于早睡晚起，大山的富饶养成了他们闲适、自得、安逸的生活态度和节奏。

当太阳升在东山头的时候，几个勤快的老人已开始在屋前屋后捡牛粪，扫院子了。

尽管他们早就听说东洋兵在和中国人干仗，但他们认为这是外面世界的事，是国家的大事。与他们无关，他们只知道养儿育女、砍柴种地，世世代代都是如此，所以当十几个身着法衣的和尚来到他们跟前的时候，这些很少迈出家门的山里人，除了好奇之外，并没有更多想法。

在他们的印象之中，山高岭绝的村子，一下来了这么多游方僧人，他们还是头一次碰到。他们自然感到有些新鲜、奇怪，问和尚们从何方而来，是否用过早膳，领头的微胖一点的光头僧人笑而不答，只问这附近的山名、河流、道路和保、甲的名称，其余一概不谈，问完之后即合十而去。

老人们感到十分不解，疑惑之中他们做出了各种各样的猜测：

有的说，僧人们嫌这里的膳食不洁所以不吃，有的说，僧人们只是云游路过这里所以不吃，凡此种种，不一而足。

而实际上，善良的老人们全想错了，这群僧人并非和尚，他们真实的身份是一群化装成僧人的日本侦察兵！

原来，当薛岳兵团的第 4、第 70、第 64 军在城门湖—磨盘山—金官桥—庐山北麓（简称金官桥线）顽强地阻击正面之敌第 106 师团的时候，第 106 师团虽有步、炮、空、机械化等兵种的立体配合，但苦攻一月，师老无功，且伤亡惨重，第 113 联队长田中大佐、第 145 联队长川大佑等均于此战线阵亡。于是，他们另谋攻击方面，以求从侧翼击破金官桥线。

8 月上旬的一天，第 11 军军长冈村宁次在飞机上见中国守南浔线（南昌—九江）与瑞武线（瑞昌—武宁）两支部队阵地之间的接合部空隙甚大，遂以为找到了破阵之法，便以 101 师团接替 106

有“抗日战神”之誉的薛岳将军

师团，加紧攻击中国人的金官桥线，吸引中国人的注意力，而调106师团乘隙穿过中国第20兵团商震和第9兵团吴奇伟两支大部队的防地，占领马回岭、万家岭一带，以实现前后夹击金官桥线的战略意图。

马回岭是德安以北的一个不大的盆地。它的西面是白云山高地，东面是庐山的西麓，南面是博阳河以北的山地，只有北面的沙河镇至马回岭铁路沿线地势比较平坦。

9月3日，106师团攻占马回岭后，中国人已经识破了日本人的阴谋，薛岳于9月5日即将金官桥一线的守军撤下来，以第4、第74、第27军占领左起白云山，中经乌石门、戴家山，东至庐山西麓的反八字形阵地（简称乌石门线）；以第64军控制德安西南地区，将第70军调至靖安补训。

106师团是3个月前才在日本熊本编成的，总兵力不足一万一千人，主要由青年学生组成。这批受军国主义熏染出来的年轻人，以武士为榜样，以“杀伐”为满足，以战死为荣光，打起仗来很少有退缩的。师团长松浦淳六郎，日本士官学校的“优等生”，一副矮短身材，健壮结实，他极崇拜东条英机。所以，他蓄起的胡子也同东条英机一样，浓而黑硬。

从被派遣到中国攻打安庆以来，106师团和波田支队一直是第11军的开路先锋，劈关斩将，凶悍异常。

面对106师团的咄咄态势，薛岳自然不敢掉以轻心，他除了将手下精兵部署在反八字这种收合开放自如的阵地之外，还将重机枪架设在马回岭的盆沿上，炮兵集中于乌石白线之后，以使重型火力能组成严密火网罩住整个马回岭地区。

但 106 师团进入马回岭地区后不久，101 师团在东面受到中国军队重创，日军原先的战略部署难以实施，这样，106 师团只好待在原地，坐等观望，徘徊不前。为防止中国军队狙击，他们白天总是躲在工事内不大出来，就连粮弹物资，也多是利用装甲车从黄老门等处运来，南浔线战况一度处于胶着状态。

9 月，避暑胜地庐山暑气逼人，只是南浔线上敌我双方的对峙给剑拔弩张的战场平添了几分空寂和冷清。

中国军队却利用这个难得的机会，对各部进行了修整和补充，减少了一线守备部队，增强了二线控制部队，但让薛岳颇感棘手的事也随之而来。

9 月中旬，蒋介石来电，要调 74 军俞济时部到长沙休整。俞济时和蒋介石是地地道道的老乡，也是奉化人。蒋介石是很认老乡关系的，同为浙江人的陈诚、汤恩伯升迁很快，俞济时更不例外，他是黄埔一期出身，长期在蒋介石的侍卫室工作，官至警卫第一师师长，第 74 军军长，成为 74 军第一任军长。74 军是蒋介石“嫡系中的嫡系”，清一色的美械装备，战斗力很强，蒋介石把他投放到“一·二八”淞沪抗战和“八一三”上海抗战，74 军都打出了声威，拼出了傲气。可能也由于这一点吧，74 军总自恃高人一等，不免骄横，因而和国民党的其他部队之间颇多龃龉，矛盾很深。10 年后，这一致命弱点却直接将 74 军送进了覆灭的墓坑。但这个时候，74 军却以敢打硬仗而成为赣北战役的主力！

大敌当前，蒋介石不是不清楚一兵一卒的重要，但他要保存实力的意图也实在太明显，在这节骨眼上抽走精干部队不是要下掉薛岳的臂膀？薛岳这位广东人与军事结下了不解之缘，10岁进入黄埔陆军小学，后追随孙中山先生，1922年陈炯明叛变革命时，是他救孙夫人宋庆龄登上“永丰舰”（后来的中山舰），因而深受孙中山先生的器重。他率部进行过东征，参加过北伐，他残杀共产党绝不留情，抗击日本人也毫不手软。白崇禧说他作战“果敢决断”，但对蒋介石的这道命令，他却是思忖再三的。最后，干脆来一个将在外，军令有所不受，复电蒋说：“调不下来。”蒋暗自吃惊，自己的爱将竟会给他难堪！所以再来电说：“第74军伤亡甚大，应予调下整补。”薛岳到底是一个果断的军人，他寸步不让地发电给蒋说：“赣北右军作战时间都比74军长，伤亡都比74军大，各军都未调下整补，对74军也请缓予调下整补！”蒋介石没办法，只得让薛岳给“修正”了！这时，广东方面情况吃紧。政府军事委员会又来电调64军赴粤作战，薛岳这次真的难办。64军是一支广东部队，现在家乡危急，调他们回去保卫家园，

薛岳在指挥作战

1938 年 9 月 22 日，向武汉进犯的日军第 27 师团第 27 步兵团第 1 联队

名正言顺，况且俗话说，事不过三，倘使薛岳一再坚持己见，只怕老校长对他就有看法了，所以权衡之后，薛岳放走了 64 军，却将 187 师强留了下来！

战争的胜败往往存乎一念之间。历史有时是在看似偶然中写下的。倘使薛岳完全听从了蒋介石和军委会的意见，下面的万家岭之战恐怕就很难说是中国人的胜利了。

正当薛岳布重兵于马回岭一带，准备张网罗雀之时，瑞武线外日军第 27 师团却在师团长本间稚清的指挥之下，由瑞昌向武宁发起了大规模的进攻，欲借此冲破中国人的防线，与 106 师团会合，如孙悟空钻进牛魔王的肚皮，在庐山地区将中国人的军事部署全盘打乱，再逐个消灭中国人的零散部队。

9 月 23 日，27 师团与张发奎的第 2 兵团激战于小坳地区，战罢一天，第 2 兵团渐感不支。次日，军委会急电薛岳，令其率一切机动部队赶赴武宁，替代张发奎指挥瑞武路作战。

形势如此急迫，让一向沉稳的薛岳也急得抓耳搔腮：马回岭周围的部队是不可调动的，他能抽出来作为机动的队伍，只有 29 集团军王缵绪的 91 师（师长冯占海）和预备 6 师（师长吉章简），20 集团军商震的 141 师、142 师（师长傅立平），18 军黄维的 16 师（师长何平）、60 师（师长陈沛）6 个师的人马；并且赶赴武宁也是不可能的，因为第 1 兵团总部在南昌，南昌距武宁有千里之遥，而赣北交通已被破坏，徒步赶往武宁，最少亦需一周，有这一周的时间，日军早就把武宁挑在枪尖上了。左右盘算都让薛岳为难，但军情紧迫，容不得过多犹豫，不得已，薛岳再一次"修改"了军委会的命令：对来势迅猛的 27 师团，与其迎头拒止，不如拊背侧攻，扰其小坳后方，围魏以救赵。军委会一看薛岳此招合乎情理，立即来电同意了他的作战方案。

于是，薛岳一面将兵团总部连夜转到德安西南一小村，靠近前线指挥作战；一面令第 91、第 142、第 60 师和预备第 6 师向敌之

日军以毒气向中国军队发起进攻

小坳后方猛攻，令第 141、第 16 师在瑞武路西侧向东逆袭敌人，令第 2 兵团的新 13 师、新 15 师、新 14 师、新 16 师在修水南北两岸逐节抵抗，拖住敌人。

这一着棋立即奏效，27 师团不仅前进遭阻，且小坳也频频告急。麒麟岭一战，第 141、第 142、第 60 三个师，顶住敌飞机、大炮、毒气和步兵的疯狂进攻，以大无畏的牺牲精神与敌反复搏杀，并歼灭了敌全令木联队，最终夺回了这一战略高地。27 师团自此就像一头陷进泥潭的斗牛，进不得、退亦不得了。

冈村宁次没有想到，自己的如意算盘竟被薛岳给搅得稀乱，他下令 106 师团长松浦淳六郎，设法解救 27 师团的困境。松浦对中国人发明的“孙子兵法”也是烂熟如胸的。这一回，他决定以其人之道还治其人之身，也用“围魏救赵”之法，破解27 师团的小坳之围。

9 月 25 日，静待马回岭二十余天的 106 师团除以小部队留在原地之外，其余主力轻装疾进，绕过中国军队乌石门线阵地之左翼白云山地，偷偷摸摸地窜到了万家岭一带。很明显，松浦这一招就是通过攻击乌石门线反八字形阵地之左翼，迫使中国人从瑞武线撤兵，以实现一石两鸟之效，只是狡猾的松浦没有预察到，他的这般孤军深入，冒险一搏，无异于自投罗网、自寻死路——他钻入了中国军队南浔线与瑞武线两大主力包裹而成的夹袋之中！

当时，冒进到万家岭的主力是青木旅团，山炮兵第 52 联队之第一、二两大队，迫击炮第三中队、工程兵第 106 联队之第一大队，以及炮兵侦察班，师团之无线电队、卫生队、传令骑兵队各一部也随同跟进。

1938 年 9 月 30 日，翻越大别山、向汉口方向进犯的日军

针对小坳地区的形势和乌石门反八字阵地的布阵情况，薛岳断然将瑞武和南浔一线兵力向万家岭地区收缩：以第 4 军之 90 师和 102 师占领万家岭东边的大金山、小金山一线阵地，令 90 师直接包围青木旅团；以第 74 军之 51 师和 58 师控制万家岭南边的长岭、张古山一线阵地；而以 32 集团军的 139 师、187 师占领塛上郭、狮子岩一线，协助 74 军的攻击行动；以 141 师、142 师、60 师坚守瑞武阵地，继续拖住 27 师团，切断 27 师团与 106 师团的联系；以第 25 军之 190 师把守万家岭右翼之德星公路，阻击 101 师团对 106 师团的援助；以第 91 师严防万家岭西边的杨家尖一线阵地，以新第 13 师配合其攻守。另外，所辖炮兵分别部署在东边大金山

和南边马鞍山一线形成对向射击局面，以压制日军之炮火，协同步兵作战。这样，薛岳张袋捕鼠，已将青木旅团牢牢扎在中国军队的口袋之中了。

第 90 师（师长陈荣机）包围青木旅团之后，双方发生了激战。90 师是一支广东部队，能征惯战，敢打硬仗，陈荣机个头不高，宽宽的脸庞上架着一副眼镜，儒雅之中透射着军人的豪气，而青木旅团是 106 师团的精锐，在陷九江、攻金官桥之战中，屡次受到松浦的嘉奖，两强相遇，互不示弱，一时大金山上杀声震天，两天之中，山上制高点被反复易手 8 次之多，一座好端端的青山眨眼间被打成秃山、血山。

9 月 30 日，正当 90 师、102 师与敌酣战之时，106 师团的山地部队突破重围，赶到万家岭，将其迅速反包围了起来。这次冲到万家岭的计有步兵 111 旅团之第 147 联队，炮兵 106 联队之第一大队及迫击炮、工兵等部队，战局骤然大变。

好在薛岳早有准备，他手下尚有足可调遣的兵力。于是，在日军包围中国军队一线部队之后，他下令第 74 军、32 军及 91 师四下合围，又对日军实施了一个反包围。这样，犹如两条巨龙在万家岭地区纠缠撕咬，左冲右突，两军互相渗透，处处夹击，战况至为惨烈。

当 147 联队向 74 军 58 师阵地赤膊进攻时，58 师上至师长冯圣法，下至伙夫马夫，全都操起了武器。面对敌人飞机贴近地面丢下的夷光弹（燃烧弹）和地面日军的拼死冲锋，58 师几乎伤亡殆尽！眼看着敌人就要从 58 师处撕开裂口，冯圣法蹲在弹坑里抱着电话机向军长俞济时哭喊着请求援兵，俞济时将军帽使劲地向桌上一掼："妈的，警卫营跟我上！"结果，多亏两连警卫营士兵的支持才把敌人的气焰给打了下去！警卫营200来号人是74军的精兵，也是它唯一的一点机动力量，俞济时不到万不得已是不会动用的，现在到了用"好钢"的时候，他自然也不会顾惜的。

这下冈村宁次急了，10月1日，他下令101师团，要伊东师团长不惜一切代价救援106师团。101师团之149联队遂冲破重围，杀到万家岭地区，又将中国军队第二次围困日军的部队包围了起来，万家岭之战至此地达到了空前紧张的阶段。

很明显，包围与反包围目的就在于抢占外线的优势，谁占据了外线，谁就握住了制胜的先机和缚住苍龙的绳索，那么兵力呢？兵力从何而来？现在日本人占有外围之利，我们呢？薛岳手中能用的兵全用上了！

而薛岳之所以为薛岳，也就在于他除了是蒋介石的亲信之外，还具备了其他人所不具备的那种胆识：危急之时，他敢于"修正"甚至"违抗"军令，包括蒋介石的！这一次，他的这种胆识又一次成全了他的威名，也让他在中华民族抗战史写下了浓墨重彩的一笔。所谓性格决定命运，这话大有嚼头！

他想到了驻守庐山的66军。

叶肇的66军是蒋委员长亲自指定留在庐山打游击的部队，以便在放弃赣北时，能袭扰日军的后方阵地。既然是委员长手中的一枚棋子，通过常规途径请求调其下山用于万家岭作战，即便是他薛岳，恐怕也难邀准。薛岳毕竟是将军本色，他索性一不做二不休，

中国军队在德安追击日军

一边报告，一边将66军调来投入战斗。

66军是由广东人组成的部队，在庐山与当地人言语不通，生怕留在庐山打游击，现在得到这么个下山的机会，自然十分高兴，于是，精神抖擞地参加了万家岭的合围之战。这样，中国人又第三次将日本人围了个严严实实。

10月2日，中国军队采取分割包围之法，以数倍于敌的兵力逐个山头驱赶、追歼、击破106师团。第4军、第74军、第187师、第139师围歼106师团之东部队；新13师、新15师、第91师、第142师、第60师、新6师合围106师团之西部队。106师团自侵入中国以来，从来没遭到过这种铁桶般的围困战术，他们向来狂妄跋扈，以为三天即可突破万家岭阵地，所以自马回岭出发之时，官兵每人仅分发五天的给养，180发子弹，2枚手榴弹，而此时已战至七天，他们不仅未走出万家岭一步，反而陷入中国军队的追击痛打之中，粮、弹已所剩无几。

在这种情况下，日军一方面动用飞机空投粮弹，一方面在华中

1938 年 10 月 4 日，日舰炮轰中国守军阳新半壁山炮台

派遣军司令官畑俊六大将的亲自组织、指挥下，先后派出了三个支队来救援奄奄待毙的 106 师团：一个是由 106 师团新任参谋长成富成一中佐带领 2700 名新兵组成的宁贺支队；一个是由佐枝大佐率领的佐枝大队，27 师团亦抽出三个大队协同前行；一个是由步兵第 54 联队、第 53 联队组成的铃木支队。这三支队伍统归铃木春松少将指挥，从箬溪地区经武永大道及其北侧向东进攻。

在此节骨眼上，薛岳只得调出正在万家岭作战的部队如新 13、新 15、第 60、第 91 等师南下武永路阻敌东进，打援与增援一时成为战事的焦点，因为谁的心里都很清楚，援兵东进对双方所具有的重大意义。因此，武永大道瞬间变成了硝烟弥漫的火龙。三天之后，日军渐感不支，中国军队以优势兵力趁势兜击，不仅将增援之敌远远地挡在万家岭的西面，还歼灭了宁贺支队，打死了成富成一中佐。

至此，日军已无援兵可续，106 师团已处于四面楚歌中，松浦师团长绝望地第一次发出了“三 A”急电，请求冈村宁次派飞机支持。

因此，自 10 月 5 日开始，日军飞机似嗡嗡叫的蚊子，成群地不间断地向中国军队阵地投弹空袭。当天，第 9 集团军总司令吴奇伟正在第 66 军司令部指挥所指挥作战，一枚炸弹从天而降，在离指挥所不到十米远的地方爆炸。事后 66 军军长叶肇开玩笑说：“要是这枚炸弹的眼睛长得再正一点，只怕吴司令和 66 军指挥部的人早就成了阎王爷的兵了。”

吴奇伟这位北伐军第四军老将则显得一脸轻松：“不会的，不会的，不多杀几个日本鬼子，阎王爷不要这样的孬种兵！”

他的夫人龙文娱打着绑腿，腰插手枪，当时正站在他的旁边，看到平素不苟言笑的丈夫，竟也幽默诙谐了一回，不禁笑得捂着肚子直喊疼。新中国成立后，一生戎马的吴奇伟任职广东省政府副主席，而毕业于黄埔军校武汉分校的龙文娱则当上了北京一所托儿所

受伤待救的中国士兵

的所长，成了孩子们眼中的龙奶奶。

10 月 6 日落下的一颗炸弹也很危险。当日军飞机轰炸大金山阵地时，90 师师长陈荣机正和参谋长等人在金山寺研究攻击计划，一枚炸弹从天井处落下，正砸在作战地图上，好在上天庇佑，炸弹未能引爆，不然，日军的一枚炸弹恐怕要端掉中国军队一个师的司令部了。

由于敌我双方每个山头、每个村庄，都要反复搏杀，一日数易其手，致使敌前来助战的飞机，有时因双方绞成一团而不敢投弹，甚至逞威的敌机还有被戏弄的时候。有几次敌机空投弹药和粮食时，第 4 军和第 74 军的官兵在白布中间贴上红布圆心，做成假太阳旗，铺在地面，引诱日机将给养空投到中国军队阵地上，这就使 106 师团愈发陷入悲观绝望之中。

10 月 7 日早晨 6 时整，东山的山顶上微微露出几瓣曙色，第 1 兵团的各个阵地就同时吹响了嘹亮的冲锋号，中国官兵从战壕里，防空洞里，树林里及简陋的掩体内呐喊着冲将出来，全体将士均抱着灭此朝食的决心，向敌人盘踞的最后几个据点发起了攻击。一时间，159 师从北，51 师和 58 师从南，90 师从东，61 师从西，把 106 师团的残部里里外外围了三层，昔日骄狂无比的 106 师团至此真正成了“瓮中之鳖”。

扁担山是日军青木旅团的指挥所，盘踞着日军两个中队。为歼灭这股顽敌，7 日晚上，第 90 师的官兵利用黑夜作为掩护，赤膊仰攻山头，凡摸着身上穿军服的日军就杀，经过一整夜连续五次的反复冲杀，敌两个中队的“皇军”无一漏网，悉数被歼。这一仗直杀得血染山林，尸横沟壑，106 师团被齐刷刷砍掉了一只臂膀。

张古山之北的鹰绝岭是山地旅团把守的要地，此据点山势陡峭，工事坚固，易守难攻，74 军向来以能打恶仗著称，但王耀武的 51 师两次攻山，却两次失利，且损失不小。这时，305 团团长张灵甫向师长王耀武建议说：《三国演义》中有邓艾偷渡阴平攻西蜀的战例，可以仿效。王耀武认为有理，不妨“古为今用”，遂命张灵甫率两支突击队于 8 日晚上，沿南面无人防守的陡峰攀藤附葛而上。日军根本没料到中国人会在这黑灯瞎火的黑夜爬上鸟兽绝迹的鹰绝岭，所以当中国人的大刀砍到他们头上的时候，他们中的许多人还在睡梦之中打着呼噜，说着梦话，这次奇袭使阵前日军遗尸七八百具之多。而张灵甫也因此声名大噪，旋即被提升为旅长。1939 年冬，剧作家田汉曾将张古山之战编成话剧（即《佑安大捷》——编者注）在长沙演出，张灵甫自然就成为其中的一位主角。

张灵甫这位陕西长安（县）人，终生都是一个藏不住棱角的角色，虽说他在黄埔四期读书时的成绩与他的同期同学林彪没法相比，可打起仗来既能够死磕来硬的，也能运用一些出奇制胜的谋略，因而他在北伐军中从连长一直干到团长，升迁不能说不快，但作为一介武夫，他过于迷信暴力的作用，他对拿破仑和希特勒崇拜得五体投地，甚至还特意把自己的发型也剪了个希特勒式的分头以示仿效。他甚至把暴力用在了家人的身上。1936 年，只因同事的一句玩笑话，说他的妻子“红杏出墙”，他便不问青红皂白枉杀了贤淑善良的妻子，此事引起各界妇女愤然，连宋美龄也认为“枪杀无辜，天理难容”。蒋介石拗不过夫人，就下令将张灵甫押解南京，监禁法办。结果是，张灵甫前往南京的路上，一没有捆绑，二没有人押送，他自己一路步行，一路卖字，独自来到了南京模范监狱。他自幼模仿于右任的字体，原以为只是兴趣而已，不想到这一次却解决了去当囚徒的盘缠！抗战军兴，经过王耀武的求情，张灵甫被释放出狱，并很快当上了王耀武手下的团长，张古山一战，张灵甫从杀妻莽夫摇身而变为抗日英雄，蒋介石也对这位弟子另眼相看了，1939 年德安的另一次战斗中，张灵甫右腿被日军炸弹炸断，蒋介石闻知当即派飞机送他到香港治疗了半年。伤虽好了，却也留下了残疾，走路侧跛，因而张灵甫又有了“张瘸子”的混名。

和 74 军其他将领一样，张灵甫也以骄横跋扈招人忌恨，并且有过之而无不及，10 年后的解放战争期间，他曾拍着胸脯向蒋介石发誓：“校长，给我五个 74 师我保证将共产党赶到大海喝水去！”却没想到，作为整编 74 师（74 军改编而成）师长的他却被陈毅、粟裕的 16 万华东人民解放军团团围住，他的宿敌，53 军军长李天霞见死不救。结果，张灵甫不但没把共产党赶进大海见龙王，反而自杀“成仁”，先去见了阎王！历史有时候是滑稽可笑的！

就在张灵甫夜袭张古山的同时，杨家岭、老虎尖、笔架山、背溪街、蔡家桥、箭楼苏等地，中日双方也展开了大规模的肉搏战，双方整营、整团的部队多以拼刺刀来解决战斗。当日日军被歼 3000 余人，大金山的第 90 师炮兵，还利用地势之利，将 106 师团

万家岭大战中被击毙的日军

的司令部炸了个桌底朝天。

战至10月9日，包围圈进一步缩小，106师团只能龟缩于南田铺、刘挽鼓一带。面积只有3—4平方公里的地方，附近山头满目所见均是青天白日旗帜。

上午9时，敌机十余架，一边轰炸中方阵地，一边空投下200余名士官，以图拼死一搏。第90师官兵以绝对优势迅即荡平了这股增援之敌。

是夜20时，薛岳下达总攻击令，第1兵团全线官兵以猛虎扑食之势，潮水般齐向106师团展开最后的攻击，顿时，万家岭上空杀声与哭声激荡，火光与星辉齐耀。据俘虏说："（你们）几次冲到师团部附近，司令部勤务人员，全都出动参加战斗，师团长手中也持枪了，如你们坚决前进一百公尺，松浦就被俘或者切腹了。"至次日凌晨，除松浦师团长率残部二三百人向西北方向趁夜幕掩护逃窜以外，余下一千余人均被歼灭。

至此，万家岭大战以中方全胜而告终，薛岳率部赢得了正面战场继台儿庄战役之后的又一次大胜利！

事后清点战场发现，日军 106 师团之木岛联队、池田联队、圆田联队、101 师团之津田联队和所参战的附属部队，共计 1 万余人全遭覆灭；中国军队缴获敌轻重机枪 200 余挺，步马枪万余支，山炮 16 门，迫击炮 28 门，战马 300 余匹，生俘日军 100 余人。战俘中山泰德说：“松浦师团在万家岭遭围被歼，得脱者仅二三百人。这次算是日军侵华的最大损失。”

不久，106 师团受创太重，一时无法补充，遂保留番号，调回日本国本土。

早晨，一轮血红似的太阳从大、小金山的山坳处缓缓地升挂在空中，临照着同样是血红的大地。经过一整夜的厮杀，山死寂了，水死寂了，往日树林里婉转鸣啾的鸟叫声也死寂了，那横在池塘里的尸体满满当当地挤了一层，就像是浮着的一层刚刚宰杀的鸭子；树枝上、草丛处、壕堑里、石砾旁，到处是零尸碎肉和红心白底太阳旗以及皮鞋、挂包、军用文件、枪炮刀剑，人尸摞着马尸，马尸压着人尸，不少尸体还在汩汩地流着乌红乌红的血水。环顾四周，土地是红的，溪水是红的，沟渠是红的，树干是红的，就连那田埂上、山麓边，一丛丛怒放着的野白菊花也被周身染了个透红，像一株株杜鹃在晨风中战栗、摇曳。

当时，32 军的 141 师被部署在瑞武线围堵第 27 师团，师长唐永良是次年 12 月打游击的时候才到万家岭战场的。

50 年后，唐永良回忆他所看到的万家岭惨况时说："在这 10 平方公里的土地上，布满了日军和中国军队的墓葬。日军的辎重兵、挽马驮马尸首、钢盔、马鞍、弹药箱、毒气面具等杂物，俯拾可得。许多尸骨足上穿着大足趾与其他四趾分开的胶鞋，显然是日军尸骨。有的尸骨被大堆蛆虫腐蚀之后，蛆虫变成了蛹，蛹变成了蝇，但是蛹壳堆在骷髅上高达盈尺。"

"万家岭西南哗哄街村，日军遗骨最多，据当地人谈，一个村民曾从骷髅堆中，捡获金牙三十余枚，这当然是日本兵的，因为中国士兵镶不起金牙。"

"哗哄街村正南的张古山，山上灌木丛生，山顶上军用物品、

1938 年 10 月 12 日，攻入信阳城的日军九四式轻装甲车

日制弹药箱、防毒面具、毒气筒、刺刀、皮带等极多——可见当时战斗激烈程度。”

10月10日是中华民国的建国日，1938年10月10日是中国大庆特庆的日子！

万家岭大捷的喜讯传到后方，南昌、武汉、长沙、湘潭、常德、贵阳、福州、新疆等地，都召开了祝捷游行大会，薛岳一时成为民族的精英，抗敌的英雄，一日之内即收到全国各地发来的贺电55份。新四军军长叶挺在贺电中称：“万家岭大捷，挽洪都于垂危，作江汉之保障，并与平型关、台儿庄鼎足而立。盛名当垂不朽。”江西省抗日后援会征集大量慰劳品，送上赣北前方，慰劳抗战有功将士。薛岳在军务旁午之时，更是不忘浴血杀敌的官兵，他派员分途到伤兵医院慰问受伤人员，给每一伤员颁发荣誉奖状1张，慰劳信1封，牛奶代金1元；同时对参战的第32军、第4军、第66军、第74军各奖锦旗一面，给58师负伤官兵拨养伤费5000元，其中，负伤官佐每人20元，士兵等伤员每人4元，二等伤员每人2元。

然而，局部的战役胜利扭转不了整个武汉会战的颓势，随着北面和东面敌人逐步逼迫武汉，赣北形势也日趋严峻，10月下旬，敌从九江派出大量骑兵，向第1兵团、第9集团军和第2兵团第30集团军（总司令王陵基）两部结合处突进，24日，日军分三路夹击德安，中国军队利用山形之险，步步阻击，战至27日，被迫放弃德安，薛岳率部向修水南岸既设阵地转移。

这时，武汉已陷敌手，国民政府已迁都重庆，整个江西战场，只有薛岳仍在与强敌周旋于万山丛中。

七、卢汉是一条好汉

卢汉带着他表兄龙云的看家本钱，打出了中国军人的尊严。100 多个鬼子躲在峭壁下，晒得像烤干鱼一般难受，杨鸿之一声令下，一下子解决了他们生命的痛苦；曾泽生操起身边的一根木杠冲入敌阵，“武士魂”早被吓得魂不附体了。汤恩伯，日军施放的毒气……

正当 106 师团被困万家岭之时，日本人向武汉进攻的步伐却没有停止。

就像飒飒秋风侵入江汉平原一样，日本人分成三路进逼武汉，一路以东久迩宫稔彦亲王中将统率的第 2 军（下辖 10、13、16 师团）自淮河入河南信阳，叩武胜关而击武汉北门；一路以稻叶四郎为首，以海盗后裔组成的第 6 师团自舒城、六安、太湖、宿松而至英山、黄梅、广济等地，策应第 3 师团等长江北岸行进部队，向西包抄武汉；一路以第 9、27、101、116 师团为主力，从瑞武方向插入鄂南，拟与江北军队遥相呼应，齐头并进。

但中国人在武汉外围的各处战场上，也利用高昂的民族斗志和有利的地形，给予日军以沉重的打击。

在大别山北麓，李宗仁将军率领的第五战区官兵借助富金山、沙窝、新店、桐柏山等处的山形地势，节节抵抗，滞敌于豫南一带；在长江北岸，李品仙将军带领第 4 兵团利用黄（梅）、广（济）之

任云南省主席时的龙云

间河汉、山峦为天然屏障，大量消耗了敌人的有生力量，拖住了敌人前进的车轮；同样地，在长江南岸，张发奎将军组织第 2 兵团设阵于通城、阳新一线，依山凭险，使敌人在绵延群山之中进退维艰。

大约在 1938 年 8 月下旬，瑞昌岌岌可危之时，张发奎就着意经营鄂南一带阵地，以延滞鄂南日军进攻的速度，确保武汉撤离的时间，9 月下旬陈诚又从长江北岸抽调万福麟的 26 集团军（辖 53 军）、卢汉的 30 集团军（辖 60 军）在鄂赣交界处纵深布防。这样，第 2 兵团共有孙桐萱的第 3 集团军、王陵基的第 30 集团军、汤恩伯的 31 集团军、关麟征的 32 集团军共约 10 万人防守鄂南一带。

60 军这支云南地方军队，系“云南王”龙云的看家本钱。卢汉是龙云的表弟，彝族人，两人一同参加反清起义，不断消灭异己发展势力逐渐成为“彩云之南”的一二号人物。

“七七事变”之后，60军奉令东调，保卫南京，南京失陷后，折返武昌整修，期间，冼星海创作了《六十军军歌》，教官兵传唱，以鼓舞士气。歌词道：“我们来自云南起义伟大的地方，走过崇山峻岭，开到抗日战场。弟兄们用血肉争取民族的解放，发扬我们抗日的荣光，不能让敌人横行在我们的国土，不能任敌机在我们领空翱翔。云南是六十军的故乡，六十军是保卫中华的武器……”三十年后，倒向一边的卢汉唱起这首歌时，仍是那么深情、豪迈，慷慨激昂！1938年4月，60军受命参加徐州会战。台儿庄战役中，全军将士用生命，以低劣武器阻击敌机械化师团矶谷师团于禹王山、连防山一带，为台儿庄大捷立下了卓越功勋，自己亦伤亡惨重。鲁南战役结束之后，所部只整编为一个师（184师），师长张冲；另两个师，即182师、183师只能以基干力量派到岳阳，接收新兵，补充整训。

9月中旬，第九战区调60军赴鄂南作战，率部到阳新后，以主力184师在富水南岸排市东南构筑阵地。这时，182师、183师也整补完毕，卢汉将它们放在富水以北的排市至辛潭铺，建立第二道防线。

富水是源自幕阜山北麓的一条河流，途经通城、阳新，从富池口注入长江。富水流往之地，山峦叠翠，清流潺潺，每年仲春之时，草绿花红，水汛鱼肥，两岸人家多以丝网竹筌，随时捕捞，并随地舀河水煮食，只需几颗粗盐，即得一锅鲜汤，而一家煮汤，全村闻香，所以富水南边有一处村子，干脆就名叫鱼香村；待到秋高云淡、菊黄草枯之时，那河岸爬出的老蟹、河里蹦起的嫩虾，随手一抓就能回家美美地做一顿下酒菜肴。富水之富，由此而来。

而如今，这富水两岸的沃土却要成为兵家之地了，这两岸与世无争的村民却要经受这场血与火的较量了！

9 月 25 日，敌第 9 师团四千余人在飞机、大炮的掩护下，开始向 184 师阵地潮水般拥来。那漫山遍野的土黄色像密密麻麻盖地蝗虫向前蠕动着，推进着。就像以前敌人惯用的战法一样，先是飞机、火炮猛轰中国军队阵地，继而以骑兵向汤公泉、白门楼、黄连洞等地发起冲锋，这些招数，对曾与日军交手多次的 60 军来说并不陌生，因而什么时候躲避炮火，什么时候就位应敌，他们把火候掌握得恰到好处。

汤公泉为刀削一般的山峰，攻之不易，加之云南部队向以山地作战见长，所以敌人从早晨到中午，数千人轮番进攻而一无所获。正午时分，一股敌人约百余名乘混战之机潜入汤公泉腰腹峭壁之下，拟等待援兵，再合力上攻，这一切被防守汤公泉的杨鸿之团长看得一清二楚。“丢你妈，小鬼子还想在我肚皮底下搞点名堂？好哇，等着吧！”云南讲武学堂毕业的杨鸿之撸起袖，微笑着对身边的副官如此这般地交代了一番。

这时，烈日当顶，峭壁处又遮掩封闭丝风不通，日军在山崖之下晒得如烤干鱼一般，焦躁难耐，加之饮食无着，腹饥、口干使得许多鬼子只得依在山壁上“假寝”，以待后续部队。

这真是千载难逢的好战机！

杨团长一声令下，另一处阵地——石梯寺上的守军以机枪、步枪，泼水般狂泻一通弹雨，敌人像割草似的，成片倒下，不过 5 分钟，100 多个鬼子命归西天，剩下十来个败兵残将全然顾不得疲累和饥渴，各自抱头向山下滚去。

直到 28 日，敌人在汤公泉前，始终不能向前挪出一步。

日军不得不改变进攻方向，主攻白门楼。白门楼是 544 旅曾泽生团守卫的阵地，曾泽生是滇军中少壮派代表人物，以敢打硬仗、恶仗出名。1948 年辽沈战役期间解放军围困长春，已是 60 军军长的曾泽生在受困 5 个月之久，弹尽粮绝，人肉论斤卖的情况下仍苦撑局面，好在他醒悟得也快，最终在中共抗大政治攻势之下，毅然率部起义，走上了一条新生道路，60 军随后被改编为中国人民解放军，屡立战功，成为一支英雄的部队。

但这次同日本人的战斗，却让曾泽生有力无处使。日本人一上来就施放催泪毒气弹，一时间漫山遍野都弥漫在白色的毒雾之中，草偃树枯。曾团一线阵地的一个步兵连，猝不及防，顷刻间即全部被熏倒，官兵们抓胸撕发，手插泥土，痛苦万状，一个个于挣扎之中圆睁双眼而死！似一个个屈死的厉鬼还在向侵略者讨还血债。

白门楼失守了！

敌人捞了便宜，接着就如法炮制，再次用毒气攻击 543 旅余建勋团的石井明、马鞍山阵地，余团接受白门楼的教训，防备在先，结果敌人不仅未攻下一寸土地，反而丢下了几十具僵尸，狼狈而逃。

撤退的敌人借助秋深草长的掩护，又从牛角垄方向潜入山谷，摸到曾泽生团的团部附近，企图一举拿下曾团指挥部，待曾泽生发现时，敌已冲到门前山包上，情形极度危险。

“狗日的！兄弟们，跟鬼子拼了！”曾泽生一声大喝，团预备队的战士、通信兵、伙夫、卫生员、担架员也一齐上阵，扁担、锄头、担架、铁锹都充作了武器。就连卫生队的轻伤员也站起来，操起家伙奔上前去。大家高声叫喊，杀入敌阵，捉对砍砸，悄悄爬上山包的鬼子何曾见过这种阵势，“武士魂”早就吓得魂不附体了。

这样，一场看似惊心动魄的激战，经过一番近身肉搏，一百多个鬼子或被杀，或被俘，一会儿就被全歼了。

就在富水、桃市、汤泉一线鏖战正酣之时，汤恩伯之31集团军也与敌大战于箕心脑、木石港一线。汤恩伯是浙江下义岭下村人，日本士官学校炮科毕业，这样他跟蒋介石之间不仅有同乡情，更有同学关系，因而在蒋介石的黄埔门生和其他将领面前，汤恩伯为官之顺，升官之快，官品之高，几乎无人比肩。他与陈诚、胡宗南并列为蒋介石手中的三张王牌。汤恩伯在国民党军中以善写“手本”，面呈蒋介石而著称，其“手本”或畅谈军机或纵论天下，不乏真知灼见，蒋介石很是看重，汤恩伯也因此写“手本”成瘾，十天半月就往蒋介石那里送上“一本”。当然，这“手本”也有失手的时候。1944年汉奸陶希圣替蒋介石写了一本《中国之命运》，出版之前，样本传到汤恩伯那里，汤不知底细，遂在“手本”里批评此书“眉目不清，文字见长，不适于青年们的口味”。蒋介石阅看之后，勃然大怒，不仅撕了“手本”，还将汤叫来训骂，多亏旁人转圜，这场“手本”风波才算平息。汤对蒋的忠心在国民党中也是尽人皆知的。他曾对蒋说：“人所不愿为的事交我，人所不愿打的仗交我，人所不愿履的险我去。”所以在国民党撤退到台湾之前，他为了取宠蒋介石，竟连自己的义父陈仪也甘愿出卖，最终陷陈仪于死地。

大战面前，汤恩伯本人也一身士兵装束，一只裤管包着鞋跟，另一只裤管卷在膝盖上，跑前奔后，深入一线指挥，但在敌人毒气弹、烟幕弹的攻击之下，汤部还是一退下马、石街、麦梁、水港，再退中山寺、龙港，致使60军的防线完全暴露在敌人的炮火之下。

9月30日拂晓，敌千余人在大炮飞机的掩护下，强攻退守石梯寺、福林脑、足仙老等处的曾泽生团阵地。在枪弹突破不了中国军队血肉长城的情况下，敌人又使出毒招——施放毒气。这次敌人放出的毒气与以前大为不同，颜色有黄、绿、黑三种，而且人一接触即皮掉肉烂，成块脱落，最后活人竟在短时间内烂成一副骨架，其状至惨。结果，石梯寺弃守，桃市随之亦陷。

到10月2日，184师只得转移到仰天堂、栗树尖，再筑阵地。

栗树尖是一高约300公尺的山峰，坡陡崖直，日军两次正面进攻失败之后，即由步兵背负太阳旗指示队列行止。这一“创新”避免了他们炮兵的“误打”，使其炮兵对中国军队阵地的打压更加猛烈。

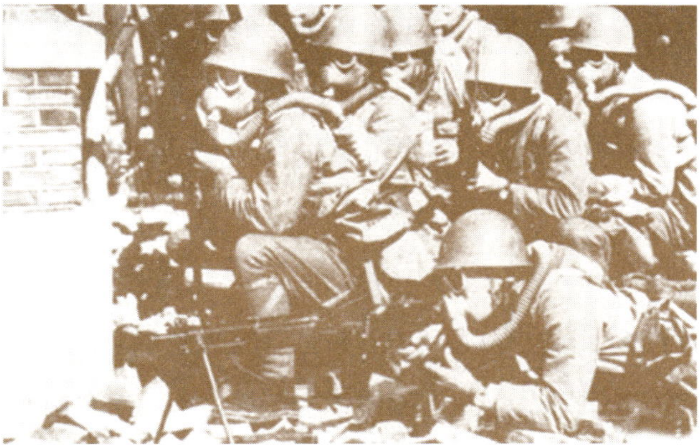

日军向中国军队施放毒气

针对这种情况，中国军队守壕战士待敌人炮火延伸之后，迅速回归战斗岗位，俟敌兵进到阵前时，即以步枪、机枪、手榴弹、掷弹筒、迫击炮等密集射击，悉将犯敌打回山下，使敌炮兵亦失去指示标志。如此数次，栗树尖始终在中国军队控制之下，直到10月10日，别的部队接防60军阵地时，栗树尖、箕心脑阵地依然屹立未动。

这场阻击战，184师总计伤亡官兵2303人，但它在绝对优势的敌人面前，在敌人轮番使用毒气等国际禁用武器面前，英勇顽强，打出了中国军人的尊严，打出了中华民族的不屈精神。当时行政院院长孔祥熙致卢汉贺电说："据日本电台广播，'皇军长江南岸阳新排市地区，遇到滇军顽强抵抗，致使皇军行动迟滞，不能如期切断粤汉铁路，没有全歼武汉敌人'……"

身材矮小、擅长山地作战的云南兵打得日军寸步难移，人高马大、敢于刺刀见红的东北兵在自己备尝艰苦的同时，更让日本鬼子栽了大跟头。而这些鬼子不是别人，正是以凶狠残暴、敢打先锋著称的波田支队！

波田支队遇上了张学良的东北军，东北军的"鬼头刀"拦住了擅长"扼杀"的波田支队的去路，但疾病伤痛，水土不服却让他们苦不堪言，痛不欲生！一些重伤员最终在呻吟中死去，并在蛆虫的噬食之下，很快变成了一堆堆生生的白骨！

张学良的东北军原有40万人，经九一八事变、西安事变后其步兵仅剩下53军的130师、116师还算完整的部队。

53军军长周福成早年追随张学良征战白山黑水之间，是张学良倚重甚深的一员干将。张学良是条顶天立地的硬汉子，他带出的部队同样是敢啃硬骨头的威武之师。

“七七事变”后，53 军的 116 师（师长赵镇藩）及 130 师（师长朱鸿勋）在津浦路、上海等战场上战绩突出，1938 年 8 月下旬，奉命在阳新县以西沿网湖、大小熊山一带构筑阵地。9 月上旬又撤到三溪口、金牛等地布防。

三溪口一带，山势逶逦，高入云端，中间山谷凹地为进出鄂南必经之处，周福成以 130 师扼守此咽喉地带。

9 月中旬，波田支队以重炮开路，向前推进。130 师装备简陋，士兵多持长枪、大刀、手榴弹，机关枪一个连队两挺，迫击炮一个营才四门，但官兵士气高昂，自撤进关内之后，他们这些家在东北的人与日本人之间有不共戴天的家仇国恨。所以战斗一经打响，130 师先将敌人步兵引诱到阵前，然后发挥近战优势，以大刀和手榴弹短兵相接，消灭敌人。东北军的大刀是非常有名的，早在张作霖统率的时代，他就聘请了王子平、李尧臣等现代武术名家在军中教授各种拳术、刀法，这一传统一直被东北军很好地保持着，所以在历次战斗中，敌方一见到东北军手中光闪闪的大刀片，往往未战先怯，丢械而逃。1933 年长城抗战中，东北军和二十九路军的大刀曾让日军闻风丧胆，这一次，他们又以手中的“鬼头刀”拦住了鬼子的去路。结果在两天的战斗中，日本人不仅未前进一步，反而在中国人的阵前遗尸弃械，堆积如山。

但我们的困难也随之而来。由于敌人炮火封锁，后方饮食都补给不上，战士们一天都难得吃上一顿饭，多半靠挖红薯和芋头（当地产毛芋）充饥，更为糟糕的是，在炎天暑热之时，战士们喝不上开水，只能喝水田、沟渠、苇荡中的污水，而这些污水菌类繁多，寄生虫也多，一喝下去即易患疟疾，发烧拉肚子，全师官兵因此几乎有三分之一的人病倒在战场上，部队战斗力大受影响；另外，前线医药奇缺，士兵受伤或生病之后，几无可医之药，就连最简单的奎宁之类的药品，也只有到急难之时才能用上一点点，致使官兵在很短的时间内，由小病小伤很快转成大病重伤乃至死亡，伤员伤口发炎、化脓、长蛆的事，所在多见，一些身上长满爬蛆的重伤员，痛不欲生，便向战友告："哪个弟兄做做好事，补我一枪吧！"战友们明知此时他们生不如死，但谁又能忍心结果他们性命呢？只能眼睁睁地看着他们在哀号中死去，最后在蛆虫的噬食之下变成一堆白骨。

尽管如此，在民族大义的激发之下，130 师官兵仍以顽强的斗志抗击着凶狠的波田支队的轮番冲锋。他们还派出奇袭小组，潜伏于山麓两侧的密林里，鸣枪诱敌，待敌上钩后，又转移位置，再施前计。这样，虚虚实实，山鸣谷应，通过这种游击作战之法，牵着敌人的鼻子东奔西突，敌人疲于应付，稍作休息，便遭中国军队阵地炮击，波田支队在三溪口陷入进退维谷之中。

战至第 7 天，波田支队气急交加，动用了一切可以动用的武器，全力向三溪口倾泻，飞机、大炮、坦克、毒气弹、夷烧弹等，兜头盖脑地泼洒着它们最大的能量，三溪口成了一片焦土。中国军队被迫整体后撤，而 130 师为中方赢得的 7 天时间，对武汉大撤退却有着至关重要的意义。

八、黄埔军校出了个临阵脱逃的怕死鬼

半壁山，与田家镇共同构成长江咽喉。朱婆山阵地 2 小时损失 3000 兵力，战事之惨吓得黄埔系师长李芳郴临阵脱逃，蒋介石大为恼火，电令："如再后退，就地枪决！"半壁山已成火海焦土，中国士兵血流干了，却还在叫喊："杀灭日寇，还我河山。"

1938 年 8 月下旬，沙石铺就的兴富（兴国—富池）公路上，黄龙似的灰尘在地面上蜿蜒伸展着，三辆福特牌轿车在两辆吉普车的带领下，疾速行驶着，约摸 1 小时之后，它们停在了一座峭立江边的山峰脚下。下车之后，十几位领章闪烁的军人众星捧月般的簇拥着一位略显倦容的、身材不高的二星将军在山脚下指指点点，商量着什么。

"张司令，要不要到要塞上去看一看？"一位参谋模样的军官问道。

"走，今天就是为着要塞而来的，岂能枉虚此行！"

将军把手一挥，众人一声不响地跟在他的后面，踏着依山筑起的麻石台阶拾级而上。

到底是戎马生涯练就的强健体魄，人过中年的将军大气不喘地带着这群二三十岁的军官很快到了这座 200 多米山峰顶上。

这天天气晴好。登高远眺，长江如带，两岸风物，历历在目，脚下石缝中开放的朵朵野菊和江对岸那边升起的袅袅炊烟，是很容

易让人登高览景，甚至学魏武帝望海兴叹，生发诗兴的。

但眼前的这帮军人是无心赏景，也毫无诗兴的，他们是专为陪同他们的长官——第九战区第2兵团司令张发奎将军来半壁山要塞区考察军事布防情况的。

站在张发奎身边的是田南要塞司令官、54军军长霍揆彰和98军军长张刚及参谋、警卫等一干人。

脚下的半壁山确实险要。张发奎低头俯视，数百米石壁如削似砍，直插江底，水流湍急，白浪卷雪；再抬眼远望对岸的田家镇，亦如雄鸡昂首互为呼应。日本人要想越过此关，不死恐怕也要掉层皮，张发奎临风而立，陷入了沉思之中。

久久地收回思绪，张发奎转向身后的人问道：

“霍司令，张军长，你们知道彭玉麟大破秦日纲的事迹吗？”

霍揆彰这位黄埔一期生，除了打仗，不喜欢看书，听到张发奎发问，只是笑着摇头。张刚读过几年私塾，了解一些历史，说道：“知道一点，但不知在什么地方。”

“远在天边，近在眼前，就在我们站着的半壁山呀！73年前，太平军燕王秦日纲在此设阵，迎击彭玉麟的水师。燕王可是下了一番苦功啰，他在江面横贯四道铁索，七道篾缆，将长江拦腰截断，应该说是牢不可破吧！可彭玉麟呢，他在久攻无效的情况下，竟想出了巨炉熔索断链之法，一时间炭焰炙天，金声满江，秦日纲的铁链阵顷刻间化作流水随江而去，燕王因此大败而逃。历史无情啊，我们今天决不能做第二个秦日纲啊！”

像是讲故事一样，张发奎满怀深情地看着他的部下。

“是！我们一定死守半壁山，不做第二个秦日纲！”

听到部下洪钟般的声音，张发奎满意地点了点头。

视察完毕，张发奎对半壁山周围的防务做了部署，54 军霍揆彰的 18 师守富池口一带，98 军张刚的部队守半壁山要塞区。

富池口是富水汇入长江的入口，南为群山耸峙，西为万顷网湖，鸡笼山、朱婆山、背膀山等环列其后，半壁山隔湖相望。由此不难看出富池口与半壁山可是一对天然的唇齿关系，要守住半壁山，必先守住富池口，没有富池口，也就没有半壁山。

把守富池口的 18 师是国民党的一支精锐之师，兵精弹足，机械精良。同霍揆彰一样，18 师师长李芳郴也是黄埔一期的同学，是“天子门生”，受过三民主义的熏陶，很早就追随陈诚东征西讨，陈诚起家靠的是 18 军和 11 军，这两军的军官也多随陈诚飞黄腾达而平步青云，因而国民党军队中有陈诚用人唯“土木系”一说，李芳郴和黄维等都是“土木系”的骨干。

但令霍揆彰始终没看出来的是，李芳郴自己久久不得升迁，特

张发奎（中）与薛岳（左）

别是对属于霍揆彰之下深感不满，他在霍揆彰面前从来是一副恭敬从命的样子，而暗自独处时却是怨天尤人、愤恨不平的，他霍揆彰挡了他的前程，他不想以自己的战功垒成霍揆彰升官的台阶，他甚至认为陈诚有眼无珠，不识英才。也是的，黄埔一期毕业生646人，除了战死的、病倒的哪一个现在不是军长、集团军司令，像他一样当师长的还有几个？他真的时常感到怀才不遇，明珠暗投，他越想心里越不是滋味。

1938年9月6日，由瑞昌向西展开攻势的日军第9师团一路横扫中国军队阵地，很快打到鸡笼山跟前。

鸡笼山山高、林深、石大、壁陡。李芳郴一开始是有信心打好这一仗的。前两天，日军以坦克开路，步兵跟进，中国军队则以爆破组炸其坦克，以机枪扫射其坦克后的步兵，日军因此吃亏不小，李芳郴向张发奎报喜说“敌军遗尸累累，我以逸待劳，岿然不动”。张发奎很为李芳郴高兴了一把，特发来贺电以资鼓励，但自第3日之后，日军大炮、飞机恣意逞凶，鸡笼山一时成为烟火山，一线官兵伤亡殆尽，李芳郴有些动摇了。第7日，趁着风高夜黑之际，他悄悄带着主力撤到二线阵地——朱婆山。唯有其第五连官兵激于民族大义，拒不执行李芳郴的“撤退”命令，坚守阵地，由于寡不敌众而全部壮烈牺牲。事后人们去打扫战场时发现，战死官兵或与日军抱成一团，同归于尽，或与敌人拼杀时互掼胸腔至死不倒，至于断头折臂者，所在皆是，这一英雄壮举曾被当时的《民国日报》广为宣传。

鸡笼山失守，不仅增加了半壁山守军的压力，缩短了中方防守阵线，也使中国军队设伏歼敌于阳（新）瑞（高）公路的计划化为泡影，为此，蒋介石大为光火，电令张发奎，电令李芳郴：“着令死守半壁山、富池口，如再后退，应即将师长及其官兵照连坐法就地枪决。”李芳郴惊出一身冷汗，未死在日本人枪下，却要倒在中国人的手里，岂不是冤莫大焉？！他只好在朱婆山等处将功赎罪，赶紧布防。

9月14日，日军向朱婆山、背膀山发起进攻，敌人如马蜂一样，成团结队，流动向前，步步向守军核心阵地进逼。李芳郴有上次蒋介石的严令督责，这一回自然不敢怠慢，虽然他极害怕这呼啸而飞的弹雨，生怕哪一颗没长眼睛的子弹要了他的性命，但他还是冒着危险、硬着头皮带领一班随从来到前沿战地，慰问伤员，鼓舞士气。广大官兵平素只知道师长远远躲在后方指挥作战，这次见他身先士卒，亲临前线，自然感激莫名，纷纷表示要与阵地共存亡，因而当天敌人的四次进攻都被守军击溃，守军也损失不小，仅第四营就有80多名士兵被日军燃烧弹活活烧成一堆黑炭！

战事之惨烈，超出了李芳郴的想象。当夜，他把手中唯一能机动调遣的第二营营长黄福荫找去，焦急地说：“黄营长，我手中现在只有你这个营可以调动了，你赶紧带部队到朱婆山的东北面，修筑阵地，掩护师指挥所和富池口要塞，无论如何要坚守啊！”

师长说得这么诚恳，黄福荫很是感动，连夜带着士兵修壕堑去了。而李芳郴在向下属交代完毕后，又连忙赶到大冶县城西南山上张发奎的指挥部，要求派兵增援。

张发奎正为各处战事不顺而在房间来回踱着，一见李芳郴提援兵的事，气不打一处来，吼道：“援兵？你向我要援兵，我找谁要去？无论如何，你要给我坚守三天！没有我的命令，你要是再次擅自撤退，我一定亲手毙了你！”

李芳郴气嘟嘟地回到了朱婆山阵地。

次日，第9师团借助舰炮的掩护向朱婆山发起了更猛烈的攻势，顿时，山上山下，全被炮火烟雾和炸起的尘土所笼罩，一线守军几乎都被震昏、炸死！山下阵地失守了！

21日天刚蒙蒙亮，日军在步兵、飞机、舰炮的配合之下进一步向朱婆山腹地涌来，守军以血肉之躯与敌白刃格杀。战至下午4时，山上阵地大部被敌占领，朱婆山危如累卵！

此时的朱婆山如同多米诺骨牌前的引牌，一旦失手，则富池口、半壁山要塞必然随之土崩瓦解，所以蒋介石在得知朱婆山的危状之后，竟然绕过陈诚，直接下令张发奎，要他抽调第98军之82师、193师各一部火速增援朱婆山。

98军这时正全力防守半壁山要塞，在兵源十分吃紧的情况下，他们仍遵令抽出杨昆源团增援富池口。下午3时，杨团抵达阵地之后，迅速投入战斗，不到两小时，其三千余人的成团建制竟然损兵折将，所剩无几！下午5时30分，张发奎再调193师的王博函团前往增援，其385旅旅长马骥被抽调随同指挥。王团接受先前增援部队死守反击的教训，一到朱婆山，即从敌人的后面拊背痛击，这一下，打得日军措手不及，首尾难顾，朱婆山暂时转危为安。

22日，得第9师团波田支队的支持，再次向朱婆山展开了前所未有的进攻，但见弹丸之地，枪炮声、喊杀声混成一片，寸草尺土尽为血染！战至傍晚时分，李芳郴环顾左右，除了警卫员、电报员、勤务兵及少数作战士兵之外，更无他人！

尽管如此，蒋介石还是想挽败局于万一，他一方面急电第75军军长周岩，令他火速率部从阳新县城赶赴富池口，另一方面急电李芳郴，令他坚守待援。

李芳郴这一次是彻头彻尾地害怕了！留在朱婆山，肯定必死无疑，而擅自撤守最终受军事委员会惩处，也难逃一死，两头都是一死，三十六计，走为上策，或许还能保存一线生机。于是，借助天黑之后，日军停止攻击的当口，李芳郴甩开身边的人，独自溜下山来，摸到网湖边上，找了一只小划子，渡湖而去，学着范蠡泛舟太湖的模样，自此以后，无影无踪。蒋介石对李芳郴临阵脱逃之举十分气恼，他愤然将茶杯摔得粉碎，骂道："娘希匹，竟出了这么个孬种！"一方面下令国民政府军事委员会军法执行处通缉捉拿，一方面将14师42旅旅长罗广文调任第18师师长。

到9月23日，朱婆山兵无斗志，全线失守，延至翌日，背膀山亦为敌占领，残兵退至半壁山。

兵熊熊一个，将熊熊一窝。一个黄埔一期的毕业生竟然成了临阵脱逃的怕死鬼。想当初，黄埔大门西侧的"升官发财请往他处，贪生怕死莫入斯门"的对联是何等激励有为青年，而如今李芳郴的畏缩之举又是多么的滑稽，这也难怪蒋介石会气得青筋暴跳！这样一来，半壁山的东面和北面就完全暴露在日军的炮口之下了。

九、半壁山，滴血山

防守半壁山要塞区的98军是来自湖南的一支部队，但兵力在当时国民党军队中是属于比较强的，其下辖193师、82师两个师，官兵总人数2万余人，还配备有75野炮12门、115榴弹炮4门、15榴弹16门、105海炮8门，仅385旅，就有总兵力7200人，15榴弹6门，75炮（高射炮）4门，还配属高射机枪两个连，实力超过了当时的一个普通师。

更重要的是，这支部队十分重视士兵的思想政治工作。各政工人员经常通过演讲、报告会、读书讲故事、唱抗日歌曲等形式对士兵宣讲历代亡国痛史、痛斥日寇侵华暴行、号召不做亡国奴，鼓励马革裹尸、交命疆场。在政工人员的鼓动之下，广大官兵的爱国热情高涨、斗志旺盛，加之先前曾在江西修水经过半年多的整训，官兵体质强壮，攻守战备及武器搏练都相当熟悉，因而在李芳郴丢失富池口之后，张发奎把最后的一宝押在98军军长张刚的身上，希望98军能阻滞日军的疯狂态势，为第2兵团，为他张发奎挽回一把面子，也为卢汉方面赢得更多主动的时日。

而日军在占领富池口之后，加紧了对江北田家镇要塞的攻击，同时出动大批飞机如苍蝇吸血一般围着半壁山、马鞍山、沙村一带狂炸不止，大有炸平诸山填塞长江之势。

当时98军的布阵情况是：385旅防守东起富池河、西至半壁山以西五公里的网湖一带；军部及193师之386旅驻大冶的古灰窑，以作为预备部队；82 师沿半壁山以西长江南岸沿线布防。385 旅旅长马骥，辖王博丞、徐佛观、杨昆源三个团，杨团本是 386 旅的部队，划归 385 旅指挥，在增援富池口战斗中损失殆尽，所以马骥手中实际上只有两个团的兵力，他将王团设在富池河至半壁山一线，以徐团及重炮、高射机枪环半壁山而设防。

9 月 28 日，田家镇要塞的守军虽拼死抵抗，仍不敌日军优势武器的进攻，于落日时分陷入敌手，苍山垂首，长江呜咽，武汉东门已失其半！这样，日军可以集中火力，从飞机上、江面舰艇上、江北陆地上，立体轰击半壁山阵地。

在敌人炮火肆虐之下，中国军队火炮为在关键时刻发挥威力，多藏在山后荫藏处隐忍不发，而步兵则只能躲进条石搭起的掩体内相机而动。

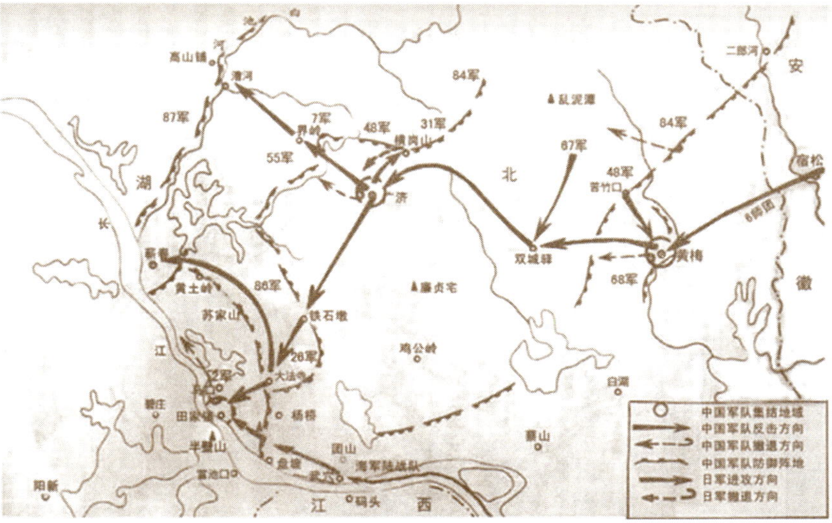

田家镇保卫战要图

9月29日，日军飞机投放了大量500磅重型炸弹。这次投弹让中国军队官兵损失不小，徐团某连官兵来不及藏身，被敌弹一下炸死三十余人，树枝上、石壁上、水里全是中国军队士兵的残肢断体、血浆碎肉；某班士兵的掩护被炸，水桶粗的条石化为齑粉，整班战士悉遭活埋。午后时分，敌人利用天热草燥之机，从舰艇上向半壁山发射了多枚夷烧弹，引起了山林大火，四连一排的官兵被火势包围，全被烧成木炭。

针对这种情况，385旅的官兵涌现了国民党军队中少有的新气象，全旅官兵上至旅长，下到炊事员、饲养兵，团结一致，官兵人人同心，无论是抵御敌人地面进攻清理战场（抢埋死者、救护伤员、护理病号），抑或修复工事、整修道路，大家不分彼此，不分内外，埋头干，抢着干。官长们每天将战场上的工作处理完毕后，深夜12时还必须开一次半小时的例会，判断第二天的敌情，预测将面临的新情况，旅、团、营各级长官遇事协商，官兵之间气氛融洽。王博丞团第六连的全体战士还发起了“与半壁山要塞共存亡”的宣

日军在江北炮击南岸半壁山

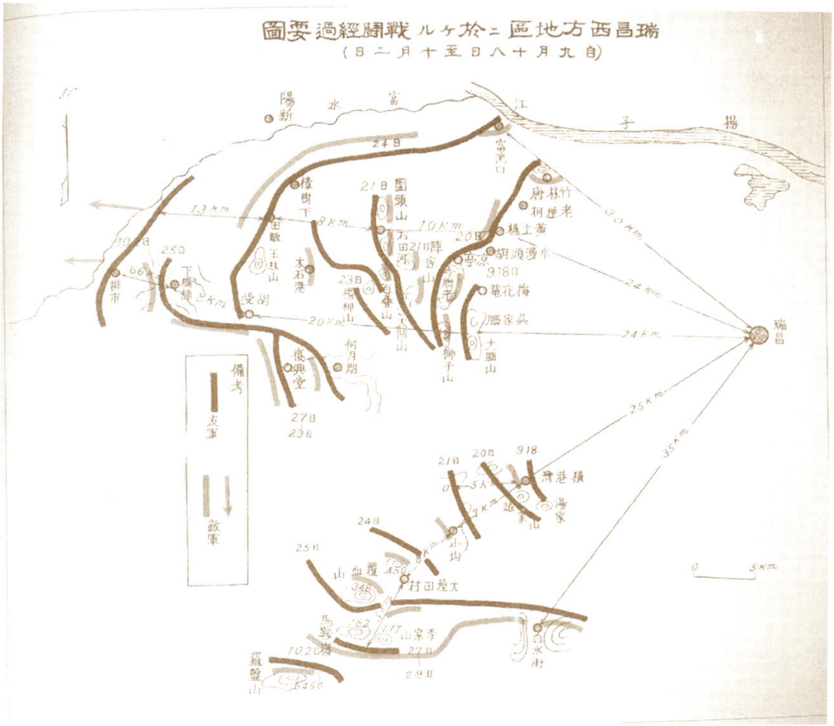

江西瑞昌以西战斗示意图（1938 年 9 月 18 日—10 月 2 日）

誓签字仪式，其他各团官兵同声响应，都举行了誓师大会，大家表示，人在阵地在，人死斗志在，有我无敌，我死敌死。

9 月 30 日早，波田支队第 5 陆战队在舰炮及江北炮兵的支持下，对半壁山前的六家墩展开强攻。王博丞团长沉着指挥，待敌进入有效射程内，即大手一挥，上千支步枪和十几支机枪组成密集的火网向敌扫荡而去，八十多个鬼子瞬间毙命，其余几十个敌人抱头鼠窜，逃向江边。他们连停在江面的皮划子也来不及爬上，都纷纷一跃跳进江中，向江心舰艇游去，一些精疲力竭的，又最终做了异域水鬼，喂鱼去了。

10月1日夜，不甘失败的敌人摸黑向半壁山阵地偷袭而来，不料中方早在江边埋有千颗地雷，几百鬼子全陷进了中方雷区。结果，江边滩头上黑暗之中腾起团团火光和惊天动地的爆炸声，鬼子们哭爹喊娘，狼奔豕突，始终没逃出中方的地雷阵。次日一早，经检点战场，日军被炸死者两百余人。

385旅官兵的赫赫战绩，得到第2兵团总部的多次嘉奖。10月1日的这场胜利，让张发奎很是高兴，他下令给该旅发奖状一张，官兵每人奖大洋10元。

气急了的日本人以前所未有的攻势向半壁山倾泻着他们的野蛮和疯狂。10月3日，日军出动了2艘军舰、80余架飞机猛轰半壁山，半壁山弹丸之地顿成一片火海、焦土，半壁山已成秃山，无掩体可藏，无险可凭，完全暴露在敌人炮火之下。为保存实力，张发奎命令张刚将385旅主力撤下山来，退守黄颡口、西塞山一线，只留王博丞团二营牵制敌人。

在山已成秃山，石已成齑粉的情况下，二营战士在高济川营长的带领下，打退了敌人一次又一次的仰攻，敌人强攻不成，改用火攻，火攻不行又改用毒气进攻。自早晨到中午，太阳也被打得炽热、惨白。最终捂着脸面躲进了遮天蔽日的烟尖之中；汗流尽了，血流干了，中国士兵却还在叫喊着“杀灭日寇，还我河山！”

长江不流动了，半壁山颤抖了，为这群屹立不倒的军人！为这群刚烈不屈的英灵！

10月4日午后二时，经过连续38个小时的搏杀，滴血的半壁山终于插上了残破不堪的太阳旗！

第三章

黄河，让历史拐了一个弯

一、李宗仁撂挑子

李宗仁功高震主，引起了蒋介石的猜忌压制；一气之下，他以牙病为由住进了东湖疗养院，并与白崇禧、黄绍竑等桂系首脑纠在一起，纵论天下。蒋介石干脆派陈诚下“逐客令”，让白崇禧以副总参谋长之职代行第五战区司令长官的权力。

1938年5月，徐州会战失利之后，李宗仁指挥所部60多万人分头撤往陇海、平汉、大别山一线，据险防守，第五战区长官部的指挥所设在潢川的仁寿寺里。

台儿庄一战，使李宗仁名扬四海；如今60万大军的胜利突围，

第五战区司令长官李宗仁在台儿庄前线

日军寻机歼灭中国军队主力的如意算盘竟又如竹篮打水，这更使李宗仁的声誉一时光天耀地，盖过了蒋介石。

蒋、桂矛盾由来已久，所谓功高震主，即便是在团结抗日的此时，蒋介石也还是心存顾忌的。

桂系的厉害，蒋某人领教过多次。远的不说，近的如1936年的两广事变，李宗仁、白崇禧、李济深、陈济棠等粤、桂诸侯，西与刘湘联络，北与阎锡山呼应，甚至与共产党毛泽东互通信使，那阵势，要不是蒋某人使了些手腕，只怕蒋家王朝早就“樯倾楫摧”，江山易主了。

蒋介石当然希望有人来为他打胜仗，但从内心上来讲，他希望的是刘峙、陈诚、胡宗南、汤恩伯等人为他争面子，奏凯歌，可他们又实在不太争气，风光却让李宗仁、孙连仲等人争足了，怎么办呢？应该说，他心里的甜酸苦辣，都有一些。

他当然不能坐视李宗仁的名字被人喊得震天价响，他像蛇一样在捕捉着下手的机会。

6月初，李宗仁接受共产党的建议，将平津一带流亡来的学生组织起来，在潢川设立第五战区青年干部训练团，短期内便汇集了学员5000余人。

本来，陈诚遵照蒋介石的旨意，在各地建立了以收留青年学生为主的中央训练团战时干部训练团，现在李宗仁另行其事，借机培养人才，扩充实力，这正给了蒋介石以“收拾”他的“合情合理”的借口——他要李宗仁将第五战区青年干部训练团改为中央训练团战干第二团，隶属陈诚领导。

辛苦经营起来的一支力量就这么轻而易举地被蒋某人顺手牵羊夺去了，李宗仁心有不甘，顶着不办。但最高领袖一日数电，催促不已，胳膊扭不过大腿，李宗仁憋着一肚子的火，让步了。

数月的征战、奔波，使李宗仁的身体极为疲乏、虚弱，他的牙病又复发了，肿疼得让他辗转反侧，彻夜难眠，他终于找到了一个冠冕堂皇地撂挑子的理由。

李宗仁的牙病是1916年落下的。

那一年袁世凯称帝，西南军政各界群起兴师讨袁，毕业于陆军速成学堂的他很想投身沙场，一试身手，现在有这么个报国立功的机会他自然不会错过。于是，他加入护国军，成为第六军总司令林虎属下的一名中尉排长。袁世凯死后，林虎转而讨伐粤督龙济光，李宗仁随之征战，在一次夜袭中，一颗流弹飞来，正中他的下巴，他当即昏了过去。这次枪伤虽未致命，却因碎牙未取，给他留下了二十多年的隐患。

这次牙病复发后，他向蒋介石请假，本也有点试探的意思，不料蒋二话不说，立马回电，允他离职回汉住东湖疗养院，休憩疗伤。就这样，李宗仁只得硬挺着撂了挑子。

7月6日，李宗仁到达武汉。

武汉自古称“火炉”，七月尤甚，但武汉城中有一处却如世外桃源，清爽宜人，那便是海内闻名的东湖。东湖33平方公里的水面，碧波潋滟，浩淼连天，微风拂过，凉气习习，特别是湖边汊角处，鱼戏水底，荷花争艳，加之堤岸垂杨，远山如黛，会让人全然忘掉暑热而有进入清凉世界的感觉。

蒋介石（中）、白崇禧（右）、何应钦（左）在一起

东湖疗养院是张学良捐资兴建的一方避暑小天地，疗养院依山面水，古树蓊郁，可以近水观鱼，可以下水畅游。李宗仁入住以后，想起战场上宵旰辛劳的日日夜夜，想起那些尚在战场上浴血苦斗的将士，更想到蒋介石对自己的猜忌压制，不禁悲从中来，泪沾衣襟。

但既来之，则安之，他只能强迫自己静下心来，听从医生的检查、医治。经过一番手术之后，医生从他的牙床里取出来了几颗已经发黑的碎骨，又敷塞了些消炎的药膏，牙床的肿痛方慢慢减轻下来。

时值抗战周年纪念时期，武汉城内的纪念活动热火朝天，前来看望李宗仁的也络绎不绝，何应钦、陈诚、孔祥熙等纷纷前来问候，李宗仁本是天性喜欢热闹的人，他自然乐得在养病之余迎来送往。

不几日，第三战区副司令长官黄绍竑也以检查身体为由，从浙江前线来到东湖疗养院，与李宗仁隔室为邻，加之白崇禧时相探望，没想到桂系三巨头又在蒋介石的鼻尖下面无拘谨地纵论天下，谈天说地了。

抗战纪念周这几天，周恩来指导郭沫若开展活动，无暇探视李宗仁，一待纪念活动结束，他便驱车来到东湖疗养院，直奔李宗仁的房间。这时李宗仁的手术创口已基本愈合。

黄绍竑也在李宗仁的房里，他正与李宗仁聊天。

见周恩来到来，李、黄忙起身问好、让座。

落座之后，三人像是打开了话匣子似的，从 1937 年中共中央派张云逸到桂林拜访李宗仁、白崇禧谈起，一直讲到刚刚结束的台儿庄之战。

一提起那场战役，李宗仁似乎一下子又回到那炮声隆隆的战场："那真叫惊天地、泣鬼神啊，将士用命，官兵团结，为抗战以来所仅见，可以说，没有他们的流血牺牲，便没有那段胜利的历史！"

周恩来、黄绍竑都点头表示赞同。

"这与周副部长的战略指导也大有关系呢！"李宗仁紧接着说，周恩来摆了摆手，黄绍竑则有些惊异地看着李宗仁。

原来，早在台儿庄战役之前，周恩来就派张爱萍为代表，到徐州第五战区长官部会见李宗仁，劝他在济南、徐州以北同日军打一仗。

"张爱萍是个人才咧。"李宗仁继续说，"他把你的意思传达得经纬分明，条理清楚，我还记得他说的三点建议：一，济南以南、徐州以北地形很好，台儿庄、张庄一带全是山区，守易而攻难；二，矶谷师团骄狂嚣张，孤军冒进，妄图从华北一下子打到南京，如此骄兵，易挫其锋；三，运用阵地战与运动战相结合的战略，以阵地战拖住敌人，在运动中歼灭敌人。他还说，广西部队骁勇善战，加之北面八路军的战略配合，天时地利人和都利于在此一战，这样不仅给日军以打击，增强全国人民的抗战信心，还可以提高广西军队在全国民众尤其是在国民党中的威信。说实在的，年初的时候我就想打一仗，灭一灭小鬼子的骄气，但怎么打，在哪里打，我的心中还拿不准，经他这么一说，我拍脑袋定方案了，你说这是不是多亏了你的战略指导？！”

周恩来仰头一笑，说：“善知兵者善纳言。李长官，我们不过是敲敲边鼓罢了。”

“哎，周副部长，张爱萍现在在哪儿？”李宗仁像是想起什么似的，忙问周恩来。

周恩来看着黄绍竑，笑着说：“这就要问黄副长官了。”

黄绍竑打趣地对李宗仁说：“怎么啦，你想挖我的墙脚？周副部长已把他派给我啦！他现在在三战区第三游击支队政训处任职，看来他不仅口才好，会做思想工作，枪法也好喽。一次，我到三支队检查战备情况，末了集合营长以上军官打靶比武，结果呢，18个人中只有二人三发三中，他就是二人中的一个，到底是八路军的干部哩！”

周恩来哈哈一笑，说：“没想到当过内政部长的人，对枪也情有独钟。”

李宗仁手指黄绍竑，对着周恩来说：“他呀，最适合做兵工署署长，我们现在各部使用的‘七七’步枪、机枪都是他领导研制的，单人肩扛式枪榴弹筒和万变密码还是他亲自设计的。”

“哎，不用尽夸别人了，你想要牙齿又发肿挨刀子？”黄绍竑有点不好意思，笑着打断了李宗仁的话。

说说笑笑之中，三人不知不觉地度过了一个愉快的上午。

桂系首领聚在一块儿养病玩乐，早已引起了蒋介石的注意，他要陈诚去放口风。而这时外间也在风传蒋介石解散第五战区青年干训团后，李宗仁不满，害起了政治病，躲进了疗养院，所以陈诚借看望李宗仁、黄绍竑之机，一见面便半开玩笑半认真地说：

“今天我是特地来赶你们出院的，你们几个广西佬住在一起，外面风传很多闲话，听起来刺耳哩！”

李宗仁不大理睬，黄绍竑见场面有点尴尬，便学着京剧《穆桂英挂帅》中杨六郎的一句唱词，唱道：

“不须元帅令箭催，明日个我自回边关也。”

李宗仁与黄绍竑交往十几年，知道黄绍竑的文词好，但从未见他唱过京戏，现在他这么一招一式一腔一调地一唱，不禁与陈诚一齐开怀大笑了起来。

翌日，黄绍竑告别李宗仁，离开东湖，往浙江去了。

而这时，日军沿大别山一线进逼日盛，第五战区方面，不可能

大别山中国守军的瞭望台

不统一指挥。7 月 16 日，蒋介石召见白崇禧，要他以副参谋总长代行第五战区司令长官职务。

第二天，白崇禧前往商城，在城北岳家祠堂设指挥所，令各部纵深防御，分头堵之：

（一）第 29 集团军徐源泉部速占合肥以西；

（二）第 21 集团军廖磊部守大别山东侧各隘口，并与徐部互为声援；

（三）孙连仲的第 2 集团军于麻城宋埠与豫南商城之间加紧防备；

（四）李品仙、于学忠、张自忠各以一部备战大别山南麓，主力留原地速加整训。

7 月下旬，为方便与江南第九战区司令长官陈诚的联系，白崇禧将第五战区司令长官部移至大别山的中心——麻城宋埠。

这样，李宗仁借病撂了挑子后，白崇禧暂时挑起了他的千斤重担。

二、坦克打骑兵，邱清泉竟然溃不成军

北方，就在徐州方面中国军队分头向南、向西突围的时候，有一支日军部队长驱直入，拟切断陇海线，堵截我撤兵退路，同时阻击我东援接应的第一战区的兵力，野心不可谓不大。这支部队就是日本华北方面军的第 14 师团，师团长为土肥原贤二。

号称“中国通”的土肥原贤二

说起土肥原贤二，稍具中国现代史知识的人都清楚，这个身材矮短，结实肥胖，脑袋奇大，蒜头鼻子，总是留着齐刷刷小平头的中年军人，长期在华从事间谍活动，是个十足的“中国通”。据说，他有极高的语言天赋，不仅精通几门外语，而且还会说中国十几个地区的方言。他为了摸清中国某地的军事地形，村舍道路，风土人情，往往脱下军装，换上便服，操一口方言，以便混同于当地的百姓，四处侦察，从多方闲聊中轻易获得他所需要的情报。

土肥原师团辖步兵两个旅团及骑兵、野炮兵、工兵、辎重兵各一联队，总兵力2万余人，是日军的劲旅。1938年初，当土肥原师团从山东向豫北进犯时，防守豫北的是抗日名将宋哲元的第1集团军。

宋哲元是山东乐陵人，冯玉祥的旧部。冯玉祥在中原大战失败后，躲进泰山观云察天写“丘八诗”，宋哲元则收拾残兵，被蒋介石任命为第29军军长，驻守北平。1933年长城喜峰口之战，1937年卢沟桥抗战，宋哲元率部杀敌，亲冒锋镝，一时间，他的名字几乎成为民族英雄的代名词，他的名言“宁为战死鬼，不做亡国奴”到处为人传诵，所部也很快扩编为第1集团军，他本人升任该集团军总司令，隶属第一战区司令长官程潜指挥。

然而，拥兵10万的宋哲元此时以保存实力为主旨，在土肥原的装甲车面前未做多大的抵抗就一退再退，致使敌14师团既占菏泽之后，又连陷内黄、仪封、野鸡岗、楚庄寨等地，大兵直抵兰封（今河南兰考）城下。

兰封系郑州、开封的东大门，战略地位可想而知。兰封危殆，震动开封，波及郑州，中原腹地一时鸡飞狗跳，人心惶惶。

蒋介石大为恼怒，驰电宋哲元，斥其畏葸误国，作战不力，宋哲元无颜向东，被迫辞职，第1集团军的番号也随即被撤销。

一代抗日名将竟给自己的军旅生涯画上了一个遭人耻笑的句号！

蒋介石见开封危急，便于5月中旬亲赴郑州第一战区长官部，过问战事情况。

第一战区司令长官程潜，是老同盟会会员，军事才能突出，孙中山组建黄埔军校时，首先想到的校长人选就是他，只是由于他再三辞让，所以最后蒋介石捡了个便宜，成了今日的“最高领袖”。

也许正因如此，蒋对程表面上还是十分尊敬的。

见蒋介石问起兰封周围的军事情况，程潜胸有成竹地说：

“委座放心，兰封周围的中国军队有十几万人，敌人仅两万，中国军队有把握取胜。”

程潜说这话，并非完全是为了宽慰蒋介石的，起码前半句的实情是这样的。

当时薛岳驻节开封，任第一战区第1兵团总司令，他正调集第8、64、71、74诸军以及第3集团军向兰封靠拢，准备合而围之，围而歼之，然后移兵鲁西、豫东，写上一篇“大手笔”，像他后来在万家岭地区打的那场大战一样。

看来，薛岳喜欢这种瓮中捉鳖式的歼敌方式，他擅长指挥大兵团作战，张治中称他为“百战名将”，并非虚夸。

但蒋介石还是有些不放心，他又下令200师副师长邱清泉率两个战车营会同桂永清的第28军赶到兰封，参与攻击。

邱清泉是浙江永嘉人，与蒋介石同乡，黄埔军校二期毕业。三十年代初，德国国社党（纳粹）虽上台不久，但在希特勒的鼓动之下，整军经武，强兵备战，纳粹主义很快统一了德国人的思想，

抗战初期，中国军队的德式装甲部队

德国成了希特勒实施专制独裁残暴统治的战争机器，这让蒋介石羡慕不已。因而他不断地派遣青年军官去德国学习军事，试图以法西斯军事训练方法改造军队，进而改造国民。

1934 年，邱清泉以“留德资格考试”第一名的成绩踏上了去德国的轮船，入柏林陆军大学。

三年后学成归来，他协助同样留学过德国的桂永清以德国技战术训练中央军校教导总队，人称“蒋介石的铁卫队”，邱任参谋长。

邱清泉为人自负，刚有余而柔不足，勇过多而谋欠乏，这让他在后来的战场上吃过不少的亏。

1938 年初，国民党进口了大批装甲车，蒋介石遂组建了他的第一个机械化师——陆军第 200 师，由杜聿明任师长，邱清泉副之。该师有战车团 2 个，汽车团、步兵团各 1 个，约有坦克 100 余辆，卡车 450 余辆，摩托车 40 余辆。

这是当时中国装备最为现代化的一支部队，蒋介石将它的部分力量投入兰封之战，可见他对此战的重视。

邱、桂两支部队是 5 月 20 日下午抵达兰封的。邱清泉带有坦克 30 余辆，桂永清的 28 军辖 46 师（师长李良荣）、106 师（师长沈志）和一个炮兵师，总的兵力不弱。

兰封原是宋希濂的 71 军防守的，邱、桂两军到后，蒋介石令 71 军向红庙方向进击，而将守兰封的任务交给了 28 军，且把 71 军的 88 师（师长龙慕韩）暂留下来，归桂永清指挥，邱清泉协助之。

换防之时，宋希濂向邱、桂俩人介绍当面之敌和友军的情况，邱清泉不等宋希濂说完，便打断他的话说：

“嗨，这点敌人算什么！看我们来打它个落花流水。”

桂永清也满不在乎地说：“以少胜多，难乎其难，以多胜少，又有何难？！”

宋希濂见邱、桂如此骄傲轻敌，便不无讥讽地笑着说：“好哇，你们两位‘德国将军’来了，这次一定可以打个大胜仗。”

21日，薛岳见所部部署完毕，即以64军（军长李汉魂）、74军（军长俞济时）为东路军，攻击野鸡岗、楚庄寨等地；以71军、28军为西路军，自西向东，向仪封、内黄、马王寨推进；其余各部亦相机成合围之势，依令行动，分头出击。

倒是守兰封城的邱清泉见无仗可打，心痒得难受，便一个人去城外溜达起来。

兰封城墙除几处城门系青砖砌合而成之外，其余均是黄土拍打垒就的。墙面上不少地方长起了一人来高的蒿草，这些野草同城外田野里长势喜人的麦苗相映成趣，共同绘成了一幅深春麦田图。

“不行，我不是来看风景的，没仗可打，我要去找仗来打！”在城门外转了一会儿的邱清泉很快又踅回城里，集合几辆装甲搜索车，带上几十个步兵，出东门而去。

说来也巧，装甲车开出不到5公里远的地方，一支百余人的敌人骑兵部队正四下张望着朝兰封方向搜索而来。

“嗨！狗日的，想曹操，曹操到，上门找死呢！”邱清泉热血上涌，兴奋异常，第一个驾车冲向敌人。

骑兵哪是装甲车的对手？随着装甲车前机关枪的吹快叫声，敌人就像被砍断的树桩一个个地倒栽下来，死了主人的战马在麦田地四下里惊奔……

不过十来分钟，一百多个日本鬼子除少数几个跑得快的活着回去报丧之外，余下的都僵卧“麦田”了。

首战便打了这么个干净利落的追击战，高兴是情理之中，可邱、桂二人似乎生来就有吹肥皂泡的本领，他们乐不可支，给蒋介石、程潜、薛岳、武汉方面打电话，拍电报，吹嘘什么“兰封大捷”，歼敌无数，等等。

蒋介石也颇为振奋，多日阴沉的脸竟云开日出，晴朗起来。

但吹的肥皂泡终究是要破灭的。仅仅过去一天，23 日，14 师团的一个加强旅团在坦克、火炮的支援之下，向兰封城发起了急风骤雨般的打击。两三个小时之后，桂永清部便全线溃败，被冲散了的溃兵哭爹喊娘，向西落荒而逃。邱清泉凭借战车之利，跑得比

正在用德式高射机枪对空射击的国民党军队士兵

谁都快，他一口气就逃到了罗王车站；桂永清跑起来没有他这么麻利，他知道作为主官丢失兰封意味着什么，便匆匆写了一张字条给88师师长龙慕韩，令他固守兰封，自己则马不停蹄地奔到罗王车站，说是收拾残兵败将去了。

一个编制不全(缺1个旅)的88师自然挡不住敌军的强大攻势，龙慕韩独木难支，便自行决定撤出了兰封，率部往西南方向去了。结果，兰封城失陷，原本是横在敌人前进路上的一把尖刀现在反倒成了卡在自己喉头里的一块骨头。

三、桂永清不敢接电话

薛岳布好的口袋阵竟被桂永清搅得口烂底穿，心里的气愤自不用说，他要蒋介石严办桂永清，以申军纪。

蒋介石先不谈惩办桂永清的事，他只给桂永清下了道死命令，限他两天之内收复兰封，将功补过。桂永清强打起精神，将残部——主要是46师的部队和炮兵师——重新组织起来，转攻兰封。

桂永清是江西贵溪人，黄埔一期学生，他读书期间，训练刻苦，深得总教官何应钦的赏识；他带兵严厉，其日记中有“身先士卒，仗好打；不以身作则，兵难带”一语，常以之自励，蒋介石听说后，也点头称是。1927年，桂与恋人何相银女士结婚时，何应钦为证婚人，蒋介石特送贺礼500银元。

桂永清是1931年被蒋介石送到德国步兵专科学院深造的。同

中国士兵在操练德式重机枪

邱清泉一样，他不仅在德国学习了法西斯的军事训练方法，更把纳粹分子对希特勒的绝对忠诚、绝对服从搬到中国来，以培养国民党军官对蒋介石的崇拜、信仰，他常说的一句话就是：“德国出了个希特勒，德国复兴；中国有我们蒋校长，只要大家一致拥护，中国必可复兴。”

在桂的办公室内，希特勒和蒋介石的照片是并排挂在墙上的。

蒋介石对这样的门生当然是恩宠有加的，“中央军校教导总队”成立的时候，桂永清被任命为总队长。但他现在丢了战略要地兰封，羞愧难当，他要夺回的不仅是失地，还有他的尊严与荣光！

5 月 24 日上午，桂永清指挥所部在炮火的掩护之下从西、南两个方向同时向兰封发起冲锋，但日军拼死阻击，战斗未见丝毫进展。

下午，蒋介石打来电话，命令桂永清加紧攻城，不得延误。

次日，当桂部冒死攻城时，蒋介石再次来电，限桂永清日内攻下兰封，逾期不克，唯军长是问。

蒋介石的口气硬得像钢钉，狠狠地钉在桂永清的心上。

桂永清计无所出，急得满头大汗，当天还是没有收复兰封。

第三天，蒋介石一连数次电话询问战况，但军令期限已过，桂永清胆战心惊，竟不敢伸手去接电话！他心虚腿软，手像筛糠似的抖个不停，最后干脆走出军部，亲自到一线督战。

这一天的战斗直打得土墙变赤，尸如山积，第46师几乎伤亡殆尽，而兰封城里除部分敌人逃窜之外，大部分仍死守待援。

蒋介石严词责问桂永清，灰头土脸的桂永清沙哑着嗓子说："校长，此次攻战，我46师旅长、团长伤亡各二，营长阵亡九人，连以下官兵伤亡五千余人，学生已竭尽全力，但辜负了校长的期望，学生愿意接受任何处分。"

事已至此，28军确实无力再坚持下去了，已回武汉的蒋介石只好令其撤往郑州以西休整待命。不几日，桂部到达洛阳白马庙，蒋的电令也到。其电文如下："28军攻击兰封不力，军长桂永清撤职，88师龙慕韩玩忽职守，且放走敌人，着即押送武汉处决。46师师长李良荣革职留任，戴罪图功……"

桂永清被打瘫了，撤走了，薛岳对闯入他包围圈里的土肥原师团恨得牙痒，他还想做最后的努力，拿下兰封城，歼灭土肥原。

27日，他重新部署兵力，令宋希濂的71军全力围攻兰封，其他各部分头进击兴义寨、曲兴集、罗王寨等敌军盘踞之所。

经过三个昼夜的鏖战，宋希濂部终于以有我无敌的勇气，克复了浸染鲜血的兰封城，敌弃械、遗尸无数，战士们将一匹缴获的膘肥骏马送给宋希濂，以后宋希濂常骑着它指挥作战，唤它的名字就叫“土肥原”。

四、黄杰，吹出来的英雄？

收复兰封，薛岳本可以宽心一些，但还没等到他缓过一口气来，更糟糕的事情跟着又发生了：防守归德（现商丘）的黄杰第八军在敌军先头部队接近阵地时，竟擅自撤兵，望风而逃！

打跑黄杰第八军的是日军第16师团的前锋部队。其师团长中岛今朝吾曾留学法国，精通法语，同时和第5师团长板垣征四郎、第10师团长矶谷廉介及前面介绍的土肥原贤二一样，他也熟谙中国文化。但这个外表颇具文人气质的儒将，骨子里却是残横暴戾到极点的屠夫，南京大屠杀的三大元凶，除了松井石根和第6师团长谷寿夫之外，另一个就是他中岛今朝吾。

黄杰也是黄埔一期学生，在同期同学里，他是仅次于胡宗南得到大步升迁的人。胡宗南是蒋介石和陈诚的老乡，优势得天独厚，他没法比，他的升官之术靠的是纸上谈兵，他善于从细微之处见“奇伟”。每次战役过后，他写起战场总结来，条分缕析，头头是道，但真正刺刀见红时，他总是赢少输多。这一次弃守归德，薛岳自然又是一场大怒，告到军委会；军委会自然又是亲疏有别，大事化小，以革职了事。

黄杰被撤职了，但他造成的却是比留下满屁股秽物还要严重得多的影响，薛岳揩不干净，蒋介石也伤透了脑筋。

五、花园口开了口

中岛今朝吾的16师团攻下归德之后，分兵两路西犯开封，一路沿陇海线两侧西进，陷睢县，逼近兰封、杞县；一路经亳县，过鹿邑、柘城，向太康进迫。6月6日，开封失陷，次日，敌步骑兵千余人附战车十余辆到达中牟。

这样，平汉路已抬眼可望，许昌危急！郑州危急！薛岳所部的15万大军危在旦夕！

郑州，第一战区司令长官部里已显惊慌之色。作战参谋在整理文件，装箱打捆往汽车上搬运；勤务员在收拾屋内杂什，然后抬到指挥部门外的空地上，准备装车，就连伙夫也不停地把锅碗瓢盆塞进骡马背上的筐篓，绑紧扎好。一切迹象表明，这里正在做撤离前的准备。

作战室里，程潜一脸严峻，他在听取长官部参谋长晏勋甫和副参谋长张胥行的意见。

“颂公，三年前我任武汉行营参谋长时，曾向委座建议过，倘中日交战，可决黄河之堤绝敌于豫东之外，以保郑州之安全。两个月前我重提旧议，今天我的看法仍如从前，且形势迫切，更有必要。”坐在程潜对面，晏勋甫十分诚恳地说。

程潜默不作声。

张胥行接着说："晏参谋长所言有理，我们是在没有办法中找办法呀，陆上作战是日军机械化部队的所长，但一旦陷入水中，它们还不是废物一堆？这事还望长官速断为是。"

老谋深算的程潜用手指敲着脑袋，就是不说话。

作为黄埔一期生的晏勋甫被蒋介石派到程潜身边当参谋长已有一年多时间了，他对程潜比较了解。本来，蒋让他来一战区名曰辅佐，实则监视，但程的大度和长者之风让他感到蒋的龌龊狡诈，于是他与程之间日渐贴近，以致将蒋要他前来任职的原委和盘向程托出，程听了十分气愤，但对晏勋甫却是感情日深。

晏勋甫知道程潜怕担骂名，便进一步说道："颂公，中外历史上不乏以水代兵的实例，三国时关云长水淹七军人皆尽知，法王路易十四入侵荷兰，荷人决堤自卫，国土终以保全，此为牺牲政略，赢取战略的成功范例。"

"黄河一旦决口，势若猛兽，淹了敌人，也淹了自己，这责任谁担待得了啊！"程潜终于说出了自己的隐忧。

晏勋甫、张胥行好像早有准备似的，都说为了战略上的胜利，他们愿意以自己的名义向军委会打电报，决河阻敌。

程潜迟疑了一下，点头同意了。

其实，在晏、张二人的署名电报经军委会转到蒋介石侍从室的时候，国民党内也有很多人将悲怆的目光投向了正在汛期的黄河，林蔚的手里已收到了多份要求决黄河放水制敌的电文。如 6 月 3 日刘仲元电称：

洛阳、委员长蒋：

徐州失陷，敌主力深入豫东鲁西，若不破釜沉舟，中州将不守。生等拟决黄河之水，陆沉敌主力，明知牺牲惨重，为急欲救国起见，曷忍痛为之。并厎愚见，惟钧座是择。

豫西师管区司令刘仲元谢承杰同叩

但就何处决堤的问题，各人的看法是不大一致的：陈果夫建议在武陟，姚琮（军委会办公厅副主任）主张在刘庄、朱口，还有人认为在黑岗口。

针对这种情况，6月5日，蒋介石召开部院以上长官参加的最高国防会议，由作战厅厅长刘斐宣布了于郑州东北部决堤的决定，具体任务由第一战区执行。

会后不到1小时，林蔚回电晏勋甫说："委员会同意你们的方案。"晏勋甫的脸上闪过了一丝受宠若惊的喜色。

晏勋甫是湖北汉川人，陆军中将。和他的叔父晏道刚一样，他在国民党内也算是有头有脸的人物，大陆解放前夕，他临危受命，任汉口市"末代市长"，好在他听了程潜的话，没有随蒋去台，还把个算是完整的武汉交到了人民的手里，因而新中国成立之后，他当上了武汉市政府参事室主任。

反右期间，晏被划为"右派"，但他反咬一口，说他在任武昌行营参谋长时，贺龙是叛徒，曾与他接洽过投降国民党一事，这一派胡言成了其子晏章炎在"文革"中写材料诬陷贺龙的"证据"，林彪、江青喜不自胜，据此扳倒了贺龙元帅。

再说第一战区得到决堤的命令之后，已退到郑州的薛岳接受了这项任务。兰封之战打得窝囊，薛岳心情非常不好，现在又接了这么个烫手山芋，他更是气不打一处来，“将士无能，只有让黄河抗战了！”他愤懑不平地说。

说归说，军令如山，不能不执行，他把挖堤的重任交给了第20集团军具体实施。

第20集团军下辖第32、39、53三个军，总司令商震，他同时兼任第32军军长、河南省政府主席、河防总司令。

商震号启予，山东人，年轻时困于生计，与朋友互相推食一个烧饼，因有豪杰之名，时人将“陕西之于右任，烟台之商启予”并提为海内侠士。他一生追随过孙中山，依附过袁世凯，又为蒋介石器重，晚年回到大陆，登上过天安门城楼，检阅过国庆大典，死后骨灰安放在八宝山革命公墓，正途反路都走过，因而有人说他是最具中国特色的人物。

但就是这么个人物现在要干一件千秋难以评说的大事。

6月6日拂晓，太阳还未露脸，商震的电话打到了新八师师长蒋在珍那里。

蒋在珍是贵州人，新八师是由黔、桂子弟新近组建而成的一支部队，几个月前，为阻敌南犯，炸毁黄河铁路桥的任务就是由该部完成的。

这些天敌情严重，蒋在珍一直绷着神经，听到电话铃响，他一个鲤鱼打挺，翻身抓起了床头边的电话。

“蒋师长吗？现在敌人已突破通许一带中国军队防线，逼近开封。情况紧急，你师速派一团协助53军一团去赵口挖堤放水，越快越好！”

放下电话，蒋在珍连忙遣兵赶赴赵口，自己也带着作战参谋熊先煜驱车到赵口视察。

熊先煜是贵州正安人，抗战胜利后与佟麟阁将军的三女儿结婚，成了佟麟阁将军的女婿。

蒋、熊二人赶到赵口一看，53军一团人马已在那里挥锹担土，从大堤相隔40米处挖了两道口子，拟通过河水冲刷，将两决口间的40米堤段冲走。孰料决口过于狭窄，均只半米宽，因而自早至午，中间堤段岿然不动。

军情紧迫，时不我待，蒋、熊二人急忙赶到郑州，面告商震，要求另择地点决堤。

商震首肯，答应由新八师全权决定。

从商震处回来的路上，蒋在珍问熊先煜：“熊参谋，我师防区内的河段，你都熟悉，你看在哪里决堤最好？”

虽然只有24岁，熊先煜却显老成持重。沉吟了一会儿，他说：“以地形而论，马渡口、花园口均可。不过，敌已迫近马渡口地区，恐大堤未决，敌已先至，从时间上考虑，我看还是选定花园口一段为宜。”

蒋在珍听罢，手拍车座道：“时间紧，任务重，事不宜迟，就选定花园口吧！”

顿了顿，蒋在珍又说：“熊参谋，由你主持决堤工程吧！”

熊先煜点头表示同意，心里却如鹿撞怀，狂跳不止，豫东之战甚至全国抗战的局面，成败利钝系于一身啊！况洪水无情，倘选址不当，岂不是让无辜的人民雪上加霜，苦中添难？可军令如此，作为军人，他只能服从。

后面回程的路上，他不再说什么，只是闭目养神，直到小车“嘎”地一声停在新八师的住地京水镇镇公所的门口。

匆匆吃罢晚饭，熊先煜马不停蹄地带领工兵营营长黄映清、马应援、黄河水利委员会专司河堤修防的张国宏段长，乘车前往花园口，勘察地形，确定决口位置。

午夜时分，四人来到堤上。

六月的黄河正处于汛期，暴涨的河水卷起的浪涛，不歇地轰轰作响；一弯新月似风波中的行舟在片片云朵中浮游，时而躲进云层不见踪影，时而露出镰刀似的银光，像是这河堤上寻寻觅觅的几个人的心情一样复杂难定；大地到处是一片灰色、死沉，只有黄河的水在倾诉，堤岸上的虫儿在嘶鸣。

就在查看河堤两侧情况的时候，四人所带的电筒一下子全都烧坏了，四周朦朦胧胧，工作只得中止。

“先上车休息吧，待天亮后再说。”在这前不着村后不巴店的地方，熊先煜提议道。

大家都无异议，遂上车挤在一起，挨到天亮。

晨曦微现，几个人继续逆流向上勘察。

不远处，一座关帝庙孤零零地立在堤上。由于战火临近，这一带人去室空，关帝庙早就没了香火，关帝像前的几块草跪垫已全部发霉变黑，腐烂若泥。熊先煜等顾不得这些，踏进去以烟代香，对着正襟危坐、红脸美髯的关公叩了三个响头，祈求关公恕罪佑民。

来来回回反复比较之后，熊先煜认为决口位置选在关帝庙以西300米处较为合适。65年后，他仍然清楚地记得当年他做出抉择时的几点理由："一，它地处弯曲部位，水流缓而压力大；二，从地图上看，河水经此泻出，将直冲开封、中牟、尉氏、通许、扶沟等日占区，然后注入贾鲁河，汇入淮河，这样就形成了千余里的天然屏障；三，依托已有河道，可尽量避免水流漫灌，减少百姓损失。"

众人心事重重，觉得熊先煜的分析是害中取轻，便都噙着泪花，表示赞同。

默然无语间，不知是谁"咚"地一声跪在地上，号啕大哭起来，其余几人也跟着跪成一排，向着掀涛翻浪的黄河，泪雨滂沱，哭成一片！那哭声是倾诉弱国挨打的屈辱，那哭声是哀悼苦难中即将惨死的灾民，那哭声更是发泄七尺男儿有心杀贼无力回天的无奈和悲壮！

决口的选址地恰是许天官花园的旧址。据史籍记载，许天官是灵宝人，明弘治九年(1496年)进士，官至吏部尚书。因受严嵩排挤，官场失意，便归隐故里，修一花园，赋闲在黄河岸边的许堂村。此花园北傍黄河，南临涸水，是涸水入黄的汇合地，交通位置重要，许天官就依此地理之利，建一渡口，坐收其利，日久，便被人称作花园口。从此，许天官鲜为人知，花园口却流传了下来。

早饭过后，新八师第二团、第三团约2000人马陆续赶到，他们在相距50米远的地方分头掘两道决口，每道决口分内、外两侧同时进行，内宽外窄，呈倒"八"字形，以便放水之际入大出小，易于冲刷中间地段。

一脸清瘦的蒋在珍这时胃疼得厉害，仍抱病亲临工地，给士兵鼓劲；20 集团军的参谋处长魏汝霖也来到现场；视察、讲话，官兵们群情振奋，镐锹掘地声、扁担吱呀声、吭哧吭哧的加油声，混在一起，共同构成一幅嘈杂繁乱的工作场面。

这段河堤是由小石子和黏土碾压筑起的，非常结实。数千年来，一代一代的百姓用血汗夯实的是这束缚“黄龙”的缰索，却未料到他们给这些“以水代兵”的子孙“夯”下的还有艰辛和麻烦！

有人手掌磨破了，血水汩汩地往外冒，他就把绑腿解下来，缠在手上继续干；有人肩头起泡，他就把军衣脱下来，光着膀子用手拎着竹筐搬土；有人双脚被石子硌烂了，他就甩掉草鞋，包上毛巾，咬紧牙关往前走……

7 日晚上，郑州城里爆炸声一夜未停，那是中国军队在撤退前炸毁可用的设施，以免资敌；次日清晨，黄河北岸交火的炮声隐约可闻。很明显，2000 名挥镐担土的官兵是在和敌人的铁骑抢夺决口的闸门！

军委会每隔 1 小时便催问挖掘情况！蒋介石一日三次电询决堤进展！

时间意味着战机，时间决定着战局！

20 集团军送来了猪肉和面粉犒劳日夜鏖战的官兵；第一战区的战地服务队更是载歌载舞，表演节目，鼓舞士气；一直在场视察的魏汝霖干脆登高宣布，如当夜 12 点放水成功，总司令部奖 2 万元，如明晨 8 时前放水，则奖 1 万元。

工地上一片欢腾！

9 日早上，决口终于出水，但流量太小，不足以冲刷堤坝，蒋

1938 年 6 月 9 日，黄河花园口大堤被掘开

在珍下令调来两门平射炮，对准缺口猛射！

20 余声轰天巨响之时，水帘四散，泥如飞蟥，缺口拓宽至十余米，而且还在海绵吸水般地膨胀，扩大。魏汝霖当即兑现了他承诺的 1 万元法币。滚滚黄水呼啸着，冲撞着，如潮奔涌，排山倒海，扑向村庄，扑向城镇，扑向广袤无垠无遮无挡的千里平畴……

放眼望去，一片泽国，汪汪洋洋，墙倒屋倾的啪啪声，呼儿唤母的号叫声，似蚁穴里传出的悉悉响动，丝丝缕缕缥缥缈缈，无力无助而又清晰可闻。

熊先煜有照相爱好和记日记的习惯，那一天，他留下了很多照片，这些都成了我们今天了解这段历史的珍贵资料。那一天，他的日记是这样写的：

"当放水瞬间，情绪紧张，悲壮凄惨。起始流速甚小，至午后一时许，水势骤猛，似万马奔腾。决口亦因水势之急迅速溃大。京西镇以西以北转眼间皆成泽国。预料不数日将波及若干县境也，心甚痛焉！"

花园口决堤后，成千上万的灾民只得外出逃荒要饭

其实，比他更痛更惨的是那些溺毙水中和在水中嗷嗷挣扎、苦苦求生的难民！

据 1955 年治黄展览公布的数字：此次决堤淹没豫、皖、苏三省 40 余县，面积 5.4 万平方公里，造成 1250 万人流离失所，89 万人葬身鱼腹。

有些历史学家认为，这些数字有些失实。

但中华民族付出了巨大的牺牲和痛苦却是事实！

有所失也有所得，你看那浑汤浊水之中，昔日横冲直撞的敌人战车如笨牛陷泥，拔身不得；你看那渺渺水乡之中，往日威风八面的敌人坦克如沙里龟鳖，动弹不得；你看那黄龙浊浪之中，过去那些嗜血成性的“武士”，如今像泥塑木雕一般，眼睁睁地看着灭顶末日的到来。还有那无数大炮、粮秣辎重，如今都被龙王老爷毫不客气地照单全收了。据日本防卫厅编写的《中国事变陆军作战史》记载，花园口决堤，日军死伤惨重，“仅第二军死于洪水人数便达到 7452 名之多”。

更重要的是，由于决堤形成黄泛区这一巨大地障，日军被挡在豫东之外，其攻略郑州，占领平汉，南取武汉的战略企图化作泡沫，不见了踪影。

空间换取了时间！

日本人不得不改变战略进攻方向，蒋介石第三次牵住了日本鬼子的鼻子。但这千秋功罪谁与评说？谁又能说明道清呢？

六、“鹰犬将军”把守富金山

富金山上，日本人先败在中国人的石头阵下，继而败在双方的绞杀战中，最后败在他们自以为得计的夜袭行动中。“鹰犬将军”宋希濂残杀了共产党人瞿秋白，也打得日本人垂头丧气，望“山”兴叹！

急涌东奔的黄河水迫使日本人回兵东撤，已挺进郑州附近的13师团、16师团只得改道淮河之南，沿大别山南北两麓向武汉推进。日本人已按照中国人预设的军事防线，小心翼翼地持枪仰攻。

淮河上游有一道水深浪急的支流——史河，史河的西南有一座耸入云霄的高山——富金山，富金山呈扇形分布，几条菱形山脊如龙爪似地扒在峰背之上，霍（山）商（城）公路卧其北侧。很明显，富金山是敌人跨越大别山、南侵大武汉的咽喉之地。

8 月下旬，炎天暑热，身背粮弹的日军第 13 师团士兵汗水涔涔地向霍山发起了攻击。

蓄着一撮仁丹胡须的第 13 师团师团长荻洲立兵却是表里如一，天生一副凶神恶煞的样子，金鱼眼，高颧骨，他奸淫过 13 岁中国少女，掏吃过中国人的心脏，所以他带出的部队也是一群茹毛饮血的野兽，所到之处，奸淫杀戮、抢掠烧砸，无所不用其极：1938 年 5 月 13 日，13 师团占领鲁西金乡，他们以刀劈砍头、开膛破肚、剜肛抽肠、活剥人皮、挖眼剁脚、割乳房、刺阴道、军犬撕咬等千古未闻之残暴手法，杀中国平民 3000 余人，妇女 400 余人，金乡女子中学的女生全遭轮奸，30 多人当场被奸致死，尸体一丝不挂地横陈于二楼教室，是为惨绝人寰的“金乡惨案”。

日军机械化部队陷入泥沼动弹不得

8 月 29 日，这群兽兵颇费周折地拿下了霍山县城，三天后，他们又攻下了叶家集，中国军队被迫步步后退。

曾在南京陆军大学担任过军事教官、通晓中国历史的荻洲立兵摸着仁丹胡须对其参谋长畑勇三郎嘿嘿干笑了几声说道：“支那军事家曹刿说一鼓作气，我们今天不仅要一鼓作气，而且要灭此朝食！”

他命令所部在攻占叶家集的当晚强渡史河，“然后像游山玩水一样翻过大别山。”他说。

他认为他太了解温和得足以称作懦弱的中国人了，这样的人组成的军队和“大和皇军”作战，与群羊同恶虎相搏有什么两样？一阵猛追，他们便会四散逃命，束手待毙，以前的系列战斗也似乎证明了这一点，所以这一次他仍然信心十足地下令：连夜抢渡史河。

夜，黑黢黢的，伸手难见五指，远远的富金山也早已融入到天地一色之中，几颗柔弱的星星尽力放出眼神般的光芒，呆呆地看着大地，似是专注着这片土地上即将发生的一切。

史河百十米宽，流速急，哗哗的水声数里外都能听到。来到史河岸边，原先一直摸黑在寂静无声中行进的日军人马，开始出现了一些骚动，十来个小兵，几匹军马在挤挤挨挨之中掉入河里，眨眼间便淹没在急流嘭嘭的河水里。手电筒亮起来了，有几百束光柱来回在河面上扫视，更多的人则在忙碌着搭浮桥。

待十条浮桥刚刚架好，在岸边等了大半夜的人马顾不得秩序便朝桥上拥去，有落水的，有被马践的，但这些小插曲都影响不了人马洪流的前进。

不知什么时候，星星无光了，地面上却突然冒出几千条明明灭灭的火蛇，带着怒吼，狂啸着朝正在过河的日军扫去，中国人在对岸山坡上竟埋有伏兵！

已过河的赶紧趴在地上，寻机组织反击，站在桥上的如下饺子似的大部分栽进了水里，浮桥与浮桥之间竟然被人尸马尸挤得满满当当。

荻洲立兵正站在岸上欣赏着自己水流般欢快的队伍，盘算着下一步的行军方案，中国人的枪声噩梦般惊醒了他的沉思，刚才还是平静的他立马牙巴骨咬得嘣嘣作响："炮火，给我轰！"

日本人的传令速度令人吃惊。师团长的叫声一停，那边的迫击炮就已经呼呼地送出了炮弹，而中国人的反应速度也令人吃惊，他们把敌人的迫击炮弹当作了信号弹，以至带着啸声而来的流星尚未在阵前炸响，几千人便唰地停止了射击，霍地一个齐转身，巨蟒发飙似的撤往背后的富金山去了。

这次"一鼓作气"的结果是，荻洲立兵的部下死亡 420 余人，伤无数，骡马辎重损失无数！

荻洲立兵气得眼睛发绿，根根胡须几乎都竖了起来，腰间的军刀也被他握得在鞘里乱颤，攥柄的右手不住地青筋暴跳。

翌日一早，13 师团发起了对富金山的进攻。

防守富金山主阵地的是宋希濂的 71 军。71 军是一个加强军，辖第 36、61、87、88 四个师，是中国军队中的精锐。

71 军本是王敬之的部队，宋希濂接任该军军长是带有一定的偶然性的。原来，1938 年初，在南京守城战中损失重大的 71 军被撤到洛阳整训，军委会明令规定：整训期间所有军队均受当地军事长官指挥。不巧的是，洛阳警备司令祝绍周原是王敬之任师长时的参谋长，在等级观念极强的国民党军界，王根本不把祝放在眼里；与王同在洛阳的还有52军军长关麟征，这也是个“两眼长在头顶上”的角色，祝绍周也当过他的幕僚，他就更看不起祝绍周了。

闹剧发生了：祝绍周召集会议，两人拒不参加；祝绍周签发的文件，王敬之拒收，关麟征却批道：“此文件送错了，退回！”更让祝绍周大受其辱的是，一次，警备司令部门口守岗的宪兵拦住了王敬之的车子，王勃然大怒，不仅动手打了执勤宪兵，而且还下令把这个排的宪兵缴了械。祝绍周无奈，亲自上门找王协商，王不予理睬，祝只好拿出军委会的电令，王更加恼怒，竟指着祝的鼻子问道：“你哪一点配来指挥我？”

这事传到蒋介石那里，蒋把这个“目无长官”的门生骂了一通，撤了职，让正在湖南任荣誉师（伤残士兵组成）师长的宋希濂顶了他的职务。至于王敬之以后的情况，我们已在上一章中叙述过，这里不表。

出生于湖南湘乡的宋希濂，17岁便入黄埔一期学习，是一期635名毕业生中年龄最小的一个。

他加入过共产党，介绍人是挚友陈赓。他参加过东征北伐，也参加过江西“剿共”，杰出的革命家和理论家瞿秋白先生便是被其捕俘枪杀的。晚年他在其“自述”中忏悔道：“瞿秋白竟死于我之手，将我碎尸万段，亦不足以蔽吾之辜！这是我一生中最大的憾事。”1949年，已是川湘鄂绥靖公署中将主任的宋希濂被共产党俘虏，共产党没有杀他，给了他改造的机会，而他经过十年改造则洗心革面，致力于民族统一事业了。1984 年，就在台湾庆祝黄埔军校 60 周年校庆的前夜，侨居美国的宋希濂与几位老友发表宣言，号召炎黄子孙团结起来，实现祖国统一。

这自然惹恼了梦想反攻大陆的国民党人，国民党《中央日报》遂骂他为“黄埔败类”、“中共鹰犬”。为此，台湾政论家李敖先生路见不平，写了《鹰犬将军》一文，刊于《北美日报》上。宋希濂很感激李敖的仗义执言，次年在其写的回忆录中便用了这个题名作为书名。

从“黄埔之光”到“鹰犬将军”，宋希濂经历了人生的大落大起，大波大折。

言归正传。当 13 师团于 9 月 3 日凌晨向富金山发起冲击的时候，71 军早已守在阵地，以逸待劳。36 师控制左翼，88 师护卫右翼，61 师占据在固始，87 师留守军部，候命行动，军指挥所设在山顶，整个布防可伸可缩，攻守自如。

36 师把守的几条菱形脊背呈梯形纵深配备，是日军进攻的重点。

“鹰犬将军”宋希濂

这几条菱形山脊下面是光秃裸露的岩石，中间是茂密的林木，山顶为杂草丛生的灌木。

不知是为了实施偷袭还是为了显示皇军的勇敢，抑或为了发泄前晚被袭的仇火，日军一改以往炮轰后冲锋的经典战法，竟蝗虫般弓腰持枪，在不放一炮的情况下爬着山脊找中国人报仇，或者干脆说叫作拼命。

36 师师长陈瑞河在布防第一道防线的时候，让士兵摞了一层又一层的石头，每块石头足有二三百斤重，原是作为工事用的，现在见敌人端着枪向上仰攻，这位有些发胖的将军笑得声震山梁，“好哇，我要让东洋鬼子尝尝富金山的石头的味道！”他大手一挥，但见一阵轰隆隆的巨响，天拆地裂似的，在山谷间呼呼回应，一块块巨石像一个个蹦跳着的战士，欢快地冲入目瞪口呆的皇军阵中。

霎时间，血肉飞溅，哀号声一片，许多还没弄清怎么回事的“大和勇士”便在一声声惨哭号叫里被砸成了一摊摊齑粉，粘贴在光秃秃的石脊之上，就像一幅幅太阳旗徽点染着这筋肉裸露的岩石。

荻洲立兵吃了大亏，他像一只被打疼了的发怒的公牛，挥舞着寒光凛凛的军刀，命令飞机大炮全力轰炸。看来，他可以“创新”杀人的方法，却难得“创新”战术的套路。

在敌人的猛烈轰击之下，36 师的前沿阵地被毁严重，不得不撤往下一道防线。

太阳悬在半空，炸弹腾起的灰尘遮蔽了它的光芒。中国人的阵地寂静无声，日本人又开始进攻了。

这一轮的攻击中，他们架起机枪压制中国人的火力，因而不久便到了中国人的阵前。

36 师也真的能忍耐！直到日本人冲到阵前四五米处时，才有人大叫了一声“打！”，于是，机枪、步枪、手榴弹，甚至石头什么的，像是秋风扫落叶似的直打得日本人死的、伤的、没死没伤的，全都趴在了地上！

荻洲立兵见此情形，下令炮兵对双方纠缠在一起的几处地方，不分青红皂白，一顿狂轰，将双方人员都炸成一团炮灰，然后再组织新一波的冲锋。

中国人的阵地出现了动摇！

紧要关头，官兵们一阵骚动，军长宋希濂来到了他们中间！

“给我狠狠地打！”宋希濂攥紧拳头，字字钢钉似的钉在山石上！

他走到哪个阵地都是这句话，他走到哪个阵地，那个阵地便把敌人打了下去！有人说，他是个福将，他笑而不答。

一连几天，荻洲立兵发动了无数次攻击，可阵地仍然在中国人的手里，宋希濂仍然在阵地上说那句经语一样的话。

时值盛暑，烈日当头，山脚背风处更是像蒸笼一样热气腾腾，13 师团的士兵中暑或患疟疾的越来越多，战斗减员严重。荻洲立兵此时如热锅上的蚂蚁，坐亦不是，站亦不是，他不得不拉下面子，请求东久迩宫稔彦亲王派兵驰援。

稔彦亲王刚接到华中派遣军的命令，命令第二军之一部迅速突破大别山，与江北部队相策应，急攻汉口。而 13 师团在富金山受阻达 7 天之久，竟无寸土之功，这让他十分气恼，他一面在电文中大骂荻洲无能，一面还是急调北路第10师团之濑谷支队解救13师团之困。

濑谷支队在台儿庄战役中吃过败仗，可能是吃一堑长一智的缘故吧，从此它对中国人的作战便不再是简单的持枪冲锋，它还学会了诸如偷袭、夜袭、设伏等以前不屑为之的战法。这一次，他们就捉来100多个中国百姓，要中国人带路，趁黑夜摸到71军指挥所所在地武庙集，以一举端掉中国军队的指挥中心并切断守军退路。

到底是同胞血浓，有几个中国人冒死摆脱日军的刺刀，翻山越岭找到第88师523团一营营长梁筠。

千钧一发，事不宜迟，梁筠迅即将情况报告给了师长钟彬。钟彬当机立断，派528团在坳口塘设伏。从地名上你都可以看出，这是一处中间低两侧高的关隘之地，而濑谷支队呢，却以为其行动诡秘，神不知鬼不觉呢！他们还盘算了击破71军军部之后，如何照着中国人的屁股狠命一击，然后与13师团合力围歼让他们吃尽苦头的71军残部的计划。

计划终归是计划，夜袭的结果是濑谷支队偷鸡不成蚀把米，500多官兵的尸体就地把坳口塘的坳口给填平了。濑谷支队再次落荒而逃。他们把怒火发在那些带路的中国人的身上，100多条生命瞬间便成了他们刀下的无头冤鬼。

这样，十天下来，日军损兵折将，死伤8000余人，而富金山却像一枚闪闪发光的金元宝，仍然紧紧地握在中国人的掌心。要不是固始失陷，商城撼动，71军奉令主动撤离，第13师团还不知要

钟彬（前排右一）在指挥作战

在富金山的脚下徘徊多久！

与此同时，江南日军第 27 师团受困于瑞（昌）武（宁）一线难以脱身，急躁冒进的第 106 师团正在赣北马回岭一带逡巡不前，日本人在庐山地区和大别山地区陷入迷魂阵中，在烈日的煎烤之下一时找不着突破的方向。

88 师本是宋希濂的主力，师长钟彬与宋希濂同为黄埔一期，两人关系本来就不错，经过坳口塘一役之后，他们之间的情谊更是非同一般。1949 年，宋任川湘鄂绥靖公署主任兼第 14 兵团司令时，钟彬是 26 军军长。“天性淳厚”的宋希濂对蒋介石说，他愿意放弃 14 兵团司令，让老同学钟彬做，蒋同意了。后来兵败，宋、钟及四川省主席王陵基上将一同被关在一间房子里，王苦中作乐，称这间房子为“四望楼”。

何谓“四望楼”呢？

王说：“夜里‘望’天亮，早上‘望’吃饭，中午‘望’晚饭，晚上‘望’睡觉。”

在“四望楼”里，宋、钟整天下棋，钟不敌，屡求停战，可宋不依不饶。宋下棋认真，讲究“落子无悔大丈夫”，钟想悔一步都不行，王陵基在旁边说：“你连一个兵团司令都肯让给他，怎么一盘棋都不相让呢？”宋一本正经地说：“那是两回事！”

或许是棋如人生，世事如棋，他才这样说吧！

七、沙窝变成了日本人的坟窝

孙连仲曾扛起238斤重的山炮打击敌人，这条硬朗朗的西北汉子带出的军队也是铁铸钢浇的。大须贺应砍下中国老太婆的“三寸金莲”以做纪念，最终死在中国人的夜袭之中；61师师长钟松曾因虚报抚恤金而被关进卓刀泉监狱，在日本人的火攻面前，这员猛将带兵冲下火焰山，将几千支黑幽幽的枪管对准了正兴冲冲上山的敌人。

71军放弃富金山阵地之后，奉令与孙连仲的30军退守沙窝至小界岭一带的防线，阻止敌人越过大别山脉，夺取麻城，占领孝感，直逼武汉。

根据日军第二军司令部的具体指令，第16师团之筱原支队进攻沙窝中方主阵地，目标是拿下大别山的腹地重镇宋埠；第13师团之沼田支队进攻小界岭东侧的新店，以攻占白果（宋埠东25公里处），然后两部会合，策应江南日军行动。

沙窝一带，孙连仲的30军置兵于左翼，宋希濂的88师布防正面，87师防守右翼，61师把守小界岭。(36师在富金山中伤亡过大，已由陈瑞珂师长带到襄河整休去了。)他们依山就势，利用原来建起的国防工事，很快筑成了坚固的防御阵地。

9月中旬，大别山地区进入雨季，秋雨绵绵，淅淅沥沥地下个不停，山脚下的道路早被雨水浸泡得松软泥泞，每走一步都要费不少的力气。但筱原支队却顾不得这一切，他们穿着雨衣，背着枪械粮弹，推着重炮，在泥水四溅的山路上如一群屎壳郎推着一个个粪球，向前挪动着，搬移着……

直到17日，他们才到达沙窝。

大炮由于雨天受潮成了废物，稍事休息后，他们便脱下雨衣，抱着枪，猫着腰，想以集团冲锋的形式一举突破中国人的这道防线。

首先与他们接火的是孙连仲的30军。

在这样的天气下选择这样的地形，与这样的一支队伍作战，这是筱原支队的“大不幸”。30军是第3兵团总司令兼第二集团军司令孙连仲的主力，武器不精，却敢打硬仗。

孙连仲出身西北军，是冯玉祥的老部下。就像西北的黄土质朴、厚重一样，孙连仲言语极少，但刚毅执着，言出必行，爱兵爱国。1915年护国战争中，他曾一人扛起一门238斤重的山炮袭击敌人，威名传遍西北军。中原大战中，西北军被蒋介石打败，他接受改编，任26路军总指挥。

抗战爆发，他在卢沟桥一带与敌血战。

台儿庄之役，他率部正面挡敌，官兵死伤十之七八，34岁的

台儿庄战斗时期的孙连仲将军（前）

师长池峰城眼见手上无兵可用，电话请求能否撤至运河南岸，孙连仲声嘶力竭地骂道：“妈的，士兵打完了，你自己填上去，你死了，我填过去，谁敢过河，老子杀无赦！”

字字如钉，百撼不动！

还是这条硬朗朗的汉子，还是那支坚守台儿庄的部队，你说筱原支队能不吃亏吗？

没有炮火的支援，他们冒死向山上中国人的阵地发起了仰攻，这真给了中国人千载难逢的射击机会。30 师师长张金照和 31 师师长池峰城几乎是同时喊出了“打！”字，一阵排枪和手榴弹之后，日本人像是下卸的西瓜，直滚下山；更要命的是，前面被打死或受伤的人下滚的时候，带着后面的人也一个挨着一个，跟着滚成一团。这样，摔砸挤死的又不在少数。

支队长筱原次郎少将气得酒糟鼻子一翕一动，差点没晕过去。

30 军和 71 军的指挥所同设在小界岭后面约三公里远的白果村，两军指挥人员联系方便，配合默契，前方一有动静，双方一经商量，即可定下方案，分头行动，两面夹击，这为沙窝的防守更增添了几分人和的条件。

筱原的每次进攻，都遭到中国人两边山头火力的打击，于是便改变策略，集中兵力，专攻30师坚守的磨盘山阵地；16师团的主力则从商城出动，冲击中国军队的其他阵地。

磨盘山位于沙窝与小界岭之间，高约300来米，在峰峦林峙的大别山，它只不过是名不见经传的小兄弟，但它突出在沙窝阵地的前沿，自身危险大，对敌军的威胁当然也大。

师长张金照个头不高，黑而精瘦，看起来完全不像是西北军的人，和他的那些部下相比，他简直就是花果山里逃出的猴子。事实也确实如此，他长得像猴子，精明得也像个猴子，打起仗来善于动脑筋，出奇兵，所以30师从平津、娘子关，再到台儿庄，战果累累，屡受嘉奖。

几天阵雨过后，天空逐渐晴朗起来，筱原支队的大炮终于能逞凶抖威风了。

也许是憋久了的缘故吧，在9月23日筱原支队发起进攻的时候，其野炮联队长大须贺应大佐兴奋得摩拳擦掌，竟吹起口哨来了。

这位平时一脸严霜满面络腮胡子的军官，生性好杀好斗，一听说打仗，他就激动；一看到杀人的场面，他就手舞足蹈，而且，总想玩出一些新的花样来，细细观赏中国人的不同死法，像他刚刚卸任的师团长中岛今朝吾一样。

占领霍山的时候，野炮联队抓住了一名足以当他们奶奶的小脚老太婆。看着老太婆惊恐哆嗦、蜷缩成虾球的模样，大须贺应和他的几十个部下围成一圈，嬉笑着，怪叫着，就像欣赏一头刚从深山里捕获的野生动物那样充满好奇。

他们先是用脚把头发蓬乱、曲背跪地的老人来回蹬、踢，像拨弄一只刺猬一样戏玩着；半晌之后，今井小队长感到玩腻了，便上前脱了她那件缀满补丁的褂衣，露出她那满是褶皱的上身和蔫垂如风干的蜜桃一样的乳房。

大须贺应一下子兴趣倍增，他蹲在老人的面前，摸了摸她的干瘪的小乳房，然后用力抓住，猛烈向前一拉，老人一个趔趄，摔了个狗啃泥。围观的几十个部下"哄"地大笑起来。在部下面前有这么得意的表现，大须贺应十分满足，这更激起了他"发明"新玩法的欲望。

老人在抽泣，就像羔羊在群狼面前发出的恐惧而无助的哭叫。大须贺应抽出了毫闪闪的军刀，狞笑着，逼近老人，老人恐惧的双眼睁得大大的，双手不停地在眼前摆动着，屁股擦着地面，向后面挪动着。

大须贺应的情绪越发高涨起来，他命令今井和武义按住挣扎的瘦小的老人，脱下她的鞋子，攥住她的尖尖窄窄的细脚。手起刀落，一道弧光闪过，只听见"啊"的一声惨叫，一双溅满血迹的小脚便握在了井和武义的手里。

"我的留作纪念，三寸金莲。"大须贺应一边揩拭刀刃上的血迹，一边用手帕把井和武义递过来的尚在冒血的两只小脚包好，装进身后的挂包里。

包装停当，他又命令今井和武义将昏死的老太婆抱到前面的一棵柳树杈上，然后推来火炮，校对准星，一炮便将人和树干炸成碎屑，肉浆飘舞在空中。

这么一个嗜血的人因老天不给面子，长时间地下雨，让他丧失了多次战斗机会，他自然压抑得难受。现在，“用武”的时刻终于来到了，他能不兴奋吗？

调整好炮口，他的24门大炮一字排开，摆在正对磨盘山的高岗上。把蓄起的精神全部集中在令旗上，大须贺应用力向下一挥，24只炮管便像毒蛇吐芯一样向磨盘山方向倾泻着毒汁和疯狂。

30师的阵地顿时淹没在烟雾弥漫之中，石板被炸碎了，人被炸飞了，工事被炸塌了！

大须贺应咧开大嘴笑了。

炮兵的突然加入和炮火的猛烈，让30师的阵脚一时大乱，筱原支队一阵猛冲，一下子冲到了中国人的一线阵地。

牵一发而动全身，倘使磨盘山有个闪失，则中国军队的整个防线都将被撕破。

“妈的，”孙连仲还是那句口头禅，“你是头一次打仗？日本人下几个驴粪蛋蛋就把你给吓跑了，你不把阵地给我夺回来，我毙了你！”他在电话里把张金照骂了个狗血喷头。总司令这一骂倒让张金照清醒了不少。张金照也觉得这仗打得窝囊，怎么敌人一轰一冲就让自己狼狈而逃呢？这就是30师的素质？30师这时正退守在山腰处，情形十分危急，倘使敌人再一次仰攻，它连退路都没有。与其死守待援不如主动进攻！张金照将所部团长以上军官召集起来，开了个战场临时动员会，决定利用敌人阵脚未稳、我居高临下的有利时机和地理条件，立即反攻！果然，这招回马枪杀得筱原支队措手不及，双方搅成一团，互拼刺刀，或干脆抱在一起，互撕互咬。但见战场上刀光耀日，杀声震天，拳飞脚舞，吼声如潮，双方揪在一处滚落山崖后发出的噗噗浊音如受潮的鞭炮爆起的闷响，一声接着一声。

筱原支队支持不住了，他们丢下800多具尸首和无数的枪械辎重，滚下山了！

30师也有600多官兵壮烈殉国！

山梁沟壑间，灌木刺蓬旁，漫山遍野到处都是敌人倒下的官兵，一米多深的壕堑被尸体填满了，二尺多高的茅草被鲜血染红了，还有山崖下铺积的厚厚的一层尸体，断肢折臂的、脑裂肠断的，让人惊心动魄，不忍卒睹。磨盘山真的成了尸山！

筱原支队被打怕了，他们扛着那面千疮百孔的太阳旗，后撤十余里驻扎下来，准备换防；大须贺应也带着他的野炮随同安扎在一处山地上。

这一切，被站在磨盘山上的张金照看得一清二楚。令筱原次郎万万没有料想到的是，中国人竟然穷追不舍，又乘黑夜提着刀片，摸到他的驻地，杀了哨兵，放火烧了他们的帐篷，把大须贺应等几十人全烧成了粉灰！

至此，筱原支队在沙窝连遭败绩，死伤惨重，基本上失去了战斗能力，沙窝变成了他们的大坟窝！

在30师血战筱原支队的同时，钟松率领的61师也在小界岭一带大战第13师团的沼田支队。

自黄埔军校毕业后，钟松一直跟随宋希濂转战在各个战场。“七七事变”后，宋希濂任36师师长，钟松任其下面的旅长，受张治中将军指挥进驻上海。钟松旅把守的地点是虹桥机场，1937年8月9日，日军军曹大山勇夫和司机斋藤擅闯机场，被守军打死，是为“虹桥机场事件”，淞沪大战由此爆发。

钟松作战的勇敢是连蒋介石都有所耳闻的，但他虚报遇难官兵抚恤费一事也让蒋介石颇为恼火。他因此受审被判刑，被关进武汉卓刀泉监狱，多亏宋希濂等四下游说才将他保释出来，戴罪立功。其实，在国民党军队中“吃空额”（虚报兵员）、贪污抚恤费的事所在皆是，钟松只不过被人告发，撞在枪口上而已。好在他战功不俗，因而很快升任61师师长，受命把守小界岭。

小界岭两山并峙，山上林竹繁茂，山脚为商（城）麻（城）公路，是豫鄂两省的交通要冲，战略位置十分险要。

9月24日，沼田支队在支队长沼田重德的指挥之下，借助炮火的支援，向小界岭两侧的61师阵地发起了猛烈的进攻。

日军像蚂蚁似的成群结队地向前推进，61师到底是训练有素的精锐之师，待敌进入有效射程之内即以雪水浇炭之势一日数次打败了沼田支队的波浪式的冲击。

沼田重德率部在富金山之役中吃过败仗，因而挨过荻洲立兵师团长的两记耳光，如今在高不过二百来米的小界岭前，他又被中国人打了几记闷棍，心里窝的那股无名之火就别提有多么的旺了！

“我一定要让中国人尝尝我沼田的厉害！”他咬着那副假牙狠狠地说道。

站在缴获的部分日军武器面前的孙连仲（右二）

此后两天，小界岭一带天气晴好。

此时正是初秋时节，艳阳高照，金风劲吹，草偃树摇，一派田园胜景。但沼田无心赏景，他站在一处小山包上，端着望远镜来回观察着小界岭及其周围的地形风物，就像一只饿狼，他在搜寻着对一块骨头下口的方法。看着61师的阵地在起起伏伏的枯草灌木丛中时隐时现，他奸笑了一声，似乎找到了灵感似的，径直走到山炮联队长横尾阔中佐的身边，如此这般地耳语了一通。

当他带着步兵58联队和116联队前进到离小界岭千米左右的山脚下时，小界岭上便发出了“嗵、嗵、嗵、嗵”的一串闷雷似的爆响。商麻公路的两侧山上，先是升腾起一团团乌云样的黑烟，接着便燃烧起一块块红中染黄的火帘，随后就是这百十处张牙舞爪的烈焰连成一片吞天灭地的火势，将小界岭烧成了两个名副其实的火焰山。

一些战士全身着火，一个个火球在草地上奔跑着、惨叫着、挥舞着，又蓦地变成一堆堆爆烧的烈火，引燃周围的枯草。

钟松手持机枪，吼叫着，大声命令官兵向山下逆风处冲去。“向前冲！”成为大家共同的口号，大多数人冲出了火圈，回到了被火烧过的阵地。

沼田狞笑着带领他的队伍正向山上爬来，他们是准备来清点中国人被烤焦的尸骸的，他们没想到中国人会冲出来，而且对准他们的除了被烟熏黑的脸庞，还有几千支黑幽幽的枪管！

“打！”随着钟松手中机枪“突突突突”的怒叫，中国人的枪管喷射出的是比火焰更具威力的枪弹！

沼田重德抛下几百具部下的尸首，哀叫着带头向山下滚去！

小界岭，焦黑如剃光了发须的头颅，站在上面欢呼跳跃的依然是衣裤被烧烂了的中国人！

为表彰 30 军和 71 军的英勇事迹，国民政府军事委员会授予孙连仲、宋希濂等人华胄荣誉奖章，61 师被通令全国嘉奖。

小界岭成了日本人逾越不过的一道雄关！

直到 10 月 23 日，中国人主动放弃沙窝—小界岭阵地，日本人才摸索着踏上早已了无人影的中方阵地，开始翻越大别山，30 日，他们到达宋埠。这时武汉已经失陷，第 16 师团配合江南日军攻击武汉东面的计划，就这样永远变成了中国人眼中的泡影，消失在沙窝—小界岭的群山之中。

八、中国人用机枪打下了“天皇哥哥”的座机

一位共产党县长与一个国民党团长在抗战中结下了深厚情谊，解放战争中，他们之间又有了一段异缘奇遇；天皇组织特使团，指派其兄为团长，赴华中慰问攻下武汉的日军。不料，天皇之兄的座机被中国人的机枪打下。畑俊六大将率7万大军，人披黑纱马披黑布，气势汹汹地直奔大别山腹地而来。

在第五战区的60多万大军之中，廖磊所部的任务是比较特别的。

廖磊是21集团军总司令，李宗仁的旧部，桂系中的老牌军人，所部下辖两个军，5万多人。

1938年9月，当孙连仲的第3兵团和宋希濂的71军与敌激战于富金山、沙窝—小界岭一线的时候，廖磊正驻节立煌县（今安徽金寨县，第二次国内革命战争时期，金寨为鄂豫皖革命根据地的中心区域，后被卫立煌率部攻克。蒋介石为彰显其功，遂改金寨为立煌），所部21集团军分扎在金寨、太和、宿松、麻城、罗田、广济等地，李宗仁交代他的作战使命就是在大别山地区打游击，袭扰敌人后方，维持地方上的治安。

9月中旬的一天，21集团军172师师长程树芬将514团团长陈凯荣找去。询问了该团的备战情况之后，程师长郑重地对陈凯荣说：“陈团长，几天后将有一共产党人到英山来做县长。此人来头不小，是政治部陈辞修部长特向共产党人周恩来要来的，他要共产党人把

英山建成一个共同抗日的模范县，你要多加保护这人的人身安全，还要尽量给他提供些方便。”

领命完毕，陈凯荣回到自己团部的驻地罗田凤山镇，即着手准备工作。

陈凯荣这时兼任麻城、罗田、英山、广济、黄梅、浠水六县联防司令，英山是其防区属地，安顿、保护当地的行政长官自然是他的职责所在。

三天后，听说新任县长即将到达英山县城，英山县国民党党部、县府官员，各界士绅出城列队欢迎，陈凯荣则在县府等候。

不见车马，也不见轿子，直到中午时分，他们也没见到新任县长的影子，骄阳下的人群不免有些躁动，大家交头接耳，议论纷纷。

同时，在县府大院内，勤务兵却向陈凯荣报告说：有八路军三人来访。

三位穿草鞋、背斗笠、挎背包的八路军战士正站在廊下拍打着身上的灰尘，陈凯荣从办公室出来后，便上前互致寒暄，问道：“你们方面新任的杨县长为何没有来？”

三人相视一笑，其中一位年龄稍大一些的自报家门道：“我就是周副部长派来的杨德华。”

陈凯荣暗自吃惊，人说共产党艰苦朴素，严于律己，果真名不虚传，难怪陈诚要让共产党人来当县长了。简短接触中他不禁油然生出几许敬意。

高兴之下，他一方面通知勤务兵即刻撤回欢迎队伍，一方面下令摆出宴席为杨德华一行接风。

欢迎人群陆续回来了，当看到新任县长就是他们当面错过的三个八路大兵中的一个时，他们一个个面红耳赤，十分尴尬。

此后的交往之中，杨德华给陈凯荣的印象更深：他经常穿着那身刚来时的衣着，推着一辆自行车，或干脆步行到山村农户家中与农民同吃同住，了解情况。英山的九镇十八乡都留下了他风尘仆仆的身影。

国民党官吏不屑为也不能为的事，共产党人却做到了。

正直的陈凯荣因此与杨德华之间建立起了较深的私人情谊。陈凯荣把他的部队的布防配备告诉了杨德华，而杨德华则向陈凯荣谈了他建设模范县的设想方案，两人一武一文，互为推崇，配合得相当默契。

但更多的国民党人却在防范着这位共产党的县长。

在国民党县党部的一次汇报会上，一位军统分子向党部主任叫苦说："杨县长下乡就像回家，一去就是半个多月，派去跟踪的人至今还未弄清他的住处和行动规律，要多派人监视才行。"

国民党英山县党部主任姓甄，一个长得像肥猪一样的官僚，他叼着烟打着官腔，手指敲着会议桌说："嗯，这意见值得重视。"

陈凯荣这时列席会议，他看到不干事的国民党员竟对干事的共产党人这样下绊子，便不满地说："县长是管老百姓之事的，到民众中去，是他的工作，恐怕不值得大惊小怪。"

听罢此言，县党部官员们面面相觑，陈凯荣是这里的最高军事长官，他们又不敢当面反驳，于是就暗中把会上大家的发言汇报了上去。

过了没多久，军统内部通报材料发了下来，其中有一段专门训示道：对共产党人不能掉以轻心，某些人散布左倾言论，实与党国利益不符，须加检点，等等。

陈凯荣看罢，感到既可笑又可恨，索性一不做二不休，当晚竟邀请杨德华到他的司令部，两人举杯相劝，喝了半宿方罢。

他赌的就是这口气，管你什么党不党的，我只敬重人品和能力，看你军统分子拿我怎么办！

一个多月之后，武汉弃守，杨德华也被调离英山。

临走的那天，陈凯荣送杨德华出城。握手道别时，杨德华动情地对陈凯荣说：

“陈团长，谢谢你的关照。你的正直、热情使我更加坚定了抗战胜利的信心。你留守前方，时刻处于危险之中，你要多加保重！”

见这位平时流血不流泪的国民党朋友已是热泪盈眶，杨德华安慰他道：

“只要我们着眼于民族的前途，我们一定后会有期！”

如果这世上有奇缘的话，那么这奇缘就真真切切地让两人碰上了。1949 年 12 月，已升任国民党 125 军军长的陈凯荣在广西横县向解放军投诚，所部交解放军改编，陈凯荣去南宁听令，而巧就巧在南宁接待陈凯荣的中共代表正是杨德华同志，他这时任广西省代理秘书长。

殊途同归，十年后两人再见，自然感叹百端，晤谈甚欢。

陈凯荣后来被送到武汉军政大学学习，杨德华则长期留在广西工作。40 多年后，陈凯荣在其回忆录中评价杨德华道：“他是我终生不会忘记的共产党人。”

话题还是转到武汉大会战时期陈凯荣的这支部队上来吧。

前面说过，为拱卫廖磊总部驻节的立煌县，陈凯荣的团部驻扎在与之相邻的罗田县。罗田的南部有个地方叫滕家堡，滕家堡的后面有块高地叫李家寨，李家寨高约800米，站在山寨顶端可以鸟瞰几十公里的范围。

无疑，这是一处极具战略意义的要地，陈凯荣派了一个重机枪连扼守其上，既可警戒亦可防空。

1938年11月2日是个秋高气爽的日子，陈凯荣吃罢早饭正准备到下面部队去走走，忽然电话铃响，他转身接过电话一听，重机枪连郑连长激动得有些语无伦次：

“团座，报告你一个喜讯，我们打落两架敌机了！”

陈凯荣一听，有点不大相信。机枪打落敌机，以前很少听说过，他要喘着粗气的郑连长慢慢地说。

郑连长是广西玉林人，他咳了一声，清了清嗓子，然后用广西白话说道：“是这样的，早晨我连出操时，忽然听到飞机声，我用望远镜一看，发现一大二小三架标着红膏药的飞机正向李家寨飞来，敌机飞得很低，连飞行员的头盔都看得很清楚。事出突然，我立即命令6挺重机枪对准目标，在敌机飞近时，骤然同时开火，敌未曾防备，一大一小两架飞机被打了下来，只有一架小飞机逃窜了。”

陈凯荣见郑连长叙述得这么详细，断定此事千真万确。

他立马驱车赶到李家寨，由郑连长带他去察看坠机现场。

敌机摔在离李家寨四五里远的一个山沟里，大飞机内有十多具尸体，焦煳断折，面具已不可辨认，唯有许多勋章和日文宣传品还算完好；小飞机是一架战机，看来是护航的。

由于不识日文，陈凯荣让郑连长叫人将宣传品连同可拆卸携带的物品一并上缴给了第五战区，他们只当是打落了两架普通敌机而作为战功报了上去，其余的则没有想到更多。

不久，国民政府军事委员会及第五战区分别来电，祝贺他们击落了天皇哥哥的座机。

原来，日军攻占武汉之后，日本各地一片欢腾，天皇为慰勉华中派遣军司令官畑俊六大将，遂组织特使团，指派其兄为团长，赴武汉慰问华中派遣军，未料却栽在中国人的机枪之下。

重机枪连得到了军委会的传令嘉奖，郑连长因此晋升为中校营长，其他连排军官士兵也受到晋级和奖励。

大家笑逐颜开，都认为喜从天降。然而几天之后，尚沉浸在喜悦之中的大别山游击根据地却为此付出了很大的代价。

恼羞成怒的畑俊六亲自带领四个师团的 7 万人马，人披黑纱马披黑布军犬挂黑布条，气势汹汹地奔向罗田、立煌等地，抢夺天皇之兄的尸骨，他们逢人即杀，遇房即烧，见物即抢，所过之处，村舍集市悉遭平毁。好在 21 集团军得知消息后，即早已避敌锋芒转移他地；老百姓也逃匿一空，躲进深山，唯有新征的 600 壮丁，不幸与疯狂之敌遭遇，全遭屠杀。

敌人在这一带发泄一周之后，始退回武汉。半个多月后，畑俊六被调回国内，山田乙三中将接替其司令官一职。

第四章
海盗后裔的本性与炎黄子孙的血性

一、刘汝明决长江大堤淹雷池，却丢了小池

南九州的武士身上与生俱来就流淌着海盗的血脉，由他们组成的第 6 师团屠杀了南京 30 万平民之后，现在又举着滴血的战刀闯进了鄂东黄（梅）广（济）一带。白崇禧轻车简从来到梅川，还是遭到了日军飞机的追击。刘汝明仿效黄河决堤的先例，决长江淹雷池，虽然所部拼死格杀，但最终也未能保住小池。

就在长江南岸日军陷湖口、攻九江之际，大别山南麓、长江北岸的形势也严峻起来。花园口黄河大堤决口迫使日军不能不加紧大别山南、北两个方向的进攻，以加速推进合围武汉的计划。

自 6 月下旬从舒城出发以来，稻叶四郎中将率领的第 6 师团一路上受到了中国方面第 4 兵团李品仙所部的顽强阻击，桐城、潜山、太湖，这几座崇山峻岭中的小县城，他们都是依靠劫财拼命的海盗方式、费时一月之久才逐个抢夺下来的。

这符合他们的生存法则，因为他们的身上与生俱来就流淌着海盗的血脉。

南九州，他们的故乡，这里既是货流八方的通商口岸，也是远征掠夺的战船基地，可朱印船上满载的并不全是白花花的银子和欢笑，它还飘摇着翻船赔本的失意和沮丧。因而，血本无归的商贾沦为暴戾凶残的海盗，连同郁闷落魄的政客变成恣意斗狠的浪人，就构成了南九州文化中剽悍嗜血如丰臣秀吉这样的武士本色。

令人有些费解的是，在这片充盈着征战与杀伐的土地之上，还孕育了山上忆良等一代俳歌巨子，阿苏山下的“南海文学沙龙”把这里的蓝天碧海揉进涛声与浪语之中，竟让海盗们平时也有了几分儒雅之气。

所以，在外人看起来不可思议的两个极端，却在武士们的身上得到完美的结合：温驯的绵羊与凶狠的豺狼、严谨的修身与屠戮的野蛮，如同南九州的季节更替一样自然而分明。

所以，也就不难理解，为什么这些海盗出身的武士在接受天皇“敕谕”时是那样地恭顺诺诺，而在攻下中国南京时却又是那么地野性喷张！

步兵第11旅团一直是第6师团开路先锋，1937年12月13日，攻破中华门、雨花门、光华门而率部屠戮南京的就是这支张牙舞爪的部队。当它的旅长坂井德太郎陪着师团长谷寿夫踏着尸山和血河巡视南京街头时，他的荣耀与成就真的比阎王察看自己的地狱还要满足，毕竟，他把南九州武士的本性发挥到了前无古人的极致！虽然之后不久他就在满城风雨之中，和他的师团长一道颇不服气地回国述职去了。

接替他们的是稻叶四郎师团长和今村胜治旅团长。换将不换人，第6师团的嗜血本性和武士本色依然在发扬光大，他们所过之处，便是人间的地狱。看看一些他们比其前任有过之而无不及的杀戮行径，你或许就不会认为那只是他们一时、一地偶尔为之的行为了。

然而，中国人的意志就像他们家乡的山路十八弯一样，百折不挠，在潜（山）太（湖）公路的渡埠一战中，87 军的陈杨汉营长带兵杀进 11 旅团的辎重联队，将躲在柜台、墙壁后面的 500 多辎重兵大部歼灭，还缴枪 160 多支，汽油 200 多桶，战马数十匹。

这种“零敲牛皮糖”式的办法虽不至于让第 6 师团伤筋动骨，却也使他们感受到了深陷泥潭难以自拔的困境，因而在走走停停、停停打打之中，他们直至 7 月 19 日才到达宿松、黄梅的交界处。

黄梅，这个地处皖鄂赣交界的三角地带，一下子就成了江北日军楔入湖北的滩头阵地和江南日军扩大战果的有力靠背，战略地位骤然凸现出来。

这时，代李宗仁出任第五战区司令长官的白崇禧先是将司令长官部设在麻城宋埠，继而又移驻广济梅川（广济县城）广寺，以亲临一线，便于指挥黄梅抗战，同时更易于与第九战区陈诚加强联系与沟通。

应该说白崇禧是轻车简从来到梅川的。为避免引起日军的注意，他只带了一百来人的警卫连与他同行。然而世上的事就是这样：越怕鬼，越有鬼，4 架日本人的飞机还是认出了他那辆特别的道奇小车，因而它们追在车后，围着车身穿梭似的吼叫着俯冲、投弹、开枪，低飞的机翼将十来米高的树梢、树枝齐刷刷地削了下来。

好在白崇禧的警卫连携带的是清一色的美式轻机枪，那百十支枪口一齐对着天空，日本人也不敢恋战。几声怪叫之后，它们便忽地消失在灰蒙蒙的天空之中。

被卫士从树林中搀扶出来的白崇禧一看大家还好，道奇车也只是被炸瘪了后盖，还能发动，十分高兴，便开玩笑地问道："他们是不是知道我是京（惊）官，但我现在受命在外，所以不管怎样，都只能算是虚京（惊）了！"

众人刚开始还丈二和尚摸不着头脑，都在你看着我，我看着你，不敢出声，后来明白此"京"为彼"惊"时，遂哄然大笑起来。

平时不苟言笑的将军竟也有这么轻松和诙谐的时候！

简单安顿之后，白崇禧便对皖西、鄂东的部队重新进行了部署，刘汝明的68军主力被指令固守黄梅西南的小池口至刘佐之间的沿江各要点。

刘汝明是山东人，冯玉祥的旧部，中原大战时，冯的下属纷纷倒戈，独他不弃旧主。刘的举动让冯很是感动，冯经常说他是有情有义的汉子，两人关系密切。

刘汝明所部肩扛的大刀

让国人熟知刘汝明的是他在长城抗战中的英勇之举。1933 年 3 月，日军向长城一线的中国守军发起进攻，时任 29 军师长的刘汝明率部防守罗文峪一带，战至激烈之时，罗文峪上砖石黄飞，烟雾弥漫，敌已搭梯爬上城墙。刘汝明正率手枪队督战于后，见情形危急，遂抽出大刀，大吼一声，带头杀入敌阵。29 军大刀的厉害谁人不知，哪个不晓？况师长身先士卒，上阵对敌，众官兵那手中的刀片也就于无形之中平添了无穷的勇力，因而罗文峪之敌全线溃退，刘汝明成了响当当的抗日英雄。

但此时的境况已大异于前。虽然已升任 28 集团军总指挥兼 68 军军长，且刘汝明的抗敌斗志有增无减，但他们要对付的是从长江上来的海盗部队——第 6 师团的牛岛满旅团，他们要依凭的不再是长城天险，而是地势低洼、平坦的江滩，唯一可做工事的只是高不过十米的堤防。

浓眉大眼的刘汝明察看了刘佐至小池沿线的地形之后，对两位部下——119 师师长李金田、143 师师长李曾志——摇着头说：“以我这一军之力，防守百里大堤，难啦！”

李金田是跟随刘汝明多年的老部下，他提议道：“既然如此，分兵不如集兵好。”

这一句话似乎提醒了一旁的李曾志。从娃娃时起，他就随刘汝明转战南北，虽是军人出身，但他闲时不忘读书，学问好，因而在军中有“秀才师长”之称。见李金田提出集兵一说，他若有所悟地说：“金田兄的建议值得考虑。分兵把守，可能哪一点都守不住，而集兵呢，则可以以多击少，即使难守其守，起码至少能给敌人以猛烈的火力打击。”

刘汝明听得很认真，“那么，怎样集兵呢，难道其他地方就弃守了？”

“我倒有个想法。”李曾志说，“黄梅湖港众多，靠近长江的就有太白湖、龙感湖、源湖。温峤是东晋大将，任江州刺史坐镇武昌时，庾亮作《报温峤书》说：‘足下无过雷池一步也。’所说雷池，即是指这些水泊。现在正值长江汛期，我们何不仿黄河决堤之先例，决长江淹雷池，以巩固小池一线呢？”

李金田听罢，大腿一拍，“好哇，秀才，还是你见多识广，足智多谋啊！”

刘汝明也点头笑了，“行，即刻上报这个计划。”

一天后，军委会来电，同意68军的请求，同时要求驻武穴的李延年第二军配合行动，开挖广济地段的长江大堤。

当夜，68军在刘佐挖开了长江大堤，第二军在武穴新河同时采取了同样的行动。

于是，几乎是同一个时辰，黄(梅)广(济)的沿江各乡、保、甲突然响起了揪人心魄的铜锣报警声：“各家各户快逃啊，长江垮堤了！”

可怜的乡民惊慌失措地扶老携幼，捉鸡赶猪，肩挑手扛着一切能够搬动的物件向北边的山地跑去，那哭爹喊娘的惊叫声，那鸡飞狗跳的嘈杂声，那上气不接下气的喘息声，连同身后奔腾咆哮的江水涌灌声，把人间的悲惨和痛苦幽幽传进了默默无语的黑夜之中。

雷池被淹了！

水天茫茫，浩渺无边！

第 6 师团从长江攻黄梅就剩下小池一线了！

7 月 25 日，载着牛岛满旅团两个步兵联队的 28 艘敌舰如一条颠簸着的巨蟒伏在江面，向小池口张开了血盆大口。

弹雨过后，敌军步兵开始登上滩涂，朝江堤处发起了冲击。

30 米，20 米，10 米，隐蔽在江堤后面简单工事里的 68 军士兵手心都冒汗了，他们还在隐忍不发，还在等待着长官的命令。

8 米，7 米，6 米，"打！"

随着一声撕天裂地的大吼，那喷射着仇恨的怒火竟都像长了眼睛似的泼洒在日本人的身上，骄傲的南九州武士顿时成片地像稻草人一样倒在了一起。

牛岛满少将站在舰首，手持望远镜，痴痴地，他看得咬牙切齿，目瞪口呆！

昔日勇猛无敌的南九州武士此时不得不退却了，就像退潮的海水，他们一拨一拨地朝救命的地方奔去。

片刻的间歇之后，日本人的舰载大炮又更猛烈地朝 68 军阵地倾泻而来，壕堑被填平了，掩体被炸塌了，泥沙和着尸骨漫天飞舞，坚船利炮在撕噬着中国军人的血肉长城！

南九州的武士又上岸了！

还是 8 米，7 米，6 米，只不过喊声换成了"冲啊！"

像是泥土里蹦跃出来的生命，那一个个灰头土脸的精灵握着明晃晃的刀片，"腾"地闪在武士们的跟前，还没等他们弄明白怎么回事，武士们的头颅早已"砰"地掉在了地上，眼睛还在眨巴眨巴地闪着。

后面的武士冲上来了，刀片碰击的咔嚓声，疯狂粗野的叫骂声，刺刀掼胸的瘆人声，小池口的江堤顿时成了敌我相戮的屠宰场！

这一场白刃格斗直杀到太阳西沉为止，南九州的武士精疲力竭了，他们三三两两地跑上军舰，如同落荒的狼群逃向自己的巢穴。荒木重知桂实在跑不动了，这位入伍前为早稻田大学学生的军官双膝跪地，双手把他的三八式轻机枪举过头顶，哀叫："大的顶好！"，"大大的顶好！"，就这样束手就擒了。

长长的堤坡上，躺满了血染军衣的死尸，汩汩流淌的紫血为浑黄的长江镶上了一条窄窄的红绸带；江风呜咽着，似不屈的魂灵还在挥舞呼呼生风的大刀，向强盗，向侵略者……

次日一早，太阳刚刚露出它惨淡的光来，70 多架敌机就像蝗虫似的飞到了小池口的上空。没有防空炮火，没有高射机枪，甚至没有予敌以威胁的重型机枪，任凭敌人肆意轰炸，任凭战士们一个个被炸成肉末血浆，混入泥土，刘汝明只有痛彻心扉的放声长哭！

这是他从军二十多年从未有过的屈辱和无奈啊！民穷国弱，谁叫我们的武器不如人家的呢？！

搀扶着自己的战友，原来 1 万多人的 68 军撤下已剩不到一半的人员，只有向黄梅县城方向转移了！

当天，7 月 26 日，小池口落于敌手。

小池口一陷落，田家镇便成了敌我拼死争夺的重要关塞了。

二、“民国的老总怎么能当正规军的长官呢？”
——白崇禧临阵换将

84 军是白崇禧的家乡兵，号称“小诸葛”的白崇禧认为 84 军的人事调配不尽合理，遂擅做安排，大战前夕以自己身边的人充任其要职；可被他一直看好的 84 军 188 师正、副师长，却让人大跌眼镜，甚至犯下军事常识的错误，以致该师在后来的战斗中尽吃败仗。

参与黄广之战的中方部队有 8 万之众，但多系川、鲁、黔、鄂、桂等省的“杂牌”地方力量，军队的素质，尤其军官指挥作战的能力和水平普遍低下，这使“小诸葛”白崇禧常常抓耳搔腮，伤透了脑筋。

84 军是一支广西部队，其人员组成状况就是一个典型的事例。

这是一支 1938 年春夏之间，由广西南宁、永淳、横县、贵县等地的民团改编而成的武装，下辖 188、189 两个师，每师辖 3 个团，188 师的主要军官由陆军军官学校第六分校的教职员调充，师长刘任原任第六分校的步兵科长兼战术教官，副师长刘建常原任该校的军事教官；189 师师部的主要军官则是由前线和后方临时凑集起来的，师长凌压西，原是区寿年的 176 师副师长，新近从安徽调来升充的，副师长黄琪、参谋长江光勋，是由后方民团抽来的。在未出广西之前，这两个师的武装暂归第 16 集团军总司令夏威直接指挥，所以军官也是由他任命的。

1938 年 7 月中旬，这两个师集结于广济梅川地区，宣布组成第 84 军，覃连芳任军长、徐文明任副军长，钟纪为参谋长。

家乡子弟兵组军参战，作为军委会副参谋总长代第五战区司令长官的白崇禧是不能不来祝贺、发表讲话的。当时，他的长官部还设在宋埠，因此，他从宋埠赶到了梅川。

据听过他训话的人后来回忆，白崇禧这一次讲话言简意赅，而且还相当动情。

他讲到了广西军的光荣历史，谆谆教导子弟们在今后的抗战中再续辉煌；他要求各级官长多对士兵宣讲抗战的意义，鼓舞士气；多关心士兵的生活，以使官兵团结，共同对敌。

训话完毕，师长和正、副军长都到他的临时办公室进行个别谈话。

大家落座后，白崇禧颇有感触地说："自辛亥革命投身军界以来，我有一深切体会，那就是欲治军先治将，为什么？因为'兵熊熊一个，将熊熊一窝'，将之作用历来为兵家所重。但综观 84 军的人员构成呢，我有满意的，有不满意的，满意的是 188 师的人事调配，让军校教官到一线中去锻炼，这很好，学有所用嘛！但我不满意的是 189 师的人员安排，夏威拆烂污嘛，民团的老总怎么能当正规军的长官呢？黄琪副师长只能在后方搞搞训练，江光勋参谋长只适合于坐办公室，他们都不能上战场作战。"

几个军长、师长们在这位长官和广西军界的元老面前自然只有诺诺从命的份儿。结果，由白崇禧直接下令，黄琪、江光勋被调回

准备向黄梅县城发起进攻的日军

后方另行安排；白的随从人员、毕业于日本步兵学校的李宝琏接任189师参谋长，副师长暂缺。

在现代史上，很多人都说白崇禧是一位军事战略家，可历史有时候就喜欢与这些“家”们开玩笑，比如他所看好的188师干部人选，在战场上就让人大跌眼镜，甚至闹出军事常识性的笑话。

刘任做抗日爱国报告时，义愤填膺，很感动人，可枪炮一响，他竟不敢接近前线，只好派刘建常“代驾亲征”；刘建常的战术课讲得头头是道，可真正打起仗来，脑子比糨糊还要糊。

这些都让188师在后来吃了不少的败仗。

8月3日，黄梅县城失守。

攻入黄梅的是牛岛满旅团。

出身于海盗世家的牛岛满是极力赞成他的部下在“圣战”之后放松自己的，他认为只有这样才能激励南九州的武士夺取下一个目标。

攻下黄梅当然也不例外。

联队长佐野虎太大佐喜欢吃人心，他一口气将一家五口全部杀死，然后掏出心来一一爆炒了吃；小队长吉田将西街一家杂货店的老板娘强奸后，然后用鬼头刀捅入她的阴部，又将她哭喊着要妈妈的一岁半的儿子踢入火中活活烧死；东门白发苍苍的刘正山老汉，眼见自己的房子被付之一炬，愤怒异常，操起一把菜刀砍倒了一名正在纵火的鬼子。旁边的鬼子将他捉住，反绑在一根电线杆上，先挖出双目，接着开膛剖肚，取出内脏，最后肢解了四肢。

黄梅失守了，中国人只能退守城外，构筑工事以钳制敌人。

188 师受命控制黄广公路的战略要点——大河铺；189 师则移师紧邻大河铺的大洋庙山口，这两支毫无作战经验的部队，竟然单线设伏，不做任何纵深配备，幸好日军还来不及组织大规模进攻，否则这两处阵地就如同薄纸一张，一捅即破。

8 月 4 日，第 4 兵团总司令李品仙拟组织第 68 军、84 军分别从黄梅的西南和西北方向反击牛岛满旅团。

刘建常在不明敌情又与左翼 189 师缺乏联络的情况下，即决定“明日拂晓进攻”。

该师 1103 团团长梁津有些作战经验，他正率部驻大河铺的遏云寨，且已派出谍报员侦察敌情，但尚未回报。

他对刘建常建议说：“师座，等我派出的谍报员回来，明悉敌人的兵力配备后，再与凌（压西）师共同行动吧！”

刘建常则很坚决地说：“不行，上峰已确定明日攻击时间，协调是军部的事，我们只管进攻。”

次日一早，刘建常让1103团留在遏云寨，作为总预备队，另两团在魏家凉亭和陈家棚之间发起进攻，而最具威力的炮兵第五团则被放置在遏云寨西南数里外的地方，既不给予任何任务，也不指令射击目标。

攻击的两团很快被阻于敌阵前的铁丝网下，士兵未历战阵，只凭一腔热血前赴后继，向前猛冲。前者爬在铁丝网下，死后留作后者的蔽障和前进的梯子，这样层层相叠，逐步上拥，高达两米有余，然敌人火力太强，他们始终未能越过这道铺满战士尸体的障碍。

两团人马一时陷入进不得，退亦不得（没有后撤命令）的困难境地。

这时的刘建常急得像热锅上的蚂蚁，只得下令停止攻击等候援兵。

而敌人却在算计着他的这支队伍。

中午时分，从长江南岸雷池口方向渡过来的100多个敌人骑兵，或握着战刀，或提着机枪，向北疾驰，企图袭击188师的陈家棚处兵力，188师的情况十分危急。

还是梁津考虑得周全一些，他事先为防备敌人断后，即在山间田塍的干沟内伏兵两连，并配置了两挺重机枪，没想到这时真的派上了用场。

陈家棚的右侧是一条逶迤向南的马路，远远地，一道烟尘滚滚升起，百余敌骑似一股黑色的旋风扑将过来。

当敌骑进入有效射界时，中国军队轻重火器居高扫射，当即击毙了大片敌人。受出其不意的打击，日军纷纷下马卧倒还击，188

师的陈家棚处部队也迅速掉转枪口，加以夹击。敌骑见未达到目的，且两面挨打，弹药也不济，遂遗尸30余具，南奔。

尽管偷袭的敌骑被打跑了，但此次进攻，188师损失两营兵力，牺牲的官兵陈尸于敌人铁丝网下，最终也未能运回收殓。

见188师出师即遭大败，李品仙气得大骂“刘任误事”，但他拿刘任没办法，因为他知道，白崇禧很看重刘任。不得已，他只好令区寿年的176师前来接防，而将188师撤至金家寨，作为总预备队。

真的应验了“前面头碰鬼，后面鬼碰头”这句俗话，176师竟也连遭败绩，其主力被阻于龙头寨和塔尔湾之间，另一部更被敌人包围于双城驿附近。

双城驿隶属于广济余川镇，是黄、广两县交界处的集市，太平军曾在此大败清军，歼敌1万多人。

区寿年不敢大意，只得硬着头皮打电话，反过来向刘建常求援。

刘建常倒是爽快，他当即亲率两个团占据鼓家坳两侧的四座石山接应区部，而设指挥所于山脚，置1103团于山脚下作为预备队。

两团兵力拥挤山上，而指挥所又设在山下，既不能观察前线，又不能瞭望敌情，梁津见了很是着急，便对刘建常说：

“师座，四座石山，有三个鞍部，我们应守鞍部而不应据山顶。山上死角太大，对敌射击困难，倘敌由鞍部冲进，何以御之？且山上尽是顽石，构筑工事不易，部队骈足其上，目标暴露，易受攻击，总而言之，如此布阵弊大于利。”

梁津三番五次在刘建常跟前“聒噪”，刘建常已有点不耐烦了，他打断梁津的话说：“好了，是你指挥我，还是我来指挥你？”

梁津吓得不敢再多说什么。

翌日天色刚亮，3 架敌机飞临鼓家坳上空盘旋，与以往不同的是，这次它们并不投弹轰炸，而只是施放烟雾记号，指示炮兵射击。

不一会儿，炮弹如雨，山石横飞，弹片、石块将 188 师的两团人马崩得尸横遍山，血流成渠。

清点人数得知，自前日反攻以来，188 师未收尺寸之功，且白白损失了近一半的兵力。

大河铺随即处在极度危险之中。

倒是 189 师在大洋庙山口的阻击战还算打得有声有色。

大洋庙，当地人现在叫它大庙，位于大河铺正北三公里处，是典型的南方丘陵地形，在战略上它起着控扼黄广公路、掩护大河铺的作用。其西北的双峰山上，有始建于隋朝的四祖寺，为佛教禅宗四祖道信的道场。

大洋庙之战，日军用的还是老套路，先以飞机、大炮打击中方有生力量，继之以骑兵、步兵发起冲锋。但中国军队阵前的地势开阔平坦，迫击炮和重机枪能很好地发挥效力，因而阵前堑壕附近，日军遗弃的马尸、人尸如晒干鱼似的东一块、西一块，铺得到处都是。

白天吃了大亏的日军便利用夜幕的掩护实施偷袭。

夜黑如漆，不辨敌我，为避免误伤战友，189 师各团互相约定，以喊“杀”、喊“冲”来加以识别，而日本人之间的互相误杀却是不少。所以，虽然激战通宵，阵地仍在中国军队手里。

连续 5 天，日军未能撼动大洋庙阵地，最终只得放弃这块难啃的骨头，转攻他处。

三、最好的武器与最野蛮的发泄

何应钦的家乡兵得到了最好的武器，他们凭借这些装备打得日军第 11 旅团狼奔豕突，死伤惨重；今村胜治则将怒火发泄到李垸村的村民身上。一时间，李垸村的 265 人或被火烧，或遭刀砍，或先奸后杀……李垸村从此绝户了，到现在也还只有几座隆起的大坟在昭示着这里曾经遭受过的劫难。

就在 188 师冒失反攻，致使自己损兵折将，大河铺阵地岌岌可危之时，何知重率领的 86 军及时赶到，暂时稳住了 188 师的阵脚。

何知重字量权，贵州桐梓人，刚被蒋介石从第 103 师师长提升为军长。86 军是一支贵州地方军，下辖 3 个师，其 103 师是黔军的精锐，师长何绍周是何应钦的亲侄儿，才由军政部税警团团长升任现职；其 121 师师长牟庭芳，贵州普定人，作战勇猛，有“虎”师长之称；其 193 师曾参加过南京保卫战，牺牲惨重，战争结束时仅剩官兵 500 多人，在湖南平江整补后，战斗力才有所恢复。编入第五战区开赴麻城时，又增加了从贵州招募来的新兵 2000 多人，而且武器全部换发为捷克式步枪、轻机枪和重机枪。该师重机枪有 180 多挺，数量上超过了日军一个师团的重机枪拥有量，且性能好，能平射、高射两用，射程达到 4 千米，使用钢心弹时，可射穿轻型坦克的装甲。这些装备，不仅中国军队其他部队少有，就连日军中也不多见。有了这样好的武器，193 师自然士气大振。

官兵们心里都清楚，这一切都得力于参谋总长兼军政部长何应钦对自己家乡兵的特殊照顾。

当然打起仗来，他们也不能给何总长脸上抹黑。协防大河铺便是86军参加的第一仗。

何知重久历战阵，他将103师布置在第一线，121师安排在第二线，而将193师藏在腋下，留作全军预备队。为何这样安排呢？这就是何知重的小九九之所在：193师多为新兵，却掌握着最好的武器，倘使打了败仗，丢了武器，到时候何应钦怪罪下来，自己岂不是吃不了兜着走？

188师的正面敌人是素以残暴著称的日军第11旅团——今村胜治旅团，但这时它有86军在一边撑腰，加上打了几次败仗后也长了一些见识，所以在无险可守的大河铺它居然与今村胜治激战了两个昼夜。

此时正值夏末秋初之际，暑热寒凉交替，交战双方都被痢疾、疟疾所困。中方因医药奇缺，疾病蔓延，前线部队患病者十之三四，战斗力急剧下降。

今村胜治见战事两天两夜无丝毫进展，便瞪大他的三角眼，下令大量施放窒息性毒气。

188师除备有湿毛巾等简单防护用具之外，别无他法可以阻止这无孔不入的致命毒招。眼看着防守一线的第一营士兵捶胸顿足，一个个凄惨死去，师长刘任吓得心胆俱寒，未经同意，即擅自带着残部，一口气跑到了军部附近。

军长覃连芳气得七窍生烟，一面大骂刘任“浑蛋”，要“毙了这狗日的”，一面急派总预备队的两团兵力驰援，可今村旅团像群狼逐羊一样穷追不舍，根本无法遏止。

这样一来，188 师，连同防守大洋庙的 189 师只得全部撤往广济北部的山区。

86 军独木难支，也退守广济的笔架山一带，今村胜治亦闻腥而动，追踪至此。

笔架山因山势险峻，峰谷凸凹形似笔架而得名。何知重将 193 师的 180 挺重机枪、24 门步兵炮全部架设在视野开阔的制高点了，而以步枪、轻机枪交错封锁各入山要口。

11 旅团自侵入中国以来，虽受过不少的打击，但总体上还是一路凯歌，要杀即杀，要奸即奸的，面对一支已被赶进山里的中国军队，它自然也并不怎么放在眼里。

8 月 18 日，今村胜治带领他的 4000 多虎狼之师，扛枪拖炮，直奔笔架山而来，其大队人马蜿蜒而行，足有五六里路长。

离笔架山还有 2000 多公尺远的地方，日军已进入中方有效射程，何知重一声令下，架在山头四围的捷克式重机枪，如泼水止火似的，“突突突突”地欢叫个不停，日军像镰刀下的麦秆“唰唰唰唰”地成片倒下。

开始他们还以为是中了道路两边的埋伏，后来才知道是遭到几千米远中国方面重机枪的打击。日本人的步枪和机枪因距离太远，发挥不了多大作用，只有依靠野山炮来进行轰击，但中国人的炮火似乎更猛、威力也似乎更大，一颗颗炮弹不仅将日本官兵送上了西

准备伏击日军的中国军队机枪阵地

天，而且连他们的山炮也炸哑了不少。

今村胜治气得嗷嗷大叫，他命令13联队长中野英光大佐组织所部抢占笔架山。中野英光带着他的2000士兵冒死冲锋，好不容易磨蹭到了山脚下时，又受到中国人步枪、轻机枪的交叉射击，中野指挥的几次冲锋，均因山陡路险被中国人打了回来。待欲转身后撤时，一颗飞弹贯穿他的头颅，中野英光也被打了个脑浆迸溅，立马见了阎王。

野悍如今村旅团之流的武士也是一群欺软怕硬的动物。在中国军队强大的火力面前，他们砍下几百只战死士兵的手掌（代替尸体），装进麻袋，丢下三百来具无法抢夺的尸体，仓皇沿着黄广公路逃窜。

天色渐晚，中国人未加追击。

离黄广公路左侧约七八百米远的地方，有一座聚族而居的大村落——李垸村，该村住着40来户人家，265口人，全系姓李，因独处山凹偏僻之地，所以即便周围村庄的人都逃避一空，李垸村的人依然不慌不忙，悠然过着习惯了的生活，该下地时就下地，该吃饭时就吃饭，该睡觉时就睡觉。

可灾祸就在这不知不觉之中降临到了他们的头上。

3000 多日军先是顺着黄广公路撤退的，后来今村胜治见夜里行军目标太大，就将所部分成两队，一队沿原路退却，一队 1000 多人由他率领翻山越岭抄近路后撤。

李垸村正处在今村胜治经过的路上。

今村号叫了一声，当即下令包围了该村。一眨眼工夫，已在夜里悄悄入睡的村子顿时鸡飞狗跳，儿哭娘喊，惨叫声一片。

全村老少都被赶到家族祠堂前的空地上，惊恐而疑惑地站着，四周寂静阴森而恐怖，原先哭闹的小孩这时或钻进大人的怀里，或紧抱着大人的腿根。不敢哭，甚至连大气也不敢出，只是睁大了眼偷偷地看着那些当兵的手中亮闪闪的刺刀和乌黑的枪口。

日本人里里外外围了几层，拿机枪的、端火把的、持长枪的，黑压压的，如临大敌。

今村站在祠堂大门前的石墩上，没有翻译，只听见他用半生不熟的汉语恶狠狠地说道："支那人，男的一边，女的一边！"他指了指他脚跟前的地方。

一阵骚动、叫骂，120 多个女的被日本兵拉扯着站到了今村的面前，长者 76 岁，小的还只有几个月大。

一个三四岁的小男孩哭喊着要妈妈，今村走上前去，手起刀落，将他劈成两半，他的娘发疯了似的从人群中冲出来，一声痛彻心扉的长叫"儿——呀！"便晕倒在地，不省人事。

今村狞笑着抹了抹溅在脸上的鲜血，欲转身回到石墩上，6个小伙子冲出来，反身抱住了他，日本人大惊，十几个士兵快速上前，挥舞着枪托，对着这6个年轻人一顿猛砸。

年轻人全都被砸倒在地，呻吟不止。

日本人又从村子里找来了几床棉絮，绑在他们身上，浇上了汽油。随着“嘭”的几声闷响传来，6团熊熊大火冲天而起，火团扭曲着，惨叫着，滚动着，最终化作几堆黑森森的焦炭和弥散在空中的令人作呕的焦煳味。

日本人尖叫着，嬉笑着，似一群从地狱中冒出来的魑魅魍魉，狰狞可怖。

李垸村的人怒吼着、哭骂着，不顾一切地朝日本人冲去。

“啪啪啪啪”，日本人的机枪响了，短短的一两分钟内，李垸村的男人们从老到少全都倒在了血泊之中！

女人们哭着，喊着，更多的则瘫软如泥，倒在了地上，几个冲到日军面前的中年妇女，则被日军乱刀捅死，一个只有几个月大的小孩则被尾田队长撕成两半儿，抛进了男尸堆中！

倒在地上的女人呼天抢地，今村淫笑着上前揪住一位姑娘的头发，三下五除二地拉下她的衣裤，当着众属下的面强奸了她；一百多个鬼子一哄而上，学着他们的长官的模样，抢夺那老的少的战利品，然后在火把的映照下像猪狗一样强施兽行……

一批鬼子满足了，另一批鬼子又如狼似虎般地扑上去……

前前后后总计有十批之多。

折腾到下半夜，明晃晃的月亮也躲进云层，掩面哭了。

日军屠刀下的中国百姓

浪笑着的一千多个鬼子像是打了一场大胜仗似的，又围着一百多个赤身裸体的横的竖的躺在地上的女人观赏了一番，就像参观一幅遭其玷污蹂躏的油画。看够了之后，心满意足的鬼子端着机枪朝这些本已奄奄一息的生命来回扫去，血在飘，肉在飞，没有哭声，没有喊声，甚至连哼叫也没有听到一声……

从此，李垸村绝户了，到现在也还只有几座隆起的大坟在昭示着这里曾有过的生命和曾经遭受过的劫难。

瑟瑟秋风，呜呜咽咽，坟头衰草，萧萧索索，荣枯的风中草啊，你可记得你根系下面的这些惨死的冤魂？！

四、一位旅长的死

在团长身负重伤的情况下，旅长陈德馨亲临一线，指挥战士打击敌人的坦克，不料，他自己也受伤倒地，昏迷不醒；在汉口万国医院的病床上，他仍于昏迷之中狂呼杀敌，至死方休。就这样，一颗流星划空而过，一个英雄壮志未酬倒了下去。

在占黄梅、攻广济的同时，敌第6师团得到第13师团的援助，进而向圻春发起攻击，企图打通广圻通道，以加速向武汉推进。为此，他们首先要越过界岭这道关口。

界岭地处广、圻交界部位，扼守着广济县城梅川镇至圻春县城漕河镇的广圻公路，其山不高，海拔300余米，但在遍是丘陵的鄂东临江一带，它可是矮子里的将军，够雄峻的了，更重要的是，广圻公路北侧的擂鼓岭与南侧的洪武山如两扇开合的大门，牢牢把守着这一要道的咽喉，因而此处历来为兵家争战之地。传说朱元璋大战陈友谅时，曾在这里摆下战场，擂鼓岭即是朱元璋当年擂鼓挥军的地方，而洪武山则是朱元璋的屯兵军营。

进攻界岭的日军是第13师团的第65联队（联队长两角业作大佐）和第6师团的第45联队（联队长若松平治大佐）；防守界岭的则是第3兵团55军曹福林的部队。

日军虽只两个联队，但兵强马壮，武器精良，他们的如意算盘是：以这两个联队作为开路前锋，向西突进，如行动受阻，则移师南下，威胁田家镇要塞的左侧。

中国军队当然不能让敌人的阴谋轻易得逞。

这样，界岭就成了两军争夺的战略要点。

9月7日，敌向界岭正南方的松杨桥展开进攻，把守这块丘陵阵地的是55军86旅。

86旅是以西北军为班底组建而成的一支部队，旅长陈德馨是河南鄢陵人，这一年刚满34岁。陈德馨方脸浓眉，身高1米80，

躲进苏家山避难的圻春难民

体格魁梧壮健，作战勇猛顽强，1930 年，他 26 岁时就被冯玉祥提拔为旅长，但以后因系“杂牌”出身，久未升迁，对此他并不计较。抗战爆发，他先战临沂，继战济宁，再战徐州，率部立下了许多战功。

松杨桥是个只有 10 多家店铺的乡村小集市，但它地处广圻公路边上，四周山峦密布，似界岭之眼睫，因而对坚守界岭有着重要的意义。

松杨桥战斗发生之前，陈德馨带着他下面的两个团长——周接先团长、李至诚团长——仔细查看了四周的地形地貌，这是他打仗之前的老习惯。视察完毕，他将周团放在一线的几个低矮陵岗上，而将李团安排在二线较高的几座山头上，以形成纵深立体防御态势；旅指挥部与李团指挥所也合在一处，以方便指挥。

战斗打响后，敌以火炮猛轰周团，密集的炮弹压得周团上下抬不起头来，陈姓副团长的左臂被炸飞了，不得不运到后方紧急包扎、治疗。

敌人的老战法，周团十分了解：炮火过后，肯定就是集团式步兵冲锋。

不过，这次敌人的冲锋加了一些新玩意儿：4 辆坦克开路，步兵跟进在后。

周团没有打坦克的经验，但打步兵还是信心十足的，加上他们在高处，敌人在明处，所以打步兵就像打靶一样有把握。不一会儿，跟在坦克后面的敌人大多被歼灭，剩下 4 只“光乌龟”在那里放了几炮，转了几个圈后也乖乖地退了回去。

敌人的第二轮炮击开始了，而且比第一次还要猛烈。

周接先团长正要站起来指挥士兵暂时回撤避让一下，忽然一颗炮弹飞来，不偏不倚，正落在他的右脚处，周接先被气浪冲起二三米高，又重重地摔在沙石地面上。

警卫员一看，周团长右脚被炸没了，人处于昏迷状态。

陈德馨得到报告，一方面下令抬出周接先，一方面亲赴周团，指挥作战。

陈德馨赶到前沿阵地时，敌人的 6 辆坦克已爬到离中国军队仅五六十米远的地方，坦克上的 6 门机关炮穿梭似的狂扫过来，打得树倒尘扬，碎石四散，血肉迸飞。

“必须打下敌人的气焰！”陈德馨对身边的二营褚营长说。

在国民第 1 军军事教育团学习期间，陈德馨学习过打坦克的技术，他后来将它归纳成两条经验：一是揭盖子，即摸到坦克的顶上，拉开顶盖，打死驾驶员；一是炸链子，即用集束手榴弹炸断坦克履带，使其瘫痪，坐以待毙。

陈德馨对褚营长交代了打坦克的两种方法，褚营长很快组织 6 名士兵，揣着手榴弹，握着短枪，从一个死角就势滚下山坡，摸到了敌坦克的背后。

敌人的步兵因先前受到打击，这一次都匍匐在山凹处等待坦克扫清障碍后再来“收官”。现在见中国士兵准备袭击他们的坦克，他们马上散豆似的朝中国士兵射来，中国军队士兵未曾防备，当即有 3 人壮烈牺牲，另 3 人则爬上坦克顶部，扯扣盖，拉响手榴弹，扔了进去。

敌人的 3 辆坦克当即成了死去的螃蟹，蜷缩着腿脚，蔫了。另 3 只铁乌龟却仍在肆无忌惮地泼泻着横飞的弹雨，且还沿着山坡一步一步地向中方阵地逼近、逼近……

“再上去几位弟兄……”陈德馨正转身叫褚营长组织战士发

在飞机配合下，日军正向界岭发起进攻

起再一次袭击时，一颗子弹射来，穿入了他的背部，他当即昏了过去。

曹福林得知猛将陈德馨受伤的消息，命令不惜一切代价将他抢下战场。

这时敌人的坦克离中国军队阵地只有二三十米，敌人的步兵也如蝗虫般向上爬来，中国军队阵地前已成为一片火力交织的弹网。担架员不能仰头，只能趴在地上，一寸一寸地在山石间拖行，满是石子的山路，更加重了陈德馨背部的伤情，小路弯弯，血迹弯弯。昏迷中，陈德馨从剧烈的疼痛中苏醒过来，他吃力地抽出腰间的手枪，朝日军进攻的方向开了一枪。

“你们……送……我……回去……我……不能……离开……弟兄们！”他断断续续地对担架员说。

4个担架员含着泪水，告诉他现在受伤很重，背部、腹部流血很多，劝他平躺着。他挣扎着又朝日军进攻的方向开了一枪，再一次昏了过去。

当他再一次有了一点知觉的时候，他发现自己正躺在汉口万国医院的病床上，妻子余氏边流着眼泪边为他清洗伤口。

3岁的儿子好长时间没见到爸爸了，他多次问过妈妈，爸爸什么时候回来，妈妈说爸爸出远门了，要好长时间才回来，回来时会给他带很多很多好吃的、好玩的。现在他终于见到爸爸了，可爸爸既没给他买回好吃的，也没给他买回好玩的，只是带回满身的血污和包裹在腰上的层层白布。

看着儿子怔怔地望着自己，陈德馨一阵心酸。他摸着儿子的头，喃喃地对妻子说："余珍，自抗战以来，我身经大小数十战，受伤不下百余次，这次恐怕难逃一死了。为国而死，我死而无憾，只是儿子还小，还望你尽心养育，长大后为父报仇，我在九泉之下谢谢你了！"

妻子余氏已哭成泪人，在场的人也莫不潸然泪下！

击中陈德馨的子弹，由左背穿入，经肺部及脊髓神经，到达左胸，这样陈德馨的腹部以下完全瘫痪；加之路途颠簸，受伤感染，陈德馨大多数时候都处在昏迷之中。

9 月 12 日上午 10 时，陈德馨又一次清醒过来，他艰难地睁开双眼，要妻子拿来纸笔，时断时续地口授遗嘱：

"值此倭寇猖獗，国难益深之时，凡中国军人，皆宜鞠躬尽瘁，死而后已。"

妻子泪眼婆娑地问他还有什么要交代的，他轻轻地摇了摇头，接着又昏迷了过去。后来出现的令在场的所有人都非常感动的一幕，邹韬奋先生作为见证者做了非常详尽的描述：

"随后即入昏迷状态，狂呼杀敌，见窗户即狂呼此处山湾须布置，拉着随侍在侧的他的夫人去守该处；见门口又呼此处不行，推他的随侍副官去守该处；此时全身已不能动，用足劲儿大声呼'拼'，两手摇摆指挥，半小时后筋疲力尽，才瞑目而逝。"

就这样，一颗流星划空而过，一个英雄抱着未酬的壮志倒了下去！

五、尖尖的龙顶寨，高高的白骨塔

为守住龙顶寨阵地，川军 32 师反复与敌拉锯作战；在全营官兵被打光的情况下，一位不知名的小战士立下了大功。尖尖的龙顶寨上躺着中国军队 3600 多名忠勇之士，两个多月后，白骨森森的龙顶寨上到处都像是雨后绽放的素花，凄美肃穆。当地百姓将阵亡官兵的忠骨收集起来，建 5 米高的石塔以葬之，惜石塔毁于大跃进造田运动之中，石板被运去盖了公社的粮库，骨头被烧成了粉灰，制成了肥料。

陈德馨旅长受伤之后，松杨桥阵地一度被敌夺去，界岭形势骤然紧张起来。

这时，李宗仁的牙病已经痊愈，他替下白崇禧，亲自领导着第五战区的防守作战。

日军攻占武穴镇（广济）

李品仙急电李宗仁，请求派兵增援。

李宗仁速调桂军第 7 军张淦所部及川军第 26 军肖之楚所部进抵广济，努力挽回局势。

李品仙以 55 军守界岭，攻松杨桥；让 7 军 172 师占四顾坪山，策应田家镇方面的战斗；令 26 军 32 师把守龙顶寨，以缓解界岭方面中国军队的压力。

于是，在一条地图上并不起眼的公路上，在一处并没有多少崇山险岭的丘陵地带，中、日军队在这里展开了长达近 10 天的反复争夺、厮杀。

9 月 13 日，中国军队各路部队对当面之敌发动反攻。55 军面对日军第 6 师团的若松平治联队，人数上占有绝对优势，很快就将其包围在松杨桥的一块不足 2 平方公里的地方。

狗急跳墙的若松平治眼见已成瓮中之鳖，便下令施放浓性芥子毒气弹，致使中国军队 1 个营的官兵全部中毒牺牲，若松平治乘机逃脱。

第 7 军在与敌抢占四顾坪山阵地时，双方拉锯搏杀阵地失而复得达 8 次之多，其 172 师陈树森团千余人伤亡殆尽。

在这些激战当中，龙顶寨之战最为惨烈。

龙顶寨古名秀云山，海拔 260 余米，因山势似虬龙，尖端似龙首而得名。虽名为寨，实是由条石垒成一圈月牙形城墙而已，里面并无居民；城墙之外，有小庙一座，称太子庙，月初月半香火很盛；太子庙旁有一石洞，深难见底，可容多人藏身，故名百人洞。

龙顶寨横卧于广圻公路的南侧，北距界岭约 2 公里，与界岭之擂鼓岭、洪武山构成犄角，又与附近的困龙山（海拔 224 米）互为依托，战略地位不可谓不重。

坚守龙顶寨及周围阵地的是 26 军 32 师王修身的部队。这是一支由四川人组成的队伍，由于四川地处内陆，战乱频仍，所以地方武装并起，杂牌军队难以尽数，而军阀为维系军心，鼓励士兵为其卖命，又多放纵官兵嫖娼吸毒，久而久之，人们往往一谈到川军，即将之与“两杆枪”、“棒棒军”相提并论。其实，在这些吃喝嫖赌毒的川军之中，也还有些纪律、作风都较过硬的军队，萧之楚的 26 军就是其一。

萧之楚爱兵如子，且善于做士兵的思想工作，因而深得士兵的拥护。据说他在给官兵训话时，一讲到日寇暴行就总是忍不住声泪俱下，咬牙切齿，而台下官兵亦听得泪流满面，义愤填膺，所以部下的抗敌爱国热情十分高涨。

9 月 14 日中午时分，6 架敌机飞抵龙顶寨地区。猖狂的敌人欺负 32 师没有防空炮火，几乎贴着地面做超低空飞行，追着中国军队士兵投弹扫射，就连韧性极好的灌木也被敌机强大的气流吹得枝折杈断，一丛丛东倒西歪，像乱蓬蓬的鸡窝似的，满山皆是。

太子庙也被炸成了一堆瓦砾，荡然无存。

王修身命令各机枪连对空射击，但川军武器质量太差，这些四川造的机枪火力不足，根本打不着迅捷如电的敌机；骄横的敌机逞威似的，一轮又一轮地来回攻击，32 师完全暴露在光天化日之下，伤亡越来越重。

漫山的灌木燃起了熊熊大火，山腰上的松树也噼里啪啦地一棵棵烧着了，就像点着的一个个火把，光天耀日；地上躺着的伤兵和被炸死的官兵，横的竖的成堆成块，遍地都是。

再坚持下去只会招致更大牺牲，在请示萧之楚之后，王修身只得下令抢回伤员，撤下部队，再行打算。

龙顶寨成了第13师团两角业作联队的阵地。

还没和敌人真的干上就损兵折将，丧师失地，倔强的王修身当然不服气。

“龟儿子的东洋鬼子，老子要让你血债血偿！”他摁灭手中的纸烟，愤愤地说道。

当夜，他组织起一支一千余人的敢死队，去抢夺那个白天还是他们的阵地。

时值八月中秋之前，月满如盘，静挂冷空。中国军队一千多壮士踏着月辉，沐着夜风，提刀握枪，从四面悄悄靠近了龙顶寨。

驻在寨子里的是两角业作的17大队500余人，大队长岩渊经夫中佐。多日的杀戮和征战使这群兽性十足的鬼子也疲乏不堪，连守在月牙形城墙外的几个哨兵也依在墙角，酣然入睡。确实，酷暑难当之时，在这么一个山风习习的清凉之夜，他们谁也没有理由拒绝这甜梦的侵袭。

人鼾虫鸣之中，只见中国军队灵猴似的战士踏着月色的光辉，三步两跳即接近敌人的岗哨。几星寒光闪过，6个敌哨兵轻哼了几声，便都歪在了一边。

保持着作战时的装束，敌人全部和衣抱枪而睡，中国军队敢死队冲进寨子以后，见到凡是躺在地上的就挥刀猛刺，许多敌人在睡梦之中便一命呜呼了。

更多的敌人则被自己人痛苦的叫声所惊醒。岩渊经夫见一名中国敢死队员已杀入自己的卧室，猛然翻身抓起身边的战刀，一刀刺倒了这名中国士兵，迅即冲出房门，朝城墙跑去。

其余的丢下了200多具尸体，日本人全都逃到了山下，龙顶寨又回到了中国人的手里。

第二天的阳光依旧炽热。

早饭刚过，困龙山上高高升起一只硕大的气球，那是敌人在观测中国军队龙顶寨阵地，以给其炮兵指示打击目标。

果然片刻之后，敌人的炮弹像是预先埋设在龙顶寨上的地雷，一炸一个大坑，一炸伤人一片。龙顶寨山石裸露，草木尽成焦炭，没有一处可作为藏身之地，中国军队官兵完全成了敌人打击的活靶。

王修身骂了句："龟儿子的，老子不吃眼前亏。"便把部队又撤了下来。

狗皮膏药太阳旗再一次插上了龙顶寨。

重新占领龙顶寨的敌人将炮火延伸到洪武山、擂鼓岭，直接威胁到界岭阵地。

"必须将它迅速给我拿下来！"萧之楚给王修身下了死命令。

战场上是没有讨价还价的余地的。

当天夜里正点过后，王修身派出4个营的力量趁着朗朗秋月摸到了龙顶寨。

这一次，敌人看来是早有防备的，双方一接触，稠密的枪声便在四面八方骤然而起。

占据地理优势的敌人，架起 8 挺机枪朝山下进攻的中国军队狂扫，4 营人马各攻一方，却被全部压在山腰进退维谷，动弹不得。

这样太危险了！负责指挥这次夜袭的第 67 团团长左大中趴在地上，急得满头大汗。

他所处的位置正在龙脊之下，是射击的死角，敌人的机枪还打不着。他对通信兵说："告诉各营营长，组织力量一齐往下冲，与其等着被打死，还不如杀出一条血路来！"

约摸一刻钟之后，龙顶寨的四周同时吹响了冲锋号，"冲呀！"、"打呀！"的喊声、手榴弹的爆炸声和机枪的有节奏的扫射声震得这冷峻峻的夜空颤抖不止！

渐渐地，喊杀声小了，爆炸声也小了，只有机枪的吼声还是那么张狂和恐怖！

第一次冲锋，中国军队 4 位营长中两死两伤，士兵伤亡无数！

不行，硬往下冲只会徒增无谓的牺牲。左大中吩咐通信员，以第一营做主攻，其他各营佯攻，待第一营吸引敌火力后，另外三营迅速仰攻，前后夹击敌人。

清点第一营的人数，连负伤的营长、营副在内，这个营只剩下 18 个人！

左大中指定一营三连的王连长组织再次冲锋。

吸取上一次进攻的教训，王连长他们是从左右两翼慢慢挪近敌人的阵地的。

如昼的月光之下，左大中看得十分真切：就在中国军队十几个战士贴近敌人阵地的一刹那，前面的 3 个人同时奋力跃起，扑向敌

中国军队的顽强抵抗让日军死伤惨重，上图左为日军二等兵矢野侥幸捡回一条性命

人，他们是想用自己的身体堵住正在疯狂扫射的敌人机枪！

机枪沉闷地响了几声，后面的十来个人全都站起来准备冲进敌人的阵地！

机枪又响了，直接对准了中国军队已站起身来的所有战士。

完了！左大中一拳砸在地上，双眼一闭，两股热泪滚了下来！加入行伍二十年来，他见过的死伤何止千万，但痛心坠泪的只有今天晚上！

“团长，让我去吧！”

忽然，左大中身后传来一句微弱的声音。

左大中回头一看，一个受伤的小战士在喊他。借着月光，看得出他长着一副娃娃脸，大约只有十八九岁，头上还冒着血。

左大中点了点头，这位小战士便攥了几颗手榴弹，一寸一寸地向山上爬去。

“轰，轰！”原先对这位小战士并不抱多大希望、正考虑撤退的左大中突然听到了两声巨响，山顶上的机枪不响了！

左大中带着通信员冲了上去，只见这位小战士又提起敌人的机枪朝其他的敌人扫去。

敌人的阵脚大乱，中国军队其他各营终于趁机登上了龙顶寨。

残敌缩回到了寨里，又被中国军队从寨里赶了出来，1000 多鬼子只有 400 来人逃命而去，寨子里面铺上了一层身穿土黄色军装的东洋兵的尸体。

而经过这一夜的鏖战，中国军队也有 500 多官兵死在寨子外面，连那位不知姓名、立下大功的小战士也在追击敌人的过程中，英勇牺牲了。

龙顶寨的小草被染红了，龙顶寨的石头被染红了，龙顶寨的城墙也被染红了！

随后的几天，敌人全力攻击田家镇要塞，龙顶寨并无大的战事。只是为了支援田家镇方面的作战，龙顶寨上只留下 32 师 68 团的 1200 多人防守这一战略要地。

一切似乎在相对平静中度过，但战局又总是在人们的意料之外中发生着变化。

9 月 29 日，田家镇陷落，日军第 6 师团又可以腾出手来进攻广圻公路了。

9 月 30 日，为掩护大军转移，68 团第 6 营奉命在龙顶寨阻敌西进。经过一天激战，第 6 营的官兵大部战死，其中 300 多人被俘，全遭日军屠杀，70 多名伤兵被敌人吊在太子庙旁的松树上，活活晒死、饿死！

尖尖的龙顶寨上前前后后躺着中国军队 3600 多名忠勇之士。

两个多月后，尸如山积的龙顶寨已是白骨森森，山脊山凹，寨里寨外，到处都像是雨后绽放的素花凄美肃穆。

有感于官兵的忠义，当地百姓自动捡白骨建石塔以葬之，塔高近5米，惜毁于大跃进造田运动之中，石板被运去盖了公社的粮库，骨头烧成了灰，被制成了肥料。而堆在寨子里面的鬼子的尸骨则被抛进了百人洞里，任岁月腐蚀霉烂，遗臭万年。

但时至今日，故老犹有传言：自那时起，龙顶寨一直闹鬼，一遇阴雨天气，满山鬼火不熄，飘飘忽忽，似野鬼游魂。

六、村长的女儿被强奸了，冈村宁次“整肃”军纪

帮助修建日军机场的村长的女儿被松井及其部下强奸了，冈村宁次派出大规模的调查组展开调查，“整肃”军纪。调查组的处罚结果是，每人罚款20元赔偿给那位村长和他的那帮民工，中国人恢复施工。由于战事吃紧，冈村宁次“整肃”军纪一事很快被搁置一边，从此不再提起。

1938年8月18日，小池口码头一派森严，持枪站岗的日军像一个个泥塑木雕列队站立在港口直通公路的两侧，迎候第11军参谋长吉本贞一少将的到来。

上午9时，一艘小型军舰从九江方面鼓浪而来，停在小池，猴脸高鼻架着一副金丝眼镜的吉本在众卫兵的簇拥之下，昂首正步走下了军舰。

日军进攻武汉示意图（1938 年 8 月下旬—9 月上旬）（日方图片）

“嗨，第 6 师团第 23 联队原田大队原田奉文少佐恭候吉本参谋长。”一踏上岸，一个矮胖且两腮刮得铁青的军官上前向吉本敬了一个标准的军礼。

吉本点头以示还礼，随即在原田的陪同下登上了一辆军用吉普车。

随着华中派遣军的陆军不断向西推进，其空军原来利用的中国方面遗弃的望江机场，已越来越远离作战第一线，且飞越崇山，易受中国军队的炮火袭击。为此，他们决定在小池口建设一简易机场，供德川航空兵团使用，修建机场的任务交给了第11军。吉本此次从设在九江的11军军部来到长江对岸，主要任务就是视察小池口日军军用机场的建设情况。

透过车窗玻璃，看见稀稀落落的农户墙壁上写满了“讨蒋爱民”、“中日亲善”、“建设大东亚共荣圈”等口号，吉本满意地表扬了坐在身边的原田少佐：

“原田君，你很好地宣传了冈村司令官的统军思想。”

原田受宠若惊地回答道：“嗨！谢谢参谋长的鼓励！”

大约十几分钟之后，吉普车停在了一处开阔平整的土地上，这就是正在施工的日军机场。这里原是一望无垠的棉花地，坦坦荡荡的，施工起来非常便利。

太阳像个火球似的悬在空中。

下车之后，原田忙将准备好的遮阳伞打开，让卫兵替吉本遮好。

偌大的工地被铁丝网严严实实地圈围起来，百把米远的距离内就建有一个岗楼。

工地上到处是水泥、沙子、石子、钢筋和从附近民房拆来的堆积如山的石条、桁梁，而搅拌水泥、铺设跑道的民工却只有十来个，整个工地显得冷冷清清，死气沉沉。

一路上兴致勃勃的吉本脸色一下子阴沉起来，“原田君，怎么只有这么几个支那苦力？”

见吉本突然疾言厉色，原田原先赔着笑的脸也收敛起来，“啪”地敬了一个军礼，汇报道：“禀告参谋长，这里原有二百多个支那苦力，是由这附近的一个与我亲善的村长组织来的，前天他们中的

1938 年 8 月，由日本作家、记者、文人等组成的“笔部队”（即日军战地记者团），准备前往武汉会战前线，为侵华战争摇旗呐喊

大部分人都跑了，所以只剩下这十来个人。”

“既与我亲善，怎么又跑了？嗯？”吉本瞪着一双鳖鱼似的绿豆眼，盯着原田，进逼着问。

原田的头上已沁出了黄豆大的汗珠，他擦了一把汗，支支吾吾地说：“这是松井小队长的错。”

“什么错？嗯！”吉本已是怫然作色，声音也提高了几度。

原田知道遮掩不过，只得如实相告：“大前天，也就是 8 月 15 日，村长的 17 岁女儿来这里给村长送饭，松井小队长正巧查岗到此，便将那姑娘拖进岗楼强奸了，他的十几个部下也一一效仿，强奸了那姑娘，于是……”

“混蛋！”还没等原田说完，吉本上前一步照着他那肥嘟嘟的胖脸，掴了两个响嘴巴。

“你当时到哪里去了？”吉本追着问挺胸直视的原田。

“我到酒馆吃饭去了！”

“就知道吃！支那人跑了，机场什么时候建成？这关涉攻略武汉的大方针，你的责任感哪里去了？”

原田还在辩说：“我们正全力追抓支那人。”吉本已怒气冲冲地扭头钻进了吉普车，一溜烟地朝小池奔去。

回到九江，吉本将原田大队风纪败坏，强奸民女，致使小池飞机场几近停工一事向冈村宁次司令官做了汇报。

冈村推了一下滑下来的眼镜，狠狠地说道：“又是第6师团那帮九州人干的好事！去年底我在东京时就听说他们在南京疯狂行为，所以今年初我上任11军司令官时，特地发布‘讨蒋爱民’的训示语，就是针对这些毫无纪律形象可言的军队的。”

吉本对中国历史也颇有研究，他附和着说：“支那有句古话，说‘攻城莫若攻心’，像第6师团这样的队伍，只会抢杀淫掠，他们对支那这个民族完全无知啊！”

冈村若有所思地说道：“从担任陆军士官学校清国学生队的区队长以来，我整整与支那人打了30年的交道，他们的民族个性、处世方式我了解得清清楚楚，所谓‘讨蒋爱民’，是缩小打击目标，割裂它的政府与民众的联系，达到迅速攻占武汉的目的，可第6师团偏偏不领会我的苦衷呀。”

“他们的奸淫行为是各师团中最突出的。”吉本又补充了一句。冈村似乎更来气了：“6年前我任华东派遣军参谋副长时，为解决皇军的性欲问题，曾请求长崎县知事招募妇女，成立‘慰安妇团’。现在各师团都有慰安妇团，而奸淫之事仍大量发生，这是我不能不管的！它造成的影响不只是耽误机场的修建，更在于会造成我们整个作战计划的被动。”

两人商量后，决定 11 军宪兵大队直接查处原田大队强奸民女事件，并以此为契机，整肃军纪，树立皇军的形象。

8 月 20 日，由 20 人组成的宪兵调查组撇开原田大队的所有上级，直奔小池口拘捕了松井小队长及其下面的 12 名士兵。

原田大队长详细地向调查组报告了松井小分队自登陆上海、进攻南京、攻打潜山及最近占领小池以来的系列战功。调查组在听取了原田及当事一方松井等人的陈述之后，做出处罚裁定：13 名强奸者每人罚款 20 元，赔偿给那位村长和他的那帮受惊吓的民工，同时对村长和他的那帮民工擅自逃逸、耽误工期一事既往不咎；村长则答应恢复施工。

三天后，松井小分队又开始在施工现场值勤放哨了。

而这时，11 军正与中国军队激战于瑞（昌）武（宁）一线，第 27 师团已有被中国军队包抄歼灭的危险，冈村宁次的全副精力都放在“救火”上面，“整肃军纪”一事很快便被搁置一边，从此不再提起了。

七、尸山血河田家镇

武穴失陷后，日军全力攻击武汉东面最重要的门户和钥匙——田家镇。崇山口一战，174 师前赴后继，血战不屈，蒋介石也被感动得再三揾泪；今村胜治四面被围，又拼死成功突围；中国人用机枪、迫击炮，甚至步枪都能打下日军的飞机；龙子育因为掩护主力转移，坚守田家镇要塞核心，最后全部壮烈殉国。

9 月 15 日之后，日军得到了大量的新增兵员，稻叶四郎除了用牛岛满旅团牵制界岭方面的中国守军之外，其余 15000 多人的主力、30 多门大炮全部杀气腾腾地向南压迫，以配合其他日军攻取武穴、田家镇的作战行动。

9 月 17 日，在日机不间断的轰炸之下，日本海军陆战队续木部队从江面陆续登陆，围攻武穴，守军 57 师 1 个营的官兵在逐屋逐巷与敌血战，毙敌 500 多人之后，全部以身殉国，重镇武穴因此

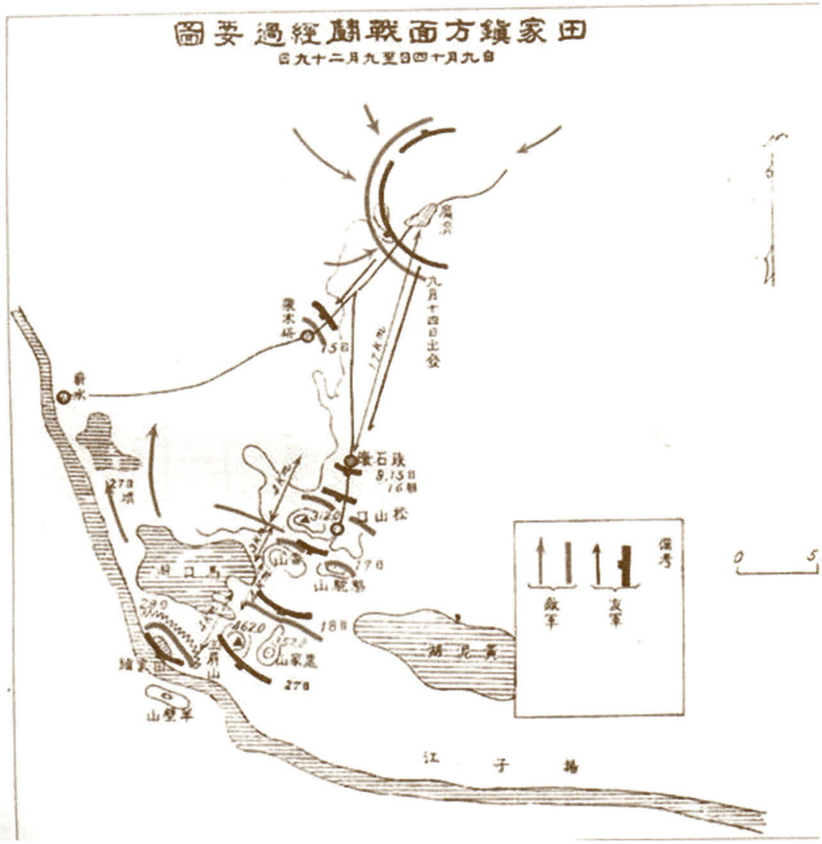

田家镇战役示意图（1938 年 9 月 14 日—9 月 29 日）（日方图片）

失陷。

日军攻下武穴后，照例又是一番血腥屠杀。下港张才湾的500多村民被日军从防空洞搜出，日军强迫他们脱光衣服，集中跪在稻场上，然后驱赶40多名青壮年男子跳进水塘，或爬上水塘边大树，供他们做射击的活靶子。转眼间，血水横流，塘水尽赤。其他村民或号哭，或掩面，日军竟挥刀捅砍，满场逐杀，500余人悉遭害。时惨号凄怆之声，数里可闻，虽铁人亦为之下泪！

武穴既失，田家镇便直接暴露于日军海陆空的立体打击视野之下。

田家镇东邻武穴，北眺梅川，一脉江水，九江居其下，黄石临其下。

其地背负丘陵，鸭掌、玉屏、阳城诸峰环峙左右，黄泥、马口两湖并列东西，其南峭壁立岸，石壁上刻有“楚天锁钥”、“铁锁横江”八字，相传为太平天国燕王秦日纲手撰。长江浩荡而过，对岸为半壁山，江面宽仅600多米，守易攻难，自古号为天险。

可以说，在长江中游的三大要塞之中，田家镇真正是武汉最重要的门户和钥匙。

抗战开始不久，中国方面即重视构筑、加固这一要塞工事，军政部将海军军舰上卸下的舰炮大多安设于此，并派士兵部队增筑了钢筋水泥结构的步兵掩体、交通沟及通信、防空等设备。

田家镇要塞的外围、核心由李延年第2军奉命驻防。

在黄埔系将领中，有“黄埔三方”（方天、方靖、方先觉）、“黄埔三李”（李延年、李仙洲、李玉堂）之说，以誉这六人才干之卓异。

李延年是山东人，黄埔一期，作战能出死力，为蒋介石所器重。后来到台湾后，因无仗可打，渐失宠，以致晚景凄凉，相传每日三餐以辣椒盐水佐餐。

李延年以其所属的郑作民第 9 师防守要塞北面崇山口一带；以其第 57 师驻扎要塞核心，师长施中诚兼任要塞司令。

施中诚字朴如，安徽桐城人，保定军校第九期毕业。接到坚守要塞的任务之后，他反复考察田家镇周围的地形，决定将所部布防于沿江一带，全力组织要塞正面和东面的防御。

面对坚强如钢的中国军人和曲折复杂的山形水势，日本人如从正面强攻，虽武器精良亦必遭重惩。佯攻正面，主攻侧翼便成了冈村宁次的必然选择。

鼙鼓声声急，滚滚烟尘起，田家镇的上空已是战云密布，千年要塞的脚下已是潮涌浪翻了。

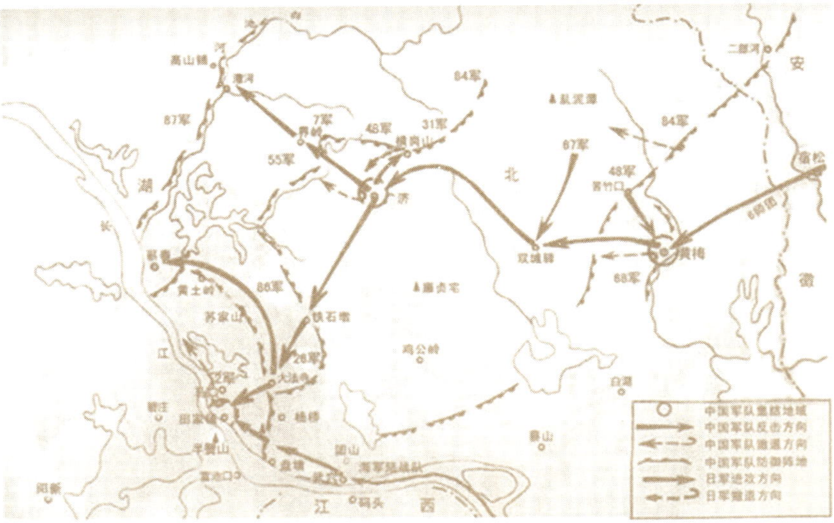

田家镇保卫战示意图（1938 年 8—9 月）

攻击田家镇的日军炮兵部队

第 11 旅团，这支浑身充盈着海盗血性的野蛮部队，再一次担当了第 6 师团攻城拔寨的急先锋角色。

9 月 17 日，11 旅团的 8000 余人到达崇山口附近，今村胜治下令第 13 联队抢占这一战略要地。

沉默寡言的第 9 师师长郑作民打起仗来更是缺言少语，这位爱吃辣椒的湖南人脱下军装，穿着背心，汗水涔涔地奔波于得粟桥、潘家山、菩堤坝等崇山口主阵地，他对属下说的一句话就是："报国效忠的时候到了，打死那些东洋小鬼子！"

13 联队的士兵像蚂蚁出洞似的，成群结队地往 9 师阵地上发起一波又一波的冲击，第 9 师则一茬又一茬地像割韭菜似的把他们消灭在阵前山坳里。

9 师在苦战之中，坚持了整整一个上午。士兵的枪管打红了，他们就把行军壶里的水淋在上面降温；半人深的战壕被炸平了，他们就拉来敌人的死尸做掩体。

战至中午，13 联队虽然不像在笔架山表现得那样逃之夭夭，却也只有在骄阳之下望“山”兴叹的份儿，远远地躲在树荫下，崖壁下，喘着粗气。

午后，当太阳还在洋洋洒洒地吐着热力的时候，敌机30余架怪叫着闹哄哄地扑向崇山口中方阵地，冲天而起的爆炸声浪将整个阵地震得地动山摇，天翻地覆！ 9师的防线因此被敌人撕得千疮百孔，无法收拾！

13联队乘机向山上一步一喘地爬来！

轻易不肯求援的郑作民向李延年开了他认为军人不应该开的口，李延年则向李品仙开了他也认为自己不应该开的口。

9师被换了下来，撤往鸭掌山、沙子庙一带；李品仙把他精锐的174师调了上去。

174师这支善于爬山、敢打硬仗的广西军队一上来就有豹子般的勇猛和精力，激战几乎一整天的13联队纵使有豺狼一样的凶狠，也是日薄西山，声嘶力竭了，174师的勇士围着、追着他们拼杀，13联队像是退潮的海水，一下子缩回到了山下。

敌机还在空中盘旋，炸弹还像雨点般落在174师的阵地上。

营长殉职了，营副顶上；营副阵亡了，连长挺身而出； 连长牺牲了，排长站了出来！

在敌人的震天轰炸中，崇山口被守住了。

蒋介石也被174师的英勇感动了，他为此传令嘉奖这支血战不屈的英雄部队，表扬他们打出了中国军人的神圣与庄严！

战后，当地民众将9师与174师官兵的忠骨合葬一处，是为崇山口白骨塔，塔高6米，也被毁于1958年大跃进时。

再说今村胜治见崇山口难以拿下，遂率部绕道进攻乌龟岭、沙子庙、鸭掌山一带中方阵地。

第9师已退守于此，何知重的103师和121师又协防左、右两翼，兼之这几处地方中国人早已布下铁丝网等障碍物，骄横的今村硬着头皮举起战刀发出了攻击的命令。

天公也不作美。18日开始下起的滂沱大雨使日军的大炮移动不便，飞机也视线不清，撞山坠毁的事时有发生，更令中国人振奋的是，由于日军飞机雨中低飞扫射，中国军队曾用机枪，甚至步枪打下过这猖狂无忌的空中“飞鸟”，阵地上欢声阵阵。

第9师53团迫击炮连少尉排长袁次荣，是个典型的山东大汉，他看到别人用机枪、步枪打下敌机，既高兴又不服气，心想，连轻武器都能如此扬威，我手中的迫击炮何不试一试呢？想好之后，他选准位置，架起迫击炮，仅仅放了一炮，就打落了一架正在投弹的敌机，惹得中国军队阵地上又是一片欢呼之声。

泥泞中作战的今村胜治就这样一步步地陷进了中国军队的泥潭之中。19日9师自西，57师从南，86军、48军、26军从背后（东为湖沼），把今村旅团三面围了起来！

这时候，牛岛满旅团被55军拖在界岭，抽身不得，从梅川、黄梅方面出动的日军山本大队、池田混合大队亦被阻于四望山一线，今村旅团几次突围几次折回，海盗的后裔一时成了笼中的困兽。

值得一提的是，何绍周的103师为阻敌通过四望山地区，以有我无敌的英雄气概，前赴后继，舍生取义，冒炮火，拼刺刀，堵枪眼，惊天壮举，可歌可泣。战后的四望山上，举目皆是遗尸，且长期日晒雨淋，无人收殓。全国解放后，当地政府收集英烈遗骸2000余具，建白骨塔以供后人凭吊，直至今日，塔址犹存，只是年久失修，杂草丛生，蛇穴鼠洞，所在多见也。

冈村宁次也着实急出了一身冷汗。他倾其全力，一方面派飞机30余架狂炸田家镇，以吸引中国军队兵力，一方面令悍师波田支队会同海军第三舰队陆战队攻击中国第9师的背面，解救今村旅团。

战争的机遇稍纵即逝。由于中国军队指挥系统隶属不一，配合不协调，笼中的困兽不仅被放跑了，反而咬伤了中国军队各自为战的包围部队，田家镇之战处在极端险境之中。

7月26日，第6师团派出的山本、池田两个大队与今村旅团会合，濒死的今村胜治重新焕发了十足的野性，遂指挥会合后的4000余人大举反攻，当日即突破了中国军队第9师、第57师设在马口湖、黄泥湖地区的防线，玉屏山的中方阵地直接暴露在他们的枪口之下，于是便成了日军枪口的射击目标。

次日，日本海军第三舰队的50多艘汽艇和5艘炮舰载着第17师团的铃木春松旅团(后在万家岭战役中被重创)，偷袭并攻占了中方的鲁家山、黑家山阵地，随后扑向郑作民第9师防守的小鸭山、鸭掌山周围山头阵地。

经过一个多星期的反复厮杀，第9师已经没有一支完整建制的连队了，且部队疲累至极，以致战士们能利用敌人两次进攻的间隙，趴在掩体上享受哪怕短暂的十几分钟的睡梦的甜蜜。

但面对凶残敌人的攻击，他们仍斗志不懈，豪气不减。阵地被毁了，他们就以弹坑做掩护；弹药用尽了，他们就刀刺上枪，与敌人刺刀见红。

下士班长时克俊，在枪弹打完之后，徒手将敌人抱住，敌人咬掉了他的左耳，鲜血淌进了他的口里，他仍奋力卡住敌人的脖子，直到将敌卡死。

袁次荣排的迫击炮已在连日战斗中被敌摧毁，士兵也全部牺牲。望了望正朝山上涌来的敌人，再看一看身边倒下的几十位战友，他不慌不忙地捡起脚下的手榴弹，一个一个地朝山下扔去。敌人或死或伤，半天不敢往上攻，当发觉阵地上只有他一个人时，日本人才嗷嗷大叫着想捉活的。袁次荣毫无惧色，他拉响最后一颗手榴弹，随即像一道闪电冲入敌阵，“轰”的一声与十来个鬼子一起化作了一股冲天的烟尘。

据事后统计，小鸭山、鸭掌山之战，第 9 师伤亡旅长以下军官 130 多名，牺牲士兵 2000 多名。战后，当地民众将烈士尸骨埋在五福寺旁，并勒石以做纪念，是为五福寺大坟山的来历。

铃木旅团拿下鸭掌山之后，今村胜治指挥的山本大队和池田大队也很快占领了田家镇要塞的最高峰玉屏山，其山炮部队更以此为据点，由北向南，炮轰 5 公里外的要塞核心。

28 日，敌出动 78 架飞机，集中重炮 100 多门，对中国军队要塞核心展开了地毯式的全天候轰炸，守军工事彻底被毁。

29 日，第 57 师血战一天，但终因伤亡惨重，又无援兵，致使要塞周围许多阵地失于敌手。

大战至此，死守要塞已没有多大实际的意义，李延年请示李宗仁之后，要57师毁掉大炮，撤出阵地退守圻春。

入夜时分，几颗孤星如早早点起的冥灯，高高挂在空中，给本已沉重的大地抹上了更多的凄凉；江风嗖嗖，如泣如吼，似燕赵壮士易水诀别，慷慨悲歌。

施中诚把57师341团团长龙子育叫到了自己的指挥所。

作为亲外甥，施中诚是看着龙子育长大的。

施中诚摸了摸外甥厚实的臂膀，哽咽着说："子育，自抗战以来，你每战争先，为民族、为我师也为你的母亲争取了无上的荣光。现大敌逼近，田家镇守不住了，为保存实力，我们要走了。思来想去，我认为留你下来断后，最能服众，我也最放心，不知你意下如何？"

龙子育已泪流满面。

他向施中诚敬了一个军礼，朗声说道："舅，我服从命令！为民族尽忠，我死而无憾，只是忠孝不能两全，今后我恐怕不能服侍母亲大人了，我母年迈，今后还望您多加关心。"

说到这里，龙子育已泣不成声了。施中诚拥抱着他，甥舅两人放声大哭起来，见此情形，指挥所里的官兵也泪飞如雨，悲声一片。

利用夜幕的掩护，施中诚率领57师的残余部队撤到了圻春，而龙子育则陷入了敌人的四面包围之中。

蝼蚁般的敌人，黑压压的如暴雨前的乌云紧逼而来。龙子育的周围只剩下不到300人的兵力，他踏上一块高坎，满是悲怆，满是深情地对战友们说道：

"弟兄们，精忠报国，就在此时！"

话音未落，一颗子弹飞来，龙子育倒在了血泊之中，时年32岁。

第 341 团的其余官兵大呼着为团长报仇，死战不降，最后全部战死在要塞核心。

历史永远记住了这个腥风血雨的日子，9 月 29 日，天险田家镇陷入敌手！

有史料记载道：广济一役敌被歼 6000 余人，中方第 4 兵团则伤亡 14700 余人。第 57 师原有近 1 万人，战后却只能编成 6 个连队。

田家镇的石板路上铺满了横倒竖卧的尸首，江边峭壁的石缝里汩汩流淌着腥气扑鼻的殷红血污，那浑黄的江水因血水的掺和竟变为乌紫之色，静静地，静静地向东流去……

第五章

血在空中飘，血随江水流

一、世界上最古老国家的最年轻兵种

当段祺瑞的飞机贴着北京城墙上下翻飞时，张勋的辫子军一下子被这“铁鸟”吓蒙了：宋庆龄嫣然一笑，她的倩影映入蓝天，她成为第一个登机上天的中国女性；阎海文落入敌阵，拔枪自戕，宁死不降；1937 年底，中国空军仅存 1 架轻型轰炸机和 12 架勉强能够作战的战斗机，斯大林慨然承诺，尽力支援，蒋介石瘪着嘴，眯着眼，笑了。

自 1903 年莱特兄弟发明了世界上第一架飞机之后，空军便逐渐发展成一个独立的兵种，并在人类战争史上发挥着无可比拟的威力。

中国是一个穷国，中国的空军也同这个多灾多难的民族一样缓慢而顽强地成长壮大着。1911 年，“民国第一飞行家”冯如组建了中国第一个航空队；1913 年，中国第一所航空学校在北京南苑开办。

1917 年，张勋复辟时，段祺瑞在天津马厂誓师“倒张”。

“狗日的张小辫子，老子要让他吃不了兜着走！”面对黑压压一大片站在台下的部下，段祺瑞攥着拳头给他们鼓劲。

他当时刚刚从国外购有几架飞机，为炫耀实力，震慑张勋，他第一次把这铁玩意儿用在了战场上。

当这只“铁鸟”贴着北京城墙上下翻飞时，果真如段祺瑞所料，张勋吃不了兜着走，张勋的辫子军一下子被吓蒙了，老百姓也被这怪物惊得四处逃窜。只是由于初次参战，飞行员太兴奋，太紧张，也太慌乱，所以他投下的两颗炸弹，一颗扔进了水塘，一颗炸伤了一名人力车夫。

尽管如此，这两颗炸弹却在思想先进的中国人眼里掀起了狂波巨澜，他们看到了飞机这种装备在未来战争中的制胜作用。

屡败屡兴、致力于民主共和的孙中山为之振奋不已。

1923 年 7 月，当广东国民政府购进的第一架战机在广州大沙头机场试飞时，他让他年轻美丽的妻子宋庆龄参加了试飞仪式，并登机飞上了蓝天。崭新的飞机载着天仙似的佳人，在空中画了几道漂亮的弧线，直将地面上伸长脖颈向天张望的人们看得目不转睛，艳羡不已！

宋庆龄因此成了第一个登机上天的中国女性。

喜欢枪杆子的蒋介石自然也喜欢这空中的飞物。定都南京后不久，他即设立航空署负责管理全国的航空事务，虽然那时全国总共才有 24 架飞机！到 1931 年，他更在杭州笕桥设立航空学校，以培养飞行员和地勤人员。

但既要打内战，又要购枪买炮，一个贫穷得连吃饭都成问题的国家哪有更多的闲钱来武装这种昂贵的“空中蝴蝶”呢？一架霍克战斗机就高达 30 万美元，而当时一个中国人一天的劳动所得仅值 3 毛钱！

所以，直到抗战爆发的前夕，国民政府通过购进、收编等多种办法，也仅拥有 305 架各色型号的战机，分设 9 个大队，31 个中队。

可这点家当同装备有2700架战斗机的日本空军相比，未免太显寒碜，两军之间完全不能相提并论。

只是别人已欺负到咱的家门口前，即便你手上仅有一根打狗的棍棒，恐怕也还是要一拼死活的，更何况还有几千年文明熏陶出来的民族斗志和爱国精神呢！因而空中的恶战从中日战争的伊始就在天上不停地上演着。

1937年8月14日下午1点多钟，笕桥上空。从日本本土起飞的木更津航空队和从台湾岛飞来的鹿屋航空队护卫着13架重型轰炸机飞临杭州，妄图一举摧毁中国空军的摇篮——笕桥中央航校。骄横的日军飞机扇动着机翼，涂在机身上的太阳旗徽在阳光下扎得人眼睛胀痛。

汉口上空的日军轰炸机

警报响起，中国空军的战斗机紧急起飞，第四大队大队长高志航、中队长李桂丹率队迎敌。

也许憋了太多的怒火，也许是受了国人期盼的鼓舞，高志航一发现敌机就将瞄准镜的准星紧紧锁住了冲在最前面的一个倒霉鬼。

嗒嗒嗒，嗒嗒嗒，随着一串爆豆似的机关枪响，该死的敌人还没看清对方的面孔就蔫头耷脑地拖着长长的烟柱栽进了潮涌浪急的钱塘江！

两架，三架，四架……一道道黑烟把一个个武士送进了地狱。

空战结果，中国空军以6 ∶ 0的比率大获全胜，凯旋而归！为纪念这场胜利，国民政府特将8月14日定为中国的“空军节”。

首战告捷，中国人士气大增。

8月17日，中国空军主动出击，毕业于笕桥航校的阎海文奉命驾机轰炸上海日军司令部。

飞机在俯冲投弹时，不幸被敌炮击中，阎海文跳伞后又被大风吹落到日军阵地，一个小队长模样的日本军官叽里咕噜地吼叫着，挥舞着军刀，带领十几个日军，向他围拢过来，要抓活的。素有“拼命三郎”之称的阎海文抱定以死谢国的决心，侧身在水泥电线杆后，拔出手枪，对准围过来的敌寇，弹无虚发，直到将最后一颗子弹，留给了自己20岁朝阳般灿烂的生命！

日本人惊呆了，世上竟存在比他们更富有献身精神的铁血勇士！

不仅在淞沪会战中如此，在台儿庄战役和南京保卫战中中国空军也同样神勇异常。他们以飞机做笔杆，化长空做纸墨，用鲜血写丹青，把强大的日本空中强盗打得灰头土脸，惊魂失色！仅抗战之初的头四个月，他们就击落敌机80余架，日本海军航空兵的“四大天王”，如“驱逐机之王”三轮宽，“轰炸大王”奥田大佐，“东方红武士”潮田良平、南乡茂章，已有三位被中国空军击得粉身碎骨。

打惨了敌人，也打惨了自己。到1937年底，中国空军仅存1架轻型轰炸机和12架勉强能够作战的战斗机！

在这种情况下，蒋介石寄希望于列强的支持，他认为凭着他和列强之间的关系，列强不能不有所表示，可美英等国“事不关己，高高挂起”，美国还将废铁和汽油等可转为军用的物资售予日本，“无形中协助日本对中国做不间断的轰炸。”（美军“飞虎队”队长陈纳德将军语）

蒋介石气得青筋暴跳！

无奈之下，他转而向苏联人示好。

长期以来，他始终对苏联人心存敌意，他认为苏联人支持中共跟他作对，让他不得安宁。

但这一次，他却体会到了“危难真情”四个字的真谛！

1938年3月和7月，苏联两次贷款给中国，总额达1亿美元。

第一次提供的5000万美元，由于抗战紧张，中、苏没有谈条件、写文书，甚至没有办理签字手续。迄今为止，这种做法，国际上仅此一例！

第二次贷款5000万美元，其年率为3%，大大低于国际市场上的放贷利率。

1938年5月5日，在中国空军损耗殆尽、几成“空”军的情况下，蒋介石给斯大林、伏罗希洛夫发电报，请求援助。电文说：“尤其飞机一项，实迫不及待，中国现存轻轰炸机不足1架，需要之急，无可与比，请先将所商允之轰炸机与发动机尽先借给，速运来华。”

斯大林、伏罗希洛夫当即回电：“阁下所要求之飞机，当即运送。”

蒋介石大喜过望，他没有料到苏联人会这么爽快，与美英等国隔岸观火的态度相比，他简直不能相信这份回电的真实性，他颤抖着的右手抓了三次才将电报从桌上拿到手里！

他复电询问，没想到斯大林、伏罗希洛夫元帅答应得更加彻底、更加坦诚：“关于苏联方面援助一节，丝毫不必疑虑，苏联当尽其一切可能，援助正在反抗侵略者的英勇解放斗争中之伟大的中国人民。”

蒋介石眯着眼，瘪着嘴，笑了！

果然，不出两个月，苏联运来了当时世界上最先进的SB轰炸机和苏联自己研制的当时最具尖端性能的E-15、E-16战斗机，前前后后，总计565架之多，中国空军的装备由此焕然一新。与此同时，他们还提供了82辆坦克，817门火炮，700辆汽车，6325挺机关枪，645万发子弹，140万发炮弹，6.5万发炸弹。

更重要的是，他们还派遣了包括空军志愿队在内的3665名军事人员，与中国军民并肩挽手，直接打击日本侵略者。

二、“二一八”、“四二九”空战，“大捷”变“大劫”

现代战争用上了古代战表，李桂丹和拉赫曼诺夫血洒长空，蒋介石主持祭礼，悲咽失声；日本人想借“天长节”的“大捷”作为向天皇祝寿的献礼，却没料到这一天竟成为他们集体死亡的“大劫”；躲避空袭的武汉市民纷纷从防空洞里走出来，爬上屋顶，走上街面，站在龟山蛇山上，为中国空军的英勇壮举欢呼雀跃；陈怀民勇撞敌机，其遗体一个多月之后才在青山附近江面被发现，但无肿无泡，大体保持生前容貌；陈怀民的妹妹陈难忍痛给日本人写信申明大义。

1938年2月18日，汉口王家墩机场。

这一天风和日丽。

连绵几天的春雨过后，机场上的空气特别清新，一缕缕幽香从远处菜地阵阵袭来，沁人心脾，就连一向坚硬刺眼的水泥跑道也在四周草色的映衬之下，自然平添了几分柔媚，跑道两边水田里的青蛙更是被这春风春水撩拨得激动不已，起劲地鼓动着鳃膜，叫唤着，歌唱着。

祥和、安宁、恬淡，让人们暂时忘却了战争和流血，只有二十多架银灰色战机一字儿排在跑道的东头，就像一队站在起跑线上的运动员，时刻警醒着，似乎只等发令枪响，就可立马冲上蓝天，驰骋疆场。

午后的阳光柔和而温暖。整装待发的飞行员们饭后围坐在水泥地上，既享受着这难得的阳光和春的气息，又利用这段空闲，比画着，讨论着技战术。平静之中暗藏着大战前的兴奋和紧张！

事实也确是如此。早在1个月前，也就是年初不久，狂妄的日本空军竟在王家墩机场投下战书："中国空军，你们有胆，约期会战，否则投降！"

现代战争用上了古代战表！

侵略者的暴行早已激起中国空军将士的满腔仇恨，如今他们又将这种凌人挑衅送上门来，是可忍，孰不可忍？所以，一个多月以来，中国空军将士一直枕戈待旦，时刻准备着展翅苍穹，与敌人一见高下。

机会终于等到了！1时许，随着几声凄厉的空袭警报声的嘶鸣，机场上的宁馨即刻被打破了，原来围着在地上谈笑着的飞行员们像是身上安了弹簧似的，腾地蹿起来，抓起身边的头盔，箭一般地冲向各自的战机。

"2151，2152，2153……起飞，目标东北向，高度3000！"

这次升空作战的是空军第四大队的战机，2151就是他们大队长李桂丹的机号。

第四大队是一个令敌人胆寒的战斗集体，在"八一四"空战及随后的系列空战中，他们共击落敌机60余架。高志航牺牲之后，李桂丹升任大队长一职，他是一位言语不多、身材不高、身体壮实，有着一脸憨笑的小伙子，淞沪之战中他曾创下过三天歼灭敌机5架的纪录，为此受到国民政府军事委员会的嘉奖。驻守王家墩机场之后，他天天用忠勇报国、雪耻洗恨的爱国气节激励自己和属下的队员，这次随他一道参战的刘宗武、吴鼎臣、赵茂生、信寿巽、杨孤帆、柳哲生、马汝和、刘志汉、张明生、巴清正、吴基淳、李鹏翔、王怡等战友，个个都是受他的这种爱国精神熏陶出来的忠烈之士。

这一次，日军出动驱逐机26架，轰炸机12架，分成两队，在安徽、江西两省交界处集结之后，向武汉扑来。

李桂丹等升空之后，苏联志愿队的战斗机群也在他们大队长拉赫曼诺夫的带领下起飞迎敌。约1时8分，当中苏空军29架飞机升到3000米高空时，敌机已早一步到达这个高度，中国军机处于劣势地位（飞机作战，高度越高越占优势）。吴鼎臣驾驶的飞机当时作为僚机飞在我机群的最前面，一架敌机居高临下，向他俯冲下来，“我不慌不忙地开始转弯，好像躲避他的射击，而实际上是引他入套。”50多年后，他回忆这场战斗说。因为战斗机格斗，都想跟在对方的后面，以便攻击，所以吴鼎臣的这一招果然迷惑住了敌人。见敌人已经中计，吴鼎臣来了个最小半径的急转弯，一下子就咬住了对方的尾巴，瞄准，开火，他按住发射键，四挺机关枪齐吐怒火，一架敌机就这样在他眼前50米开外的地方拖着长长的黑色的尾巴向下栽去，栽去！

当他环顾四周，寻找下一个打击目标时，他发现中方的一架战机已被敌机从后面盯住，情形十分危险。转瞬间，他急速掉转方向跟在敌机的后面，准备进攻，不料自己先被敌人击中，座机因此完全失去控制。危急时刻，他不得不跳伞求生，降落地面，而他的战友，李桂丹、吴基淳、巴清正、王怡、李鹏翔和苏联空军志愿队大队长拉赫曼诺夫等人，却再也没有回来。

这场空战，中方以 4 架飞机的代价，取得了击落敌机 13 架的辉煌战果，只是 32 岁的李桂丹和他的那些同样年轻的中苏战友们永远把自己的英魂融进了蓝天白云。

空战后，武汉三镇的社会各界为自己的空中英雄举行了隆重的葬礼，蒋介石呜咽下泪，亲自主祭。中共及第 18 集团军代表周恩来、王明、叶剑英、秦邦宪等亲临致祭；毛泽东、朱德、彭德怀等献了花圈；叶剑英还撰文称赞这些英雄："作战的英勇，动作的协调，牺牲的壮烈，胜利的伟大，与八路军在阳明堡夜袭敌人的机场，毁灭敌机 22 架的奇勋，遥相辉映，值得全国人民敬仰和学习！"

其间，三镇的 20 多万名各界群众上街游行，祭奠英烈，声讨日本帝国主义暴行；5 架机翼挂有黑纱的飞机，缓缓地沿着武汉的上空飞行三圈，以悼国殇。

"二一八"空战之后，日军有两个多月未敢贸然空袭武汉，武汉人民度过了一段相对平静的日子。

4 月 20 日，空军前敌指挥部拟派第四大队和苏联空军志愿队去袭击三灶岛的日本空军基地，当两个大队在南昌会合时，遭遇倾盆大雨，电闪雷鸣，行动计划因而受阻。这时武汉方面传来消息，当日孝感机场的一架战机击落一架敌侦察机，在敌侦察机的残骸里，发现一条重要情报，敌人准备在 4 月 29 日，亦即"天长节"（天皇生日）的那一天，轰炸武汉，梦想以空战的胜利作为向天皇祝寿的献礼。获此消息，空军指挥部立即更改作战计划，命令中苏战机齐集武汉，严阵以待，准备痛击来犯之敌。

4 月 29 日午后，敌海军航空兵“佐世保十二航空队”的 39 架飞机果然如约而至。

空袭警报刚刚响起，中苏战机 67 架已飞身天际。上升到 4000 米高空时，敌机高度已在 4000 米高空以上，中国军机在高度上又处于劣势。

这主要是由于空军当局的教条指挥造成的：“二一八”空战之后，为向武汉军民展示中国空军的军威，空军指挥机关下令，今后凡有空战，我战斗机一定要在升空之前绕武汉三镇飞行一圈，接受军民的检阅。这份军令的动机无可非议，但兵贵神速，没有时间的先机就难以有克敌制胜的保证，在军情如此紧急的情况之下，还硬性规定绕城飞行就很容易导致失去作战的主动权。所以双方接仗以后，吴鼎臣的飞机作为副大队长的僚机首先遭到了来自上空敌机的攻击，尽管他上下腾闪，左右开火，却始终没有摆脱敌机的黏缠。不久，他的座机中弹，人负重伤，幸而跳伞及时才在昏迷之中落地被救。

不过，短暂的混乱之后，中方很快抓到了敌轰炸机远离战斗机、缺乏保护的致命要害，分头缠住敌人，各个击破：由苏联空军志愿队和刘宗武大队长率领的第三大队咬住敌战斗机群，拖住敌有生力量，然后由董明德大队长带领第四大队攻击日军笨重的轰炸机，捉对追杀。

这一战术立即奏效。在随后半个多小时的战斗中，整个武汉的天空都是飞机的轰鸣声和机关枪的射击声，“自武昌以至黄冈上空，漫天焰火，均属被我击坠之敌重轰炸机残骸。”激战结束，日军共有 11 架战斗机和 10 架重轰炸机被击落，50 多名飞行员毙命，2 人被俘，他们想象中的“空中大捷”霎时间变成了“空中大劫”！

隶属郭沫若领导的政治部第三厅，由共产党人阳翰笙任编委会主任的“中国电影制片厂”特将这场空战的实况摄制成《四二九空军二次大捷》的纪录片，于 5 月 3 日起在汉口的几家影院同时公映，一时百姓争睹如潮，门票多次售罄。

在这次空战中，中国空军也损失了 12 架飞机，伤亡了数名飞行员，他们中以陈怀民烈士之死最为英勇。

陈怀民的飞机当时陷于 5 架敌机的包围之中，他左冲右突，独立苦战，在人机俱伤的情况下，他本来也是可以跳伞、选择光荣地生的，然而他最终毅然选择了壮烈地死！但见他掉转机头，朝追逐他的敌机撞去，“两机相撞，两个火球，变成一个火球，坠落于青山地区。”

当时站在楼顶上、路面上、树杈上、龟山蛇山上观看空战的市民，目睹了这惊天动地的壮举，虽然他们不知道这位英雄的名字，但他们无不为其舍生取义的壮烈行为所感动。

陈怀民烈士和他的妹妹陈难

陈怀民原名天民，号我华，镇江人，1916年生，中央航校五期毕业。抗战爆发后，他曾参加华北、上海、南京等地的保卫战，先后击落击伤敌机5架，自己也3次负伤。他常对家人说：“军人应时时准备做最后牺牲。”故迟迟不肯订婚。

“四二九”空战时，陈怀民的飞机是在青山（今武汉市青山区）上空与敌相撞的。他牺牲后，为寻找其遗体，其亲人和当地人民觅遍了青山的山山水水，很长时间不见踪迹，直到6月3日早晨才在青山附近的江面上被渔民发现。原来，他的飞机与敌机相撞之后，他从4000米高空直坠而下，插入江底泥沙之中，经过一个多月江水的激荡、冲刷，遗体才浮出水面。由于江底水温较低，渔民捞到他的遗体时，其遗容尚大体保持着生前的面貌。

被陈怀民撞毁的是佐世保航空队第二分队二等航空兵曹高桥宪一的座机，高桥的尸体在天兴洲附近被找到，他的血衣口袋里，藏有他的妻子美惠子的照片和写给他的一封千余字的家信。其信哀怨缠绵，情深意长，充满了对战争的恐惧和反感，同时真切地表达了对其丈夫生命安全的关切和担忧。信中说道：

……不知怎么的老是放心不下，愿意接到你的来信……那一周期的大凑生活，虽然高兴地过着，可是依然没有多大意思，以后我甚至有时想到不做飞行士的妻子才好。做了飞行士的妻子，总是过着孤凄的日子。所以我时而快乐，时而悲痛，内心深处尽是在哀泣着……如果说女人是可怜的，我想是说对了。有时一想到已经有许多人是无故地牺牲，不再回到这个世界上来，而你还健在的事，固然能自己安慰自己，不过过了三四天，依然心灰意懒了……我除了思念你以外，没有旁的事……家里的人无限挂念着你，因为如此，所以希望你好好地保重身体。光是死并不是名誉的事，我是祈求着你不要担心，请好好留心你自己。

陈怀民的妹妹陈难从报上得知这封信的内容后，强忍悲痛，噙着泪水给美惠子写了一封5000字的长信。其信以女性特有的笔触写道：

在我们的土地上，我们无辜的同胞不知牺牲了多少人，我们不保卫自己只有灭亡，抗战本来是不得已的。但想到贵国国民也大量的牺牲在我国土地上，难道贵国不征服中国就会灭亡吗？丝毫也不是的！想到中日人民竟如此凄惨的牺牲于贵国军阀的错误政策之下，我不能不告诉你这个真实啊！

中国的陆海空军受了人民的委托，尽了神圣的任务誓死保卫国土，战死的军人受着全中国一切人出自衷心的崇敬……而你和高桥呢？正如你信上所说：“想到已经有许多人是无故地牺牲，不再回到这个世界上来”……高桥也“无故地”牺牲了……这些在你们是没有代价，没有光荣，而仅有痛苦的牺牲。这在活着的你是会加倍伤心啊！这种伤心纵有千万人来安慰你，但怎能安慰到你的心呢？这将成为你和贵国一般与你同命运的女人的永远不能磨灭的创伤。

你得谅解高桥，他并不是不愿意将自己的身体保重得更健康一点，他并不是愿意无故牺牲，而是贵国为少数人所操纵的一种政治权力强制他，要他死就死了……我想到你的孤苦，想到你整天在哭中生活着的两个孩子，和你此后残缺凄凉的生涯，我恨不得立即到贵国去亲自见到你，和你共度友爱的生活。我决心不因为你们国内军阀对我们的侵略而仇恨你，我深深地了解你们被那般疯狂的军阀压迫的痛苦。这不但我是这么想，我们全中国的人都是这么想，这拿中国当局优待俘虏的事实可以证实的。

我现在应该以什么来安慰你呢？最好自然是在事前我能给我二哥一个暗示，即是“撞不得”。但为了国家，我从未那样想到过，而且现在已经来不及了。目前我能向你说的：即是任何国家若不抑制它疯狂的侵略野心，这些悲剧是不会休止的。贵国如果再三地向中国作不断的侵略，我同你也许都有会面沙场，互为肉弹的一天。

我是厌恶战争的，但我们中国为抵抗暴力而战，这种战争，是维护正义和人道的战争，是值得歌颂的战争。这意义和贵国不同。

我家里的父母和大哥都非常深切地关怀你，如同关怀他们自己的孩子一般，不带一点怨恨。我盼望有一天，让我们的手互相友爱地握着，心和心相印着，沉浸在新鲜的年轻人的热情里，我们有理由可以为着这个信念而努力……祝你为全世界的和平而奋斗！

陈难的这封信语重心长，情真意切，充满了人类的博爱之情，洋溢着中华民族的宽厚品德。它不仅发表在武汉和香港的报纸上，还被译成日、英等国语言，由电台对外广播，在国际上引起了轰动。

三、中国空军的奔袭与远征

日本人做梦也没想到，弱小的中国空军会飞越台海海峡，长途奔袭他们的殖民地——台湾，还远征日本本土散发传单，将日本全国上下惊得目瞪口呆。这是日本有史以来所遭受的第一次空袭，它比美国人首次空袭日本要早将近4年！

“二一八”空战大捷后的第五天，即1938年2月23日，由苏联空军志愿队波雷宁上校率领的中苏空军，从汉口王家墩机场出发，低空飞越台湾海峡，空袭了被日军占领的台北松山机场。

当中苏空军的28架战斗机、轰炸机组成的混合编队抵达敌机场上空时，晨曦微露，敌人还在甜梦中酣睡，整个机场一片沉静。它们趁此大好时机，以3架为一组，轮番俯冲投弹轰击，但见机场上一团团烟雾腾空而起，一处处火炬冲天而烧，睡梦中的敌人或死或伤，活着的，穿着睡衣，抱头弯腰，哭爹喊娘，四处寻找藏身避难之所；敌人往日的那些威风八面的战斗机、轰炸机、高射炮、战车等，顷刻间就化成了一堆堆乌焦巴黑的废钢铁！

这次长途奔袭作战，中国军队以毫发无损的零代价，一举炸毁日机40架，并烧掉了敌人的一个大油库，松山机场因此足足瘫痪了一个月之久。

日本军部震惊之余，对此十分恼怒。陆相板垣征四郎强令内阁撤换了伪台湾省省长，并责成航空本部长东条英机（东条英机在日军内部争斗中一度失利，由陆相次官调任航空本部长）处置失职人员。东条英机素以“铁腕”著称，在他的一手操持之下，松山机场场长、基地主任被送交军事法庭判刑，台北警务长官及所有活着的防空官长，一律被训诫、撤职、关禁闭，驻台日军一时处在人人自危、惶恐不安之中。

令日本人更加吃惊的是，“四二九”空战之后，中国空军还远征日本本土，在他们的家门口毫无阻拦地飞了个痛快。

事情发生在5月19日，这一天晴空万里，云淡天高。下午3时23分，中国空军第二大队大队长徐焕升（后任台湾空军总司令）、副大队长佟彦博，率队员蒋绍禹、苏光华、安锡九、梅元白等8人，分别驾驶1403号、1404号两架马丁式重型轰炸机，从汉口王家墩机场呼啸着冲天而起。越过大别山脉，跨过苏北平畴，贴着黄海海面，他们顺利地于5月20日凌晨2时15分飞到了日本长崎市的上空。

长崎的深夜，温馨而甜美，一排排路灯，如星汉灿烂，将楼宇广厦、通衢小巷照得高低错落，纵横交织；淡淡的月光，如轻纱薄雾一般，柔柔地披在这城市的身上，给这座美丽的城市增添了几许银色的梦幻。

要是没有日本军国主义发动侵华战争，要是中日人民都生活在和平安宁的环境里，那该有多好！指挥飞行的徐焕升默默地想着，可现实终将他从幻想中拉了回来。

“投！”随着他的一声令下，其他几位队员将几十万份传单和《告日本国民书》《告日本工人书》等小册子推出舱口，传单像漫天飞舞的雪花纷纷扬扬地飘洒在长崎的夜空。

没有带去炸弹，更没有带去令人不寒而栗的菌疫，中国人的两架轰炸机给日本人送去了反战之声与和平之音。

“尔等人民，同遭苦难，吾等深表同情，而祸端源于尔国之军阀，军阀不除，则战乱不已，苦难不已！”

“尔等军阀，倘再不驯，则百万传单一变而为万吨炸弹矣，尔其戒之！”

随后，久留米市、福冈市等也受到了中国人的不是炸弹而胜似炸弹的“轰炸”。

张扬的日本军国主义者从来都是把战火烧到邻近的弱国，从来没想过他们的“王道乐土”会有安全问题，他们哪里料到中国人会从天而降呢？所以，没有灯火管制，没有高射炮射击，也没有战斗机拦截，中国人的 2 架轰炸机在日本土地上从北往南飞了半个多小时，洒了一路的传单和反战小册子。

5 月 20 日上午 11 时 13 分，王家墩机场，远征的空中勇士凯旋了！

跑道两侧，列队迎接他们的有孔祥熙、何应钦、钱大钧等军政要员，有武汉各界的社会名流和自发而来的普通群众，有手捧花篮的少男少女。中共中央长江局负责人王明、周恩来、董必武和第 18 集团军的代表吴玉章、边章五、罗炳辉、钱之光（18 集团军武汉办事处处长）等也位列欢迎的队伍当中，他们代表中共中央和 18 集团军分别赠献了两面锦旗，一面写着“德威并用，智勇双全”；另一面为“气吞三岛，威震九洲”。

凭着并不先进的导航设备和无线电通信系统，中国空军勇士们以超人的勇气和胆略，创造了跨海远征的奇迹！这是日本本土在第二次世界大战中所遭受的第一次空袭，它比美国人首次空袭日本（杜立特中校，1942 年 4 月 18 日）要早将近 4 年！

“这次袭击展现了中日冲突的新气象”，“中国飞机不丢炸弹而丢传单有着很大的益处。”《字林西报》评论说。

“中国空军的威力，足以抵消任何不当之悲观情绪。”《大美晚报》也发表了热情洋溢的赞语。

确实，这次远征行动在日本本土投下了千百吨炸弹，将日本朝野震得目瞪口呆，半天没缓过神来。5 月 21 日，《东京日日新闻》以小篇幅报道了这一消息，军部则三缄其口，不做任何文字应答，但私下里，他们一方面派军警宪兵挨家挨户搜集传单，消除影响，另一方面在其本土，甚至在其殖民地朝鲜等处开始举行防空演习，以做应急的准备，惶惶之态可见一斑！

徐焕升机组回到武汉后，受到了各界人士的热烈欢迎，上图为孔祥熙（左一）慰问徐焕升（左四）等英雄。

四、“五三一”、“八三”空战，武士与逃兵

“五三一”空战中，日机被中国战机四面合围，顿时化作鸟兽散；“六四”公祭大会，武汉万人空巷送英灵；娇美的宋美龄被炸弹震昏倒地，蒋介石对天叫骂；“八三”空战之后，南湖等处稻田里到处是日机的残骸和日军的断肢碎肉。

武汉会战的地面战斗打响之后，日本军部调遣德川航空兵团和海军第二联合航空队的463架日本当时最新式的三菱A5M1-96战斗机，“以实现消灭敌人航空兵力为第一义……同时以最大努力攻击敌要地”。这里所谓的攻击“要地”，主要就是指空袭武汉。

于是，遭到“二一八”、“四二九”两次惨败后的武士们，又以更加猛烈的报复来实施他们的强盗计划。

1938年5月31日，“老实”了一个多月的日本空军出动比前两次更为“壮观”的阵容——战斗机36架，重轰炸机18架，直奔武汉而来。他们接受“四二九”空战的教训，加强了轰炸机的护航力量，企图用战斗机缠住中国空军，阻止其拦击，然后以轰炸机乘隙偷入市区投弹。

但狐狸的狡猾难逃猎人的眼睛。从汉口、孝感、南昌等地起飞的72架中苏战机以“四壁合围”之势，前后左右，自上而下逼迫、挤压它们，使其困于一团难以施展阴谋。

日机一见阵势不妙，心无斗志，纷纷离阵东窜，其轰炸机连武汉市郊都未进入就化作鸟兽散。中国空军则乘敌窜逃混乱之时，如

驱虎逐狼一般，穷追猛打，以损失 2 架飞机的代价一口气击落了 4 架日机。

被打疼了的日本飞贼，见晴天屡屡吃亏，就转而利用夜色和天气的掩护频频偷袭武汉。入夜后的三镇，不时在敌人航空炸弹的爆炸声中震颤、燃烧；大雨中的武汉往往被敌机炸得墙坍壁倾，泥血纷飞。

据统计，仅 1938 年 8 月，日机就夜袭武汉 12 次，投弹 1715 枚，造成居民伤亡 3112 人，毁坏房屋 2298 栋。

蒋介石身边有位幕僚，名叫唐纵，当时在侍从室第二组工作（办公地在今武昌胭脂路胭脂坪）。此公有一好习惯，即工作再忙，也要腾出时间写日记。7 月 12 日下大雨，唐纵这样记录了这一天日军的暴行：

今天敌人的飞机又来了，昨天死伤七八百人，今天恐怕还更多。

日军炮轰下的湖北武穴镇

汉口市民躲避日机空袭

我在警察局的地下室。防护团报告，省政府（办公地在今武昌解放路）被炸了，我非常着急，立即打电话向委座公馆问讯，说是炸弹落在附近，公馆不要紧，才比较放心。

今天炸的地方都很重要，省政府的大楼炸了一面，弹洞甚大，似系五百磅的炸弹。

委员长真是洪福齐天，炸弹落在他的周围，他一点也不损伤，这是我们的国运应该绵延。

当炸得厉害时，委员长说，不要紧，大家靠住墙壁，伏下来，不要着急，在地下室。

事后有人劝委座离开省政府，委座不肯，毅然拒绝。

唐纵的日记里，不知是有意还是无意，反正“遗漏”了一件重要的事情：1938 年 7 月，日机投下的炸弹在离蒋介石夫妇藏身的防空洞不远处爆炸，几名卫士被当场炸死，宋美龄被震昏倒地，半天才苏醒过来！

平民的死伤就更为悲惨！

三镇在流血，在流泪，大武汉在颤抖，在哭泣！

蒋介石愤怒了！他挥舞着拳头，对着弥漫着缕缕烟尘的空中，似在鼓舞惊恐中的百姓，又似在对天诅咒："娘希匹，小日本，走着瞧！"

空军将士愤怒了！他们把脸上的泪水连同空中的雨水硬生生地吞进了肚里！他们把眼中的怒火连同周围松涛般的吼声齐齐射向了天空！

日本强盗，定让你死无葬身之地！

复仇的日子终于又来了！

8 月 3 日，汉口多云，几番偷袭得手后的日军神气活现起来，

日军轰炸汉口三民路后的惨境

竟在大白天出动重轰炸机18架，由50架战斗机保驾护航进犯武汉，嚷嚷汹汹，大有一举炸平武汉之势。

中国空军勇士摩拳擦掌，空军指挥部备战在先，当即按飞机的性能，将52架战机编成四个战斗队，升空作战。

由于中国军机以"队"为单位分头行动，机巧灵活，敌机则既要护航，又要护身，疲于应付，所以当双方在武汉南郊交手之后，68架敌机一下子即被打得七零八落，狼奔豕突，半个小时之内，就有14架栽进南湖等地的池塘、稻田里，水面上、田埂上、树枝上到处漂浮着、散落着、斜挂着敌机的残骸和敌人的断肢碎肉；中方6架飞机受损，耿曾益为国献身。

面对惨重的损失，日本木更津、鹿屋航空联队队长、海军航空大佐石井义，于绝望之中切腹自杀。

日本空军的元气也在这几次空战之后大受损伤。原来他们轰炸机的基地，最多距离前线50公里，经过这几次空战较量之后，他们不得不将基地回撤到距离前线500至600公里的后方，攻击力大减，而其地面部队在失去空军的配合之后，如折腿的瘸子，前进缓慢。徐州会战之前，他们每昼夜平均推进18公里，而武汉会战期间则一降为每昼夜3至5公里，许多阵地还是在血战之后占领的！

几次空战大捷，在当时目击者的心中，留下了难以磨灭的记忆，也给今天的我们留下了那段血与火的真实历史。

著名作家老舍在看到当时的战况后兴奋不已："看到敌机被我机打伤，拖着黑烟逃窜"，"落了下去，有多么高兴、痛快呀！"

"丘八"诗人冯玉祥将军感奋异常，不失时机地作打油诗一首以赞扬空中勇士：

二一八，敌来袭，被我空军大打击。
那次打落十三架，两三个月敌敛迹。
四月二十九，敌机又送礼。
警报一得到，我方布置齐。
防空射炮，整容待时机。
神勇飞将军，一一腾空起。
天罗与地网，陷阱成立体。
三十六架敌飞机，霎时武汉上空逼。
高射炮，发炮击；
我空军，机枪击。
上下夹攻敌落胆，队形乱，窜不及。
激战共计半小时，敌机纷纷落如雨。
……
青年空军诸壮士，赤胆神威真无比。
气概壮山河，百战皆胜敌。
还要沉着好准备，予敌更大之打击。
空军将士啊，复兴民族多靠你！

空军勇士以其辉煌的战绩赢得了国人的无比崇敬，尤其是那些沙场捐躯的成仁烈士。

1938年6月5日，武汉各界在汉口市总商会礼堂（今中山大道 949 号）举行隆重的追悼大会，公祭在前几次空战中英勇殉国的陈怀民、张效贤、杨慎贤、孙金鉴四位烈士。

会场内，哀乐低回，素彩肃穆。四烈士的遗像挂在正中，两旁挽联悲怆深切，高古典雅，乃国民政府军事委员会委员长蒋介石亲拟，联语道："搏斗太空，非成功即成仁，无负十年教训；死生常事，惟为国不为己，永怀万古长霄。"

四周墙壁上摆满了层层叠放的挽幛、花圈、题匾。王明、周恩来、博古的祭幛是"捐躯报国"；朱德、彭德怀的匾额是"精忠神勇"；周恩来、博古、董必武、叶剑英还送来一副挽联，上书："为五千年祖国英勇牺牲，功名不朽；有四百兆同胞艰辛奋斗，胜利可期。"于右任、何应钦、陈诚、孔祥熙等送了花圈和挽联。

公祭会于上午 8 时开始，首先由烈士家属举行家祭，其后由钱大钧、周至柔等率领航空委员会的空军将领致祭，国民政府和军事委员会的各机关代表也陆续临灵凭吊。

下午，各界群众列队悼念，参加者达 2 万之众；5 时许，蒋介石、陈诚来到公祭现场，脱帽献祭，并向烈士家属致以问候，诸烈士亲属深为感动。

追悼会后，四烈士的遗骸合葬于青山矶头。矶头为一小山包，瞰长江，临东湖，遥对鹦鹉洲，远眺龟蛇二山，为烈士安息的理想之地。从此，烈士英灵化作三镇的青山绿水，永垂不朽！

后来，人们感佩于烈士的大忠大勇，自发捐款献物，修成庙宇一所，以资怀念；武汉商界名流陈经畬等，更慨然解囊，特请暨南大学的卢前教授撰碑文一则，以彰烈士事迹。此等纪念碑堂，惜"文革”期间惨遭损毁，至今不见恢复。

唯抗战胜利后的1946年，汉口市政府将日租界的一条南小路改为陈怀民路，沿用至今。它同张自忠路、郝梦龄路一样，成为人们纪念烈士的一种最好形式。

五、苏联空军志愿队，国际主义与英雄主义

当英美政客还坐在议会大厅里为是否援华喋喋辩论的时候，苏联人民的优秀儿女已在中国的蓝天上同日本侵略者做殊死的搏斗；英俊的库里申科，受伤后坠入四川万县的长江之中，浩浩江水，因此淹没了一个异国英雄的不屈忠魂；1985年9月9日，吴鼎臣与苏联空军志愿队的4名幸存者，重逢于白云黄鹤的故乡，五双大手久久地、久久地握在一起，不愿松开。

有一种丑陋叫作侵略和杀戮，有一种高尚叫作无私和正义，丑陋是军国主义与生俱来的嘴脸，高尚是国际主义博大宽广的胸怀。

就在日寇飞机肆虐中国领空的时候，同时有一批外国军人驾驶的战机驰骋在中国的蓝天白云之间，他们用鲜血诠释了国际主义的真谛，他们用无畏谱写了英雄主义的乐章，他们就是来华参战的苏联空军志愿队的全体将士。

1938年1月，一群蓝眼白肤黄头发的苏联人民的儿女，驾驶着180架新式战机，飞到战火中的中国，开始了他们血染长空的援华之旅。

“二二八”空战中，苏联空军志愿队战斗机大队长拉赫曼诺夫和几名队员在接连打下几架敌机之后，也把自己的生命化作了西天的彩虹，化作了永远的悲痛和骄傲，更化作了呼唤和平的白色飞鸽！

“四二九”空战、“五三一”空战，中苏空军以兄弟般的情谊，并肩协力，奋勇争先，一一把敌人的妄想击成千百块碎片，坠落于万劫不复的泥潭之中。

此外，远征台北，血战归德，奔袭南海，哪里有战斗，哪里就有这群疾恶如仇的白皮肤朋友的身影。

当中国陆军在长江两岸争山夺水之时，仅 1938 年 7 月上旬，苏联空军志愿队就 12 次单独出动，沿安庆、东流、马垱、彭泽、湖口一线，轰炸日军机场 3 个，击沉敌人军舰 21 艘，消灭敌机 20 余架；

当第五、第九战区的将士在大别山脉、赣北山区浴血云霄之际，中苏空军勇士共联合出击 55 次，毁、创日舰 133 艘；

当英美政客还坐在议会大厅里为是否援华喋喋辩论的时候，苏联人民的 15 位优秀儿女已经长眠于白云黄鹤的故乡。

英俊的小伙子库里申科，这位来自乌克兰的空军少校，幽默、乐观、爱憎分明。面对日本侵略者的狂轰滥炸，他怒火中烧；面对苦难中的中国人民，他满怀同情。他说：“说实话，我像体验着我的祖国的灾难一样，体验着中国劳动人民正在遭受的灾难，我每当看到日本飞机炸毁的建筑物和逃难的人群就难过。”

正是因为有了这份对强盗的恨和对人民的爱，所以作为轰炸机大队长，他每次执行任务时都身先士卒，冲锋在前，他已把自己的整个生命交给了中华民族的解放事业！

1939 年 8 月 14 日，这一天是中国的空军节，中苏空军决定以轰炸武汉日军的据点来庆祝自己的节日，这时的武汉已陷入敌手有十个月之久了。

十个月了，熟悉的武汉已挂满了日本的国旗！

挟着满腔的怒火，库里申科带领他的战友，一次又一次地轮番俯冲、投弹，直炸得敌人的兵营、碉堡、高炮阵地灰飞烟灭，一片狼藉！

轰炸成功了，吃了大亏的日本人岂肯善罢甘休？他们的战斗机也像黄蜂似的成群袭来，库里申科的座机被击中了，跳伞后的他更被万恶的敌人击中了腰部。

鲜血顺着他的飞行服流进皮靴，又从他的皮靴溢了出来，滴进他脚下 3000 米深的锦绣大地。一阵剧痛袭来，他昏了过去，迷迷糊糊之中，降落伞坠入了四川万县的长江之中，浩浩江水，因此淹没了一个异国英雄的不屈忠魂。

如今，在汉口解放公园的东北方向，一处肃穆的墓地静静地掩映在苍松翠柏之间，一尊高达 8 米的纪念碑矗立在墓地前方，这是为保卫武汉而牺牲的苏联烈士修建的墓地。那碑文写道：

苏联空军志愿队与中国人民一道在反击日本法西斯的斗争中创立了无数的英雄战绩。他们以武汉为基地，曾英勇地远征台北，猛烈地轰击过长江中的敌舰，并顽强地参加了保卫武汉的斗争，严重地打击了日寇的疯狂气焰，鼓舞了中国人民的战斗意志。

英俊的库里申科把他的生命永远献给了中国人民的反法西斯战争

为了中国人民的解放事业，苏联空军志愿队的烈士们的鲜血和中国人民的鲜血溶结在一起了。他们将永远活在中国人民的心里。

是的，他们将永远活在中国人民的心里，永远！

1985年9月9日，苏联空军志愿队的幸存者一行4人（3位中将，1位上校）应中华人民共和国邀请，来武汉进行友好访问。当他们同曾经并肩战斗过的中国飞行员吴鼎臣相见握手时，五双大手久久地、久久地握在了一起，如同那五十年前用鲜血凝成的友谊，难分难舍。

六、悲怆的中国海军，一个羸弱者与一个相扑手的较量

在鄂东圻春八里湖一带，日军发现了中国海军快艇的停泊基地；作家冰心的父亲谢宝璋评价说：“中国海军的模范军人，萨

镇冰一人而已”；海军乎？江军乎？面对外人的冷嘲热讽，海军部部长陈绍宽不发一言。陆军的胜利，可以将敌人的武器，一件件地陈列；空军的战果，可以将敌机的残骸，一块块地展示；海军呢？它可以把击沉的敌舰打捞起来，卸开给人们看吗？缓缓地，中山舰沉没了，沉在它誓死捍卫的长江里，沉在它深厚宽广的母亲的怀抱里。

1938年7月14日晚9时许，武穴，长江江面。

这是一个月明星稀之夜，奔腾的长江借助夏汛的威势咆哮着向东涌去，江水撞击着两岸，似困在笼里的怒狮，狂叫着扑向四壁的栅栏，惊涛拍岸之声数里外都能听到，江面上原来繁星似的点点渔火早已消失得无影无踪，跑码头的、打鱼的、挖沙的船只也随着东洋兵的入侵而销声匿迹了。

远远地，灰蒙蒙的不时散发着碎银般光色的江面突然驶过来一艘快艇，没有灯光，没有烟火，甚至没有说笑声，只有马达的节奏，连同快艇两边划起又溅落的浪花，单调而略显神秘地重复着。

是的，这是一艘神秘快艇，它要去完成一项特殊的使命。遵照海军部部长陈绍宽的命令，它正向下游方向驶去，以袭击停靠在湖口江面上的日军军舰，它的编号是“文天祥93号”。

原来，安庆失陷之后，日军向马垱、湖口发起了攻击，其舰载火炮对中方陆上阵地造成了极大的威胁。为此，武汉卫戍司令部要海军部组织力量牵制敌人，以减轻陆军的压力，“文93”就是在这种情况下主动出击的。

12 时许，长途奔波的“文 93”终于接近敌军舰、炮艇群的停驻码头，关掉马达，二十多位战士齐力划桨向目标靠去。

敌人的探照灯在空中、在江面上紧张地搜寻着，就像魔鬼伸长了脖子在找寻着猎物。

忽然，一束灯光扫过，敌人发现了悄悄划动的“文 93”。“嗒嗒嗒”，“嘭嘭嘭”，敌舰上的机枪、舷炮交叉着向它雨点般射来，一道道火光如飞陨流星一般织裹在快艇的周围。

“文 93”左避右闪，艇舵边不时溅起一根根一二米高的水柱。“升火！”，“向左，侧舷！”，“直线前进！”艇长吴子玉站在舵手旁边，沉着地指挥着。

近一些，再近一些，当“文 93”距离一艘敌舰约 50 米开外的地方时，早已将手举在半空中的吴子玉猛地往下做了一个下劈的动作，“放！”哗哗哗哗！憋了冲力的四颗鱼雷分波裂浪，直奔那庞然大物。

“回撤！”随着吴子玉的一声命令，“文 93”又急速地向左来了个最小半径的转弯，风驰电掣般向上游飙去。

霎时间，它那轻灵的身影摆脱了两边的火网，唰地消失在冥冥夜色之中，而它的身后，一团冲天的火光之后紧跟着四声动地的巨响，爆彻在平阔的江面之上。

鱼雷引爆了敌舰，敌舰燃起了大火，大火映红了江面！

得胜而归的“文 93”勇士们全都直起腰杆，站在快艇的两边。抹掉脸上的汗滴和水珠，他们互相击掌庆贺，欢呼着，叫喊着，拥抱着，把一串串笑声甩给了江风，送给了敌人。

这一仗，毫发无损的“文93”炸毁了敌人的一艘中型军舰！

三天后，“史可法223号”、“岳飞253号”快艇再次奉命袭击湖口敌舰。不料在途中却被自己陆军布下的水底阻网绞住，“史223”沉没，“岳253”遭敌攻击受重伤，两艇共计有28名水兵血洒长江。

小巧、灵活的中国海军快艇神出鬼没，使日本军舰整日提心吊胆，其海军第三舰队司令长官长谷川清中将下令派出大批飞机沿江搜索。终于，他们在鄂东圻春八里湖一带发现了中国快艇的停泊基地。

7月28日，敌机20余架飞临八里湖上空，一阵疯狂扫射和轰炸，中国海军的快艇部队遭到了毁灭性的打击，十几艘快艇或被炸或被烧，顷刻间化作一叶叶碎片飘散在冷飕飕的江水之中，随着波浪起起伏伏，像是横尸疆场的壮士仍在做冲击的姿势！

大多数军舰在先前与敌作战中或被敌击沉，或自沉塞江，中国海军硕果仅存的具有作战能力的武装也被日军摧毁了！

得知消息，50岁的陈绍宽老泪纵横！

1888年出生的陈绍宽是闽籍海军人士中继萨镇冰之后的又一代表人物。

旧中国海军有“闽系海阀”之说，海军之职权多由福建籍人士把持，“将之非闽者去，兵之客籍者逐”，“内而海部，外而舰队，其位置略重者，悉用闽人充之，不问其才不才称不称也”。

这种看法不能说没有一定的道理。

造成这种局面的原因是近代中国海军最早肇始于左宗棠创办的福州船政学堂，所谓近水楼台先得月，福建人占有天时、地利之便，自然容易形成这种地域、宗派上的痼疾。

萨镇冰是清末民初海军中的代表人物，也是闽籍海军人士中的翘楚。他留学英伦，历任广东水师提督、海军统制；入民国后，又任过海军总长、代理国务总理、福建省长，在海军系统中享有崇高的威望。

他整军严明，律己严格。相传某年他带兵在海上练习打靶时，枪炮副不慎将一舷炮炮膛划伤，炮值两万余元。为严肃纪律，萨镇冰除对枪炮副予以处罚之外，更决定捐出自己月饷，以偿损失。此事辗转传到时任直隶总督的袁世凯那里，他对萨镇冰此举大为赞赏，遂“寄款代偿”，购新炮以更换。

著名作家冰心的父亲谢宝璋（曾任海军次长）与萨镇冰共事多年，相知甚深。谢宝璋评价萨镇冰道：“中国海军的模范军人，萨镇冰一人而已。”萨镇冰送给他的一副对联曰：“穷达尽为身外事，升沉不改故人情。”由此可见其人生的志趣和态度。

倘使人人有此立身为公、直道而行的处事作风，哪里在乎你是广东、广西人，还是湖南、湖北人呢？然而畛域之分总夹着权势之争，这就不是个别人的人格魅力所能左右得了的了！

陈绍宽有着与萨镇冰相似的经历和秉性。

他也是福州人，也曾留学英国，1919 年还充任过巴黎和会中国代表团海军专门委员、国际海道会议中国海军代表。他从见习生干起，一步步干到艇长、舰长；1932 年升任国民党海军部部长，抗日战争爆发之后，改称海军总司令。

自从加入海军之后，陈绍宽便把自己的青春、生命和爱情献给了他所钟爱的事业。30 岁那年，其妻故去，无所出，正值壮年的他再未续娶，从此孑然一身，风飘雨摇行止随军。晚年他回归光明，定居乡下，自建木屋三间，中客厅，左自居，右住弟媳及侄儿女，居室朴素，除书卷外，别无长物；后虽贵为福建省副省长、政协福建主席，他仍是轻车简从，直至 1969 年 7 月 30 日病逝于医院。

同国民党的陆军部队一样，国民党的海军也是派系林立的：有蒋介石控制的福建系，陈济棠把持的广东系以及张学良掌握的东北系。30 年代，国民政府在江苏江阴开办海军电雷学校，直接隶属于军政部，蒋介石亲任校长，“电雷系”又成为国民党海军的一支重要派系。各派之间明争暗斗，你夺我攘，纷扰不休。

蒋介石当然心知肚明，他后来主持全国海军编遣会议，将闽系编为第一、二舰队，东北系编为第三舰队，广东系编为第四舰队，海军方有一个表面上的全国统一的编制，但积久恶习，哪能因为“统一”而一下子“统”掉了呢？

不仅如此，海军实力之弱往往令人难以想见其存在。到抗战爆发前夕，这支兵种“新建旧有（军舰）”合计 66 艘，其中吨位最大者 3000 吨，小者 300 吨，连鱼雷快艇 12 艘算在一起，排水量总数仅为 59034 吨。

而此时的日本海军却拥有舰船 302 艘，190 万吨，它们的舰只是中方的 5 倍，吨位是中方的 32 倍。两军相斗，犹如一个羸弱者同一个相扑手在做性命之搏。

陈绍宽主政海军部后，在培养海军人才、造舰购舰壮大海军实力方面费尽心力，但由于国力所限，他所领导的海军不可能在短期内长成巨人，因而每年的会操也仅在江阴、湖口等地举行，大洋上难得一去。为此，国民党内讥笑嘲讽者有之，辱骂攻击者有之。

有人撰文说："中国的海军，每每爱在湖口会操，大约这可以视为家常便饭了。外国海军的演习区域，至少也要从某海口到某海口之间，美国今年的太平洋大演习，范围就更大了。我实在不明白，中国海军的会操是根据什么战略？假想敌在哪一边？湖口在国际战略中有什么意义？要说是打几次靶，放几个雷，那是人家的家常便饭，天天有的，那叫训练，不叫会操，我们又何必抖出那样的精神，自命不凡地去叫什么会操？况且中国海军的目标既是国际战，那就不能躲在淡水里会什么操，等到人家到了我们淡水里面来，那我们中国还有命吗？"

日军扬子江部队旗舰"安宅"号炮舰

一些别有用心的人说道："若跑到海上去耍，海上的狂风巨浪，舰上的员兵们，或且病莫能兴。纵令勉强拼着命干去，而海面辽阔，无人看见，岂不是和衣绵夜行、无的放矢一样。并且船一开到海面，靠岸极不容易，他们终日伺偻的动作，自然辛苦极了，要想在长江似的，晚间上岸，寻一个烟花处所，疗养一旦的疲劳，也是不可能的。有了以上种种关系，所以中国海军总是在湖口或八卦洲等处会操，自民国改元以后，历来如此，并不是现在海军当局者之创造。"

有人更直截了当地说："海军部应改为江军部！"

对此冷嘲热讽，陈绍宽无话可说，只能和血吞下打落牙。

以中国区区孱弱之海军欲与你较量于汪汪大洋，岂不是以卵击石，痴人说梦？"知我者谓我心忧，不知我者谓我何求！"陈绍宽还能说什么呢？

海军一级上将陈绍宽的戎装照

蒋介石却是听信了这些人的说法，他一度把海军看成了可有可无的“江军”。1932年，中央政府原决定每年拨解海军建设经费1131万元，最后他大笔一挥，竟将其中的1100万元移作扩充空军，海军只落得一个零头！

陈绍宽哭了，就在他的下属面前，在全国海军将官会上。

他就是在这么艰难委屈中独撑局面，直到“七七事变”的爆发。

卢沟桥的炮声传到南京之后，蒋介石紧急召开最高国防会议，决定构筑江阴封锁线，“其目的有三：（一）阻止日本海军溯江西上；（二）保护南京附近江面的安全；（三）掳获长江流域20余艘日本商船，以供中国军民运输之用”。

尽管这次绝密会议的内容被国民政府行政院秘书黄濬出卖给日方，致使大部分日轮逃出中方封锁线之外，但沉船封江的计划仍如期进行。

8月11日夜，陈绍宽亲率“平海”、“宁海”等6艘舰只到达江阴江面督促所部将“通济”等12艘超期服役舰艇，招商局及其他轮船公司的“嘉乐”等28艘旧商船和8艘趸船沉塞长江，是为“江阴封锁线”。随后几日，海军又征集一些旧货轮及大批木质民船盐船，载碎石以自沉，补塞沉船缝隙。

与此同时，江阴、西周、浒浦口、铁黄沙、龙潭港、福姜沙等处的航行标志，都按照计划，次第毁除。

依托“江阴封锁线”的掩护，“平海”、“宁海”、“应瑞”、“逸仙”等主力舰与日本海、空军顽强对攻，仅“平海”、“宁海”

两舰就与敌机70余架周旋达6个小时之久！

落日熔金，半江夕阳半江血；碧水英雄，满地悲歌满地泣！这批海军精华于血战之后尽沉江底，他们把自己的灵魂永远汇入了民族的血脉之中！

失去主力舰只的中国海军，力量更显柔弱，除少数舰只向汉口西撤之处，大部分舰艇只得拆下重炮，组织炮队，到岸上去抗击敌人。海军摇身一变成了陆军。

1938年7月，敌舰驶入湖口，中方海军炮队予以打击，伤敌舰2艘；

9月20日，敌巡洋舰2艘，驱逐舰4艘，汽艇14艘，环攻西山阵地，海军炮队奋起还击，毁沉敌舰8艘，剩余敌舰夹尾而逃，那舰上烟囱冒出的一柱柱黑烟，似一个个丧魂失魄的幽灵，随着晚风消遁在苍茫的暮色之中。

此外，为阻止敌舰进逼武汉，陈绍宽又组建布雷队，在长江沿线水道安放水雷。

水雷分漂雷、触雷、电雷（也称机雷）等不同种类。漂雷浮在水中，触雷置于江底，电雷摆在江心，它们形状各异，大小不一，各有其妙，各逞威力。

安放水雷是一件艰苦而危险的工作。每个水雷重200斤，需4—8人扛抬方能移动。布雷时，还要有部队掩护，要有船只运雷，倘使在敌人眼皮底下，则需更大的勇气，冒更多的危险。某布雷队队长曾植林在长江布雷时遭敌袭击，部下及水雷全遭覆灭，他亦不忍独生，遂拔枪自尽以谢国人。

水雷布放要选择隐蔽之地、险恶之时，诸如暗道、河汉、大风、大雾、黑夜是布雷队常常出没的地方和时机。

他们以血水和汗水布下了埋葬日军的天罗地网，掘开了侵略者走向死亡的重重墓道。

日本人为此哀叹道："这些水雷和机雷，满江都有，布置绵密，在未审慎除去以前，实无法冒险前进。"他们甚至发出了"我们最怕机械水雷（电雷）"的恐惧叫声。

桂林《力报》说："武汉会战期间，中国海军布雷队仅在数月之内，就在长江水面上炸沉日军大小舰艇60余艘，其中最大者达7000吨以上，最小者也有100余吨。""根据目前军舰造价计算，敌方损失6000万元，至于舰内装运之军火物资及人员伤亡与航运受阻之损失，尚未计入，而我布雷之代价仅及百分之一。"

别的报纸也算了一笔经济账："中国海军每消耗10枚水雷，一般即可炸沉敌舰一艘，对于敌军在长江航行，予以极大威胁。以每个水雷1000元计，10个水雷仅需消耗1万元；而敌舰每艘最低以100吨计，约值百余万元，以此推算，我每击沉寇舰一艘，可耗敌90余万元。"

陈绍宽是一个不善言辞也不喜欢自吹自擂的人，但面对一些人对海军战绩的疑问和轻视，面对布雷队和海军炮队的赫赫战功，作为海军总司令，他不得不站出来陈明事实："海军抗战事略，向来很少发表，盖不欲大事宣传，事实足以表现一切。在前期抗战中，原系敌人利用其海军力量之有利时机，但吾人检讨过去长江各战役，吾人所引为自慰与自勉者，厥为沿江正面阵地，在我雷区封锁与海军炮队防守之重力量控制下，从无一处被敌突破，使其不得不畏难而放弃其由水路进攻溯江西犯计划，而采用陆军迂回袭击之笨拙战略，因此适足达成我消耗战、持久战之目的，而完成歼灭战之任务。”

确实，以实力而论，日本的海军可以偷袭美国的珍珠港，可以横扫南太平洋，可是在中国呢，它们有哪几件可以陈说的战果？撇开其他的因素不说，这难道与中国海军的灵活作战没有关系吗？

陆军的胜利，可以将敌人的武器，一件件地陈列；

空军的战果，可以将敌机的残骸，一块块地展示；

海军呢？它可以把击沉的敌舰打捞起来，卸开给人们看吗？

乱花渐欲迷人眼，历史的真相有时候要用显微镜才能看清。

而历史最不应该忘记的是 1938 年 10 月 24 日。

这一天秋阳高照。

金口，宽阔的长江江面上已失去了往日的繁忙。由于日军已迫近武汉市郊，沿岸居民多已逃避一空，所以江面上冷冷清清，既听不到从前绵长、深远的汽笛声，也看不到张网的渔民和渡人过江的小筏子，只有一艘中型军舰正孤独地向上游汉口方向驶来，挂在舰桅上的青天白日满地红旗在猎猎作响，舰上的炮手、舵手、轮机兵各就各位，正警惕地注视着前方、后方、两岸和天空的动静。

它就是中山舰，一艘记载着光荣与梦想、阴谋与血腥的军舰。

1922 年 6 月，陈炯明叛变革命，指使叛军炮轰总统府，孙中山与爱妻宋庆龄避难时名“永丰”的“中山舰”，抗击叛军达四十余日，“中山舰”因此有“再造共和”之功。

1926 年 3 月 20 日，蒋介石借口“共党叛乱”，派兵登“中山舰”，拘捕了正在度蜜月的共产党员、中山舰舰长李之龙，制造了

“中山舰事件”，“中山舰”因而又与阴谋和暴力结下了渊源。

而这一天，作为历经无数血火炙烤幸存下来的少数几艘军舰中的一艘，中山舰正全速赶往汉口，撤向四川。

在经过五个月的持久战之后，黄陂失守了，黄石失陷了，武汉四周的隆隆炮声已清晰可闻了！

武汉已危在旦夕！

大武汉正在大撤退！

舰长萨师俊端坐在指挥台上，两眼注视着前方的水面，紧锁的眉头不时掠过一丝的焦灼和不安。

按现在的速度，中山舰到达汉口需要两个钟头，情况瞬息万变，日军近在咫尺，谁能料到这中间会有什么变故呢？它可是中国海军仅存的一点血本呀，倘使有个万一，我怎么对得起陈部长，怎么面对堂祖父萨镇冰和抗战中的国人呢？

萨师俊几乎不敢再想下去了。

在中国现代史上，中山舰承载了太多的光荣、梦想与屈辱

是纯粹的巧合，还是某种心灵感应？正当萨师俊沉思默想的时候，天空中突然传来了飞机的轰鸣声，时针指向上午 11 时 30 分。

是敌机，是 9 架涂着狗皮膏药的日军战机！

“准备战斗！”不容多想，萨师俊大声发出了战斗命令。

主炮、舷炮各昂起头来，对准了天空。

“轰！轰！轰！”随着炮火声响起，一朵朵蘑菇似的烟云在空中次第绽放，低飞的敌机拉起操纵杆爬向了高处。

一会儿之后，狡猾的敌人为缩小目标，分成三队轮番向中山舰袭来。一拨敌机飞过，左舷中弹起火了，又一拨敌机俯冲下来，右舷两尊大炮一下子被炸哑了，舰舷也被炸开了一处大缺口；第三拨敌机投弹后，中山舰的轮机被彻底炸坏了。

就像受伤倒地的老英雄，中山舰只好停在金口附近，等候救援了。

猖狂的敌人摇晃着翅膀扬长而去。

午后 3 时 50 分，6 架敌机又呼啸而至。它们一看见倾斜着身子晃荡在江中的中山舰，即成一字形鱼贯俯冲攻击。

桅桥塌了，指挥塔炸垮了，萨师俊的左腿也被炸飞了，但中国人的枪口仍喷射着仇恨，萨师俊也仍抱着身边的柱子继续指挥战斗！

一轮进攻刚刚过去，又一轮疯狂接踵而来，敌机像一群赶不走、打不怕的野狗，紧盯着中山舰死命地撕咬……

缓缓地，缓缓地，中山舰沉没了，沉在它誓死捍卫的长江里，沉在它深厚宽广的母亲的怀抱里！

一代名舰就此走完了它的悲壮历程！

江水抚摸着，泥沙掩埋了它。

是流水有情吧，以不让英雄的身体与岁月同朽！

是天地有意吧，以让我们在60年后还能真真切切地看到倦容的憾恨和带着不屈的钢铁英姿！

七、凄风苦雨中的大撤退

秋风秋雨之中，蒋介石下令战略转移，日本人像抽闸的洪水，人欢马叫地向武汉涌去；西迁的汉阳铁厂诞生了现在的重庆钢铁厂；伊文思在撤离武汉之前将一部摄影机赠给中国共产党人，却因此装备了共产党人的整个电影事业；周恩来在撤退之前的两小时，仍向《新华日报》口授最后一期报纸的社论；蒋介石的飞机在黑夜中迷失方向，险些机毁人亡。

尽管有空军与海军的无畏阻击，日军的包围圈仍在不断缩小。

1938年10月上旬，田家镇、半壁山陷落之后，武汉东大门已完全洞开，日军第9师团随即突破三溪、金牛一线，会同第27师团向粤汉铁路推进，企图从南面包抄武汉。而在第五战区防守的鄂豫交界地带，10月12日信阳失守，平汉线被遮断，武胜关、平靖关已难以抵挡日寇的铁蹄。

黑云压城城欲摧，武汉已处在三面受敌的险境之中！

日军进攻武汉示意图（1938 年 10 月中旬—10 月下旬）

实现了“积小胜为大胜，以空间换时间”的战略目标之后，弃守武汉已经没有任何可以商量的余地。

10月14日，蒋介石以“14・16令一元电”指示第五、第九两战区部队，应“于一星期变更现在态势”，转移阵地，意即开始军事撤退。

李宗仁的部队虽失信阳，但实力尚存，他对蒋介石的撤退命令一时难以接受。为此蒋介石致电再三，要求李等“照14・16令一元电如期行动”。

于是，第五战区一部留置鄂豫边境大别山，实施敌后游击，大部则越过平汉路、随州、枣阳等地部署新的战场；第九战区则以一部驰援广东，一部留守庐山，一部（张发奎第2兵团）且战且退，沿武宁、通城、岳州一线后撤。

秋雨淅淅，秋风瑟瑟，那战场上残剩的几棵枫树，孤零零地在阴风中呜咽作响，断枝上的几片残叶似招魂的旗幡摇曳不止。武胜关的守军撤走了，平靖关的守军也撤走了，日军像抽闸的洪水，人叫马欢地向武汉方向涌去，涌去……

本来，武汉卫戍区司令罗卓英手下有5个军7个师外加1个黄鄂要塞部队的兵力，但长江南岸战事危急之时，其大部分力量被作为援兵调往前线，偌大的武汉，堂堂的卫戍司令部，仅余第94军的545旅，外加1个警卫团1个高射炮连可供调动！

武汉几乎成了一座不设防的空城！

市面上谣言四起，有的说日军明早进城，有的说日军野蛮如兽，专挑女人的乳房煮着吃，有的说挂太阳旗可全家免难，一时人心惶

日军向武汉城区攻击

惶，局面相当混乱。

10月23日，武汉警备司令部颁布戒严令，规定：

凡散布谣言危国害民者；

为敌利用破坏民众动员者；

代敌宣传不利抗战前途者；

聚众鼓噪不服军警制止者；

趁机抢劫者；

破坏金融者；

以物资敌者；

为敌间谍者；

伤害外侨者；

一律处死！

武汉已进入了非常时期，风声鹤唳，草木皆兵！

鉴于撤离南京时混乱无序、安置失当的教训，国民政府在实施武汉撤退的计划之前，即对人员、工厂和物资进行了大规模的转移。

武汉原有人口 120 余万，截至 10 月 24 日，已疏散 80 余万，所余 40 余万人，多为工商业者、家大口阔他处谋生者、无亲可投又不愿下乡者及老弱病残孕者。尽管如此，当局仍尽一切力量，予以安置：

21 日，征用人力车 1000 余辆，将贫苦市民 5000 余人连同厨房用具、家用什物一起西运至沙市，候令分散。

此外，当局还利用外国租界、教会学校、外国医院等场所，在汉口、武昌分设难民区，安顿难民。难民委员会并向全世界发布文告，表明委员会只是本着人道主义向可怜人民伸出支援之手，并无政治目的，"实为向上帝尽善尽责"。这些举措在日后很大程度上保护了市民免遭日军的蹂躏。

武汉卫戍司令部还成立了伤兵运输指挥部，转运伤兵和壮丁。

作为近代中国民族工业的发祥地之一，武汉的工厂很多，加之抗战爆发之后，下江一带工厂迁移，致使武汉一时荟萃了千百家工厂企业。为保民族工业的血脉，武汉当局早在武汉会战开始后不久即着手工厂拆迁工作，计落户四川的有 98 家，迁入陕西的有 21 家，搬至湖南的有 115 家……

时入川、入陕之路关山重隘，峰峦叠嶂，运输多赖人力扛、挑、抬、推及畜力拉、驮、背、装，特别是依赖长江水运，其间艰辛，非常人所能想象，但中国人民却以坚忍之毅力、卓绝之精神与克敌制胜之信心，创造了人类历史上的奇迹。

汉阳铁厂是当时中国最大的一家钢铁企业，于军工生产关系甚大。为奠定后方军事工业基础，也为免其资敌所用，国民政府军事委员会兵工署共组织员工拆卸起重、轧钢、动力等重要设备1187件，约3万多吨，其中250吨、100吨炼铁炉各1座，30吨马丁炼钢炉2座。

为转运这批设备、物料，钢铁厂拆迁委员会在长江沿线设立了7个运输站和办事处，动用了11艘海轮，2艘炮舰，4艘铁驳船，17艘拖船，280艘木驳，7800只川汉柏木船，组成了一支空前庞大的运输船队，展开了长江史上最大规模的抢运工作。

首尾相连的小船，如一只只负重的蚂蚁，艰难地行进在水流湍急的江浪之中；弯腰弓背的纤夫，短装赤膊，那一声声悠长、低沉、凄怆的号子，弯弯曲曲地绕缠在三峡的峰峰峦峦，久久地回荡着，慢慢地向天际弥散开去……

日军占领下的大冶制铁所一角

汉阳铁厂西迁了，它就是后来闻名于世的重庆钢铁厂。

尤里斯·伊文思是 1938 年 1 月来到中国的。这位长着一副东方人面孔的荷兰人是好莱坞的著名导演和摄影师，他拍摄的影片连美国总统罗斯福都赞不绝口，

他痛恨法西斯主义，为此参加过西班牙反法西斯的内战。

他不远万里，来到中国，一套摄影器材便是他全部的行囊。

不是为了猎奇，更不是为了发财，他的目的只有一个：为了将人类公敌的狰狞和中国人民抗战的英勇，尽情展露在世人的目光之下！

于是，台儿庄会战，他在炮火中拍摄了敌机轰炸的残暴和难民逃难的悲惨以及中国军队作战的果敢……

于是，在武汉街头，他记录下了献金运动的热烈，郭沫若演说的激情，周恩来在“八办”的飒爽英姿……

现在，武汉就要沦陷了，伊文思不能不走了，拿什么献给这伟大的国家、伟大的人民？

十个月了，这十个月期间，他看到了周恩来的干练，朱德的朴实，叶剑英的俊朗，博古的严谨……他从共产党身上看到了中国的希望，他成了共产党人的朋友。

留给朋友的应该是最好的！

他把他心爱的 35 毫米的埃摩电影摄影机和一些胶片留给了周恩来和他的同志们！而就是这部摄影器材，却装备了中国共产党的整个电影事业！我们今天见到的早年延安，伊文思当时的慷慨相赠

日军占领汉阳铁厂

功莫大焉！

国际主义是全人类的，全人类需要国际主义！

伊文思是国际主义者，他拥有人类最崇高的精神和境界！

和伊文思一样，史沫特莱也是 1938 年 1 月到达武汉的，不过，她是从炮火纷飞的山西抗日前线来到这个战时中国的。

自 1928 年踏上东方这片神秘的土地之后，这位出生于美国密苏里州北部一个小村子的姑娘就这样一发不可收拾地爱上了中国。

她与宋庆龄、蔡元培、鲁迅等过从甚密，他们一同为争取中国人民的民主和自由不断奔走，大声呐喊。

她不顾国民党的新闻封锁，密切关注中国工农红军的成长历程，长期向外国报刊报道苏区革命斗争的事迹；她潜赴延安，与毛泽东、朱德、彭德怀等中共领导人做竟夜长谈……《红军在前进》《伟大的道路》，一部部散发着滚烫热情的书籍，把一个鲜为人知的被歪曲了的中国政党的真容实貌告诉给了外面的世界。

像乡村农妇一样勤奋、质朴，史沫特莱一到武汉就以她手中的笔不停地对外宣传中国人民抗战的正义和英勇，以在世界人民面前为中国的抗战争取道义上和物质上的援助。她以英国《曼彻斯特卫报》特约记者的身份先后向美国发函，以谋求这些国家对中国人力、物力、财力的支援，她对全世界说："中国之抗战，不仅为民族生存之战，也为世界之正义与公理而战。"

加拿大共产党人、著名外科医生诺尔曼·白求恩在收到史沫特莱的援华信后，毅然带着一支由加、美两国人士组成的医疗队，带着国际和平组织的捐款和各种医疗器械，登上了开抵中国的轮船。

曾参加西班牙人民反法西斯战争的印度医生阿尔泰博士在看到史沫特莱为八路军请求医疗人员、医药品的呼吁之后，数日之内即从近千名报名者中选择柯棣华、巴森等 5 人组成一支医疗小分队，押运着印度人民送来的 50 箱药品、一辆防弹钢质救护车和一辆卡车，翻山越岭到达了抗日热潮掀波涌浪的大武汉。

史沫特莱告诉她的朋友，"我是一个美国人，但我是忠于中国的。"大忠的人也必是有大爱的人，见到中国伤兵的悲惨境况，她心酸坠泪，曾脱下自己身上的衣服送给衣不裹体的伤员。她通过《曼彻斯特卫报》向世界介绍道："在被废弃的仓库、学校和庙宇里，伤员们躺在地上草草组成的破草席上或者平架在高脚凳的木板上，这些房屋常常是阴暗、潮湿，而且肮脏，地板破烂不堪……"

她为改善伤兵的治疗条件四处游说，广泛联络……

热爱和平与正义的人们被她的深情感动了。

汉口基督教圣公会鲁迟主教及其女儿弗兰西丝小姐从史沫特莱

为武汉会战留下历史影像的伊文思

的报道中，了解到了八路军华北抗战的艰苦境况后，父女俩在向八路军发出致敬信的同时，还把他们募集到的 10300 元捐款，交给了来武汉八路军办事处公干的彭德怀。

中国红十字会医疗队的负责人也为这位“伟大的美国人”的博爱与无私精神所打动，他们拿出苏联捐献给中国红十字会的 10 万元经费，陆续建起了 58 支医疗小分队，分赴各野战医院和后方医院，参加救护伤员的工作。

为培训医护人员，史沫特莱还促成中国红十字会在长沙创办了战时急救训练学校。8 月，骄阳似火，而在武汉至长沙的公路上，史沫特莱却多次陪同美国大使馆武官史迪威上校往返于这段耗时 15 个小时的旅程，视察战地医院和战时急救训练学校。

浃背的汗水流淌着他们对中国人民的深厚情谊，风尘仆仆的奔波播撒的是他们宽广的人道主义情怀。

10 月，武汉已在风雨飘摇之中震颤；18 日，史沫特莱和她的中国秘书罗凡一道驾驶一辆战地救护车，满载着自己付款购得的医药用品，冒着被敌机轰炸的危险，夜以继日地朝新四军根据地开去。沿途上，一遇着战场上撤退下来的伤兵，她们就停车救助，分发药品，虽然最后在到达皖南新四军军部的时候，她们车上的药品已所剩无几，但她们的那份欣喜仍是无法用言语形容的。毕竟，她们亲自救护了中国伤员，更重要的是，她们又亲身投入到中华民族抗战的第一线了。

“她是这样不可救药地热爱中国！”一位英国朋友风趣地评价史沫特莱。

确实，在她 60 年的生命历程中，她同中国人民的独立和解放事业完完全全地融在了一起。

1950 年 5 月，这位伟大的国际主义者在牛津逝世。弥留之际，

为了中国人民的正义事业而四处奔走的史沫特莱

她提出的唯一要求就是：葬礼上奏中华人民共和国国歌——《义勇军进行曲》，遗骨埋在中国。

这样，一位异乡女儿的灵魂永远安息在了北京八宝山的革命公墓里。

10 月 23 日夜，日军第 6 师团攻占新洲，武汉已经隐约听到敌军的炮声。

24 日下午 2 时，政治部第三厅在汉口怡和洋行举行中外记者招待会，说明武汉保卫战的重大意义，弃守武汉的原因。

下午 3 时，周恩来从武昌坐渡轮来到汉口，然后徒步走到界限路，到《新华日报》社口授最后一期报纸的社论。

傍晚 5 时，细雨绵绵，冷清萧索的街面上已很难看到一个人影。就在《新华日报》社的门口，周恩来同报社留守工作人员一一握手道别，随即与叶剑英一道，坐上撤离的汽车，消失在秋风悲号的夜色之中。

蒋介石是当晚 7 点 30 分坐飞机离开武汉的，这时的汉口落下的不仅是飘飘扬扬的雨丝，还有轰然爆响的日军炮弹。

侍从室的随员两天前就劝他离开武汉。

这天早些时候，陈诚也来催他飞离这座随时都要陷落的城市。

可蒋介石待在军委会（今湖北省图书馆）就是不走。

或许是真的舍不得这里的龟蛇大江！

或许是为了在国人面前显示自己抗敌到底的决心！

或许是为了在全国将士面前表达一种临危不惧的元帅风范！

现在他必须得走了。风雨中，他轻扶着宋美龄依依不舍地登上了飞机的舷梯，向衡阳机场飞去。

夜，像浸透墨汁的天幕张罗在天地之间，不见一丝的星光和亮色，让人在迷茫之中辨不清东西南北，蒋介石的座机和4架护航的战斗机全都迷航了。

燃料已经不多，情况骤然紧张。

不得已，机组人员只好临时决定返回汉口。

一场虚惊让坚强的宋美龄也差点掉泪！

次日，凌晨4时，蒋介石的座机再次起飞，在5架战斗机的掩护之下，他们安然飞抵衡阳，驻南岳磨镜台。

1938年10月25日，轻纱似的细雨洋洋洒洒地把武汉三镇淋了个透湿，秋风像哭丧的哀音在屋顶上、街巷处呜呜地回响着，深秋中的武汉已被悲凉、冷清、肃杀的气氛包裹得严严实实，令人恐惧、窒闷、寒彻骨髓！

这份感受更多地来自逼近的战事，来自清晰可闻的枪炮之声。

上午7时，日军第6师团佐野支队冒雨向岱家山、谌家矶等处发起进攻，守军545旅1090团奋起阻击。直到傍晚，敌增援部队乘汽艇、木船约200只，扰袭岱家山后背，守军不支分头撤至桥口、香烟厂，次日晨，又从琴断口、香烟厂渡汉水，抵汉阳，汉口遂陷。

26日晨4时许，凶悍的波田支队从葛店、大堤口、武胜门等处码头登陆，扑入武昌城，武昌城墙上飘卷着浸满中国人鲜血的太

1938 年 10 月 25 日，从湖北葛店向武昌进犯的日军平田部队

阳旗！

第二天早晨，太阳旗又在苦雨凄风之中傲视着火光中的汉阳。武汉三镇已完全陷入日军的铁蹄之下。

28 日，日本天皇裕仁在宫中召见参谋总长载仁亲王，海军军令部次长古贺峰一，对日军攻占武汉慰勉有加，传旨喻众：

我陆、海军诸部队之紧密适切协力，克服长途几多困难，终于击摧众敌，达成攻占武汉之目的，朕对此深感欣慰。望将此旨传告众将士。

而日本国内及其占领下的台湾、朝鲜、东北各地，在得知日军占领武汉的消息后，竟张灯结彩，游行庆祝，彻夜狂欢！

或许他们根本就没想到，中国有句成语叫“乐极生悲”！

他们的一时胜利也注定了最终的败亡，他们正陷入中国战争的泥潭之中，战争的转机必将带给他们以灭顶的灾难。

10月31日，蒋介石在南岳衡山发表《告全国国民书》，就武汉会战所要达成的目的及将来战局的走向做了说明：

日寇在鲁南会战以前，即以扬言进攻武汉，迨犯豫失利，侵皖受阻，乃倾其海陆军全力，沿江进犯，激战五月，我将士浴血奋斗，视死如归，民众同仇敌忾，踊跃效命，牺牲愈烈，精神益振，使敌军死亡超过前期作战一年以来之总数……

保卫武汉之目的，在阻滞敌军西进，消耗敌军实力，准备后方交通，运积必要武器，迁移我中部工业及东南之人力、物力，以充实西部持久抗战之基础。赖军民协力，不避牺牲，卒使敌受侵略以来最惨重之损失，而树立我民族复兴之自信心，与发扬中国军队攻守战斗之精神。

现我后方一切布置业已完毕，乃自动放武汉核心之据点，而确保武汉四周外围之兵力，使中国军队作战转入主动有利之地位，今后乃可实施全面战争。

在文告的最后，蒋介石庄严指出：

自今伊始，必须更哀戚、更坚忍、更踏实、更刻苦、更猛勇奋进，以勠力于全国之战争，与抗战根据地之充实，而造成最后之胜利。语有之：“行百里者半九十。”最后之成功，必赖于最艰苦之努力与大无畏之奋斗。又曰：“宁为玉碎，不为瓦全。”必须吾人抱定最大之决心，而后整个民族乃能得彻底之解放。国家存亡，抗战成败之关键，全系于此。愿与我全国同胞共勉之。

毛泽东也对武汉会战及撤退的意义给予了充分的肯定。

10月下旬，他在延安召开的第二次青年代表大会上说：这次蒋委员长放弃武汉是很对的，不能死守，我们把力量保存起来，四面和它打，不好吗？武汉失守，敌人方面不便宜，它的力量被分散了。

空前壮烈的武汉大会战结束了！

它是近代以来中华民族同外敌进行的最大规模的一场战役。在这次会战中，日军动用了12个师团，近40万的兵力，而中方投入的部队有120个师，110万人，战争在广袤的长江中下游和淮河流域展开，时间长达5个月之久。

它沉重地打击了疯狂残暴的日本侵略者。武汉会战期间，日本华中派遣军伤亡约12万人，其中仅第11军战死将校级军官172人，伤526人，伤沉军舰650余艘，损失飞机100余架，而我英勇将士也付出了25万人的伤亡代价。

它扭转了战争格局，这场会战一结束，中日战争的战略相持阶段便到来了！